교역 언해본
동패락송

김동욱 풀어 옮김

보고사

언해본 《동패락송(東稗洛誦)》에 대하여

《동패락송》은 18세기 후반에 남인인 노명흠(盧命欽, 1713~1775)이 찬술한 야담집으로, 표제는 '우리 땅의 이야기를 되풀이해서 외운다'는 뜻으로 붙인 말이다. 노명흠의 자는 천약(天若), 호는 졸옹(拙翁), 본관은 교하(交河)이며, 과시(科詩)로 유명한 한원(漢源) 노긍(盧兢, 1738~1790)의 부친이다. 그는 1759년(영조 35) 47세의 나이에 진사가 되었다. 이 책이 완성된 시기는 저자의 몰년 직전인 1774년 전후로 추정된다.

천리대본 《동패락송》의 본문 상단에는 한문으로 된 제목이 붙여져 있는데, 그 옆에 '언문 번역', '언문' 또는 '언'이라고만 표기한 곳이 전체 114화 가운데 43화에 이른다. 이를 통해 천리대본 《동패락송》이 필사될 무렵을 전후해서 언해본 야담집이 유전하고 있었음을 알 수 있다.

천리대본 《동패락송》은 크게 연세대본 《동패락송》 계열의 이야기와 연세대본 《계서잡록(溪西雜錄)》 권2 계열의 이야기, 정명기본 《동패(東稗)》 계열의 이야기, 연세대본 《파수록(罷睡

錄)》계열의 이야기가 함께 필사되어 있다. 이들 계열별로 언해되었다고 표기된 자료 수를 보면, 연세대본 《동패락송》 계열이 18화, 연세대본 《계서잡록》 권2와 관련된 자료가 7화, 정명기본 《동패》나 연세대본 《파수록》과 관련된 자료가 18화로 나타나 있다.

　그런데 현재까지 알려진 《동패락송》 관련 언해본 자료로는 단국대 소장 나손본 《육신전(六臣傳)》 뒤에 〈원생몽유록(元生夢遊錄)〉과 함께 필사되어 있는 《동패낙숑》 소재 자료 3편, 서강대 소장 《단편야담집》(가칭) 소재 《동패락송》 관련 자료 11편, 국민대 소장 《동패낙송》 소재 자료 8편 등 모두 22편이다. 22편의 자료 가운데 5편의 자료는 다른 언해본과 중복되어 있는데, 한글 표기의 한문 제목이 연세대본 《동패락송》이나 천리대본 《동패락송》 등 한문본의 제목과는 다르면서 언해본끼리는 일치하는 것으로 보아 같은 계열의 대본을 보고 필사한 것으로 판단된다.

　서강대 소장 《단편야담집》(가칭)은 1책의 한글 필사본으로, 총 44장(87쪽), 매면 12행, 매행 평균 22자를 필사하였으며, 가로 22.5cm 세로 32.4cm이다. 필사기는 "슝[슝]뎡(崇禎) 긔원 후(紀元後) 스병진(四丙辰 1856) 냥월(良月 10월) 한완근셔(韓完根書)"라고 되어 있다. 모두 17화를 수록하고 있는데, 이 가운데 《동패락송》과 관련된 자료는 11화이고, 나머지는 《계서잡록》·《기문총화 (記聞叢話)》·《송와잡설 (松窩雜說)》과 관련된 자료의 언해이다.

단국대 소장 나손본 《육신전》 말미에는 부록 형태로 〈원싱몽유록〉에 이어 《동패낙숑》이라는 표제 아래 3편의 자료가 필사되어 있다. 총 17쪽으로, 매면 12~4행, 매행 22~23자를 필사하였다. 이 자료는 《나손본 필사본 고소설자료총서(羅孫本筆寫本古小說資料叢書)》 48(보경문화사, 1991)458~474쪽에 영인본으로 수록되어 있다.

국민대 소장 《동패낙송》은 1권 1책의 한글 필사본으로, 총 44장, 매면 10행, 매행 15~17자를 필사하였으며, 가로 23cm 세로 17.8cm이다. 모두 8편의 자료가 수록되어 있다.

이들 언해본 《동패락송》 자료를 한문본 《동패락송》 주요 이본의 자료와 대비해 보면 다음 〈표〉와 같다. 동양문고본에는 별도의 제목이 없으나 이우성 등편, 《동패락송외5종》(아세아문화사, 1990)의 목차에서 부여한 제목을 표기하였다. 이화여대 소장본에도 별도의 제목이 없다. 각 숫자는 해당본에 이야기가 수록된 순서이다.

언해본 《동패락송》		연대본 《동패락송》	동양문고본 《동패락송》	이대본 《동패락송》	천리대본 《동패락송》
1	殉靈几二室 間隔諱飾	27 藏扇爲幣引刀掩庶	乾23 納采扇		20 楊蓬萊士彦大 人及母 店女兒爲 妾生蓬萊
2	治飯飧慧婦 免夫罪	10 念彼賢女赦此頑漢	乾8 頑强		
3	覆海船效報 翁仇	1 推奴被禍迎婿復讐	乾4 金將軍 德齡		1 金將軍德齡 爲 岳翁滅惡
4	嚇愛子嚴舅 制伏妬婦	11 嚴父施威妬婦發誓	乾9 古談		8 安東權姓人 以 威御家 抑悍子婦
5	討操船妬妻 困夫	65 牡土鎭足猂妻剃鬐		25	
6	假官佯怒抵 挾父	35 五女偶戲三生結緣	乾16 官員戲		24 延原李光庭 爲 楊牧 嫁五女
7	蹉一念上座 敗丹	24 殺人避禍遇仙學道			18 咸悅南宮斗 殺 妾逃遇神僧
8	顧忠臣異人 遺書	15 推奴遇仙得碑定議			10 承旨成三問謹 甫 推奴行得神助
9	智異洞蔭官 奇遇	5 解尸京城紋舊仙山	乾7 蔣都令		4 丐子蔣都令 尸 解而成仙
10	救解獐忠臣 孫獲報	28 獐夢報恩江券致富	乾22 洛東江邊 朴姓村		21 醉柒朴彭年子 孫 洛東下流立案 而致富
11	?	44 臨難運智替婢隨賊	坤13 戀盜	4	

	언해본 《동패락송》	연대본 《동패락송》	동양문고본 《동패락송》	이대본 《동패락송》	천리대본 《동패락송》
나손본 1	救解獐忠臣孫獲報	28 獐夢報恩江券致富	乾22 洛東江邊朴姓村		21 醉琹朴彭年子孫 洛東下流立案而致富
나손본 2	婚窮鰥異夢示兆	50 皇靈勸婚福祿盈門		10	
나손본 3	顧忠臣異人遺書	15 推奴遇仙得碑定議			10 承旨成三問謹甫 推奴行得神助
국민대본 1	念寒士名妓逃席	8 才冠塵世氣壓貴公			7 匡懈堂 安平大君 與崔姓人遊平壤
국민대본 2	顧忠臣異人遺書	15 推奴遇仙得碑定議			10 承旨成三問謹甫 推奴行得神助
국민대본 3	器匠家贅婿猝顯	58 匪賊賤家挈女榮道	坤23 柳器匠壻	18	
국민대본 4	智異洞蔭官奇遇	5 解尸京城敍舊仙山	乾7 蔣都令		4 丐子蔣都令尸解而成仙
국민대본 5	死惡僧義士積德	37 殺僧救轎激義受福	乾14 頑僧		26 慕堂父洪濟殺頑僧 救婦人
국민대본 6	祭先考孝子遺衣	60 設祭共卓顯夢改衣	坤24 徐藥峯忌日	20	
국민대본 7	蹉一念上座敗丹	24 殺人避禍遇仙學道			18 咸悅南宮斗殺妾逃遇神僧
국민대본 8	依雙林名妓守紅	33 傾篋助需隱寺專節	乾18 盧玉溪		

【 참고문헌 】

남궁윤, 「천예록과 동패락송의 국문번역본 고찰」, 『한국어문학연구』 57, 한국어문학
연구학회, 2011.

백승호, 「국민대학교 소장 한글본 동패낙송 연구」, 『국문학연구』 16, 국문학회, 2007.

이강옥, 「이중언어현상으로 본 18·19세기 야담의 구연, 기록, 번역」, 『고전문학연구』
32, 한국고전문학회, 2007.

정명기, 「동패낙송연구2」, 『연민학지』 5, 연민학회, 1997.

______, 「서강대본 단편야담집(가제)의 원천과 그 의의에 대한 소고」, 『동남어문논집』
19, 동남어문학회, 2005.

일러두기

1. 이 책의 교역 대본은 서강대본 《단편야담집》·단국대본 《육신전》·국민대본 《동패낙송》이다.
2. 위 대본 사이에 중복된 이야기가 있으나 필사 내용의 출입과 표기의 차이가 있으므로 모두 수록하였다.
3. 각각의 제목에 한자를 달고 각주에 풀이하였으나, 서강대본 제11화는 별도의 제목이 없어서 교역자 임의로 적절히 붙였다.
4. 1차적으로 언해본에 대한 교주를 하고, 후반부에 언해본을 다시 현대어로 옮겼다.
5. 분명한 오자는 [ ]속에 고쳤고, 분명한 탈자는 ( ) 속에 기워 넣었다.
6. 언해본에는 설명이 필요한 옛말과 한자어에 주석을 달았다.
7. 국역문은 가능한 한 평이하게 풀어썼고, 중복된 자료는 최초 한 차례만 국역하였다.
8. 대화는 " "로 묶고, 대화 속의 대화, 생각이나 강조 부분, 문서의 내용 등은 ' '로 묶었다.

차 례

교주편

제1부 서강대본 《단편야담집》 소재 자료

제1화

순녕궤이실간젹[격]휘식 殉靈几二室間隔諱飾[1]

양봉늬스언(楊蓬萊士彦)[2]의 대인(大人)이 음관(蔭官)[3]으로 녕광(靈光)[4]군슈(郡守)를 ᄒ엿더니 슈유(受由)[5]ᄒ고 상경(上京)ᄒ엿다ᄀ 환관(還官)[6]ᄒᄂ 길히 녕광(靈光) 고을의 일일뎡(一日程)[7]은 남겨두고 식젼(食前)의 말[8] ᄀ[9] 춘낙(村落)의셔 밥을 지어 먹으랴 ᄒ올시, 공방(工房) 아젼(衙前)이 돗츨 씨고[10] ᄆ을의

---

1) 남편을 따라 죽어 정실과 첩실의 간격을 숨기고 속이다
2) 양사언(楊士彦, 1517~1584) : 조선조 명종 때의 문신, 서예가. 자는 응빙(應聘), 호는 봉래(蓬萊)·완구(完邱)·창해(滄海)·해객(海客), 본관은 청주(淸州), 희수(希洙)의 아들.
3) 음직(蔭職). 과거(科擧)를 거치지 아니하고 조상(祖上)의 공덕(功德)에 의하여 맡은 벼슬, 또는 그런 벼슬아치.
4) 전라남도에 있는 고을.
5) 말미를 얻음. 휴가(休暇)를 받음.
6) 관아(官衙)로 돌아감.
7) 하루 일정(日程).
8) 마알. 마올. 마을. 관청(官廳).
9) 가[邊]. 근처(近處). 부근(附近).

들어フ니, 그쩌 농亽(農事)를 당(當)ᄒ여 두 들의 들 ᄂ가고[11] 촌(村)이 두 븨엿ᄂᄃᆡ, 다만 ᄒᆫ 곳 어린 겨집아ᄒᆡ[12] ᄂ히[13] 겨유[14] 십여 셰(十餘歲)ᄂ 되ᄂᄃᆡ, 홀노 집의 머무러쩌フ[15] 공방(工房) 아젼(衙前)ᄃ려 고(告)ᄒ야 글오ᄃᆡ,

"힝칙(行次ㅣ) 늬 집의 드르신 죽(則) 늬 맛당이 밥을 지어 드리리라."

ᄒᆫᄃᆡ, 공방(工房)이 글오ᄃᆡ,

"너 ᄀᆺᄐᆫ 어린ᄋ히 엇지 힝츠(行次) 진지를 잘 지을フ본야[16]?"

그 아ᄒᆡ 글오ᄃᆡ,

"넉넉홀 거시니 넘녀(念慮) 말라."

ᄒᆞ거ᄂᆞᆯ, 관힝(官行)이 드ᄃᆡ여[17] 그 집으로 드러フ니, 그 ᄋ히[18] 큰 박을 フ지고 나와 글오ᄃᆡ,

"힝츠(行次) 진지ᄂ 맛당이 늬 집 쑬노 홀 거시니[19], 다만 ᄒ

---

10) 돗자리를 끼고.
11) 들에 일하러 나가고.
12) 계집아이.
13) 나이가.
14) 겨우.
15) 머물었다가. 머물고 있다가.
16) 잘 지을까보냐.
17) 드디어.
18) 아이가.

인(下人)의 양식(糧食)만 니라."

ᄒ니, 그 아히 얼굴리[20] 슈려(秀麗)ᄒ고, 말소릭 낭연(琅然)[21] ᄒ더라.

풋츨[22] 갈고 핑임(烹飪)[23] ᄒ미 민쳡(敏捷)ᄒ고 다 졍(淨)ᄒ니, 일행(一行) 상해(上下ㅣ) 다 민쳡(敏捷)ᄒ믈 일큿ᄂ지라[24]. 틱쉬(太守ㅣ) 무르딕,

"네 ᄂ히 언무ᄂᄒ뇨[25]?"

딕(對)ᄒ야 글오딕,

"올히 열두 살리로소이ᄃ."

"네 ᄋ비[26] 무엇슬 ᄒᄂ뇨?"

글오딕,

"본관(本官) 사쏘(使道) 슈힝(隨行)ᄒ더니, 앗ᄀ[27] 어미로 더부러 기음미라[28] 갓ᄂ이다."

---

19) 내 집 쌀로 할(밥을 지을) 것이니.
20) 얼굴이.
21) 구슬이 울리는 소리, 또는 구슬이 울리는 것과 같은 소리.
22) 팥을.
23) 음식(飮食)을 삶고 지져서 만듦.
24) 일컫는지라. 칭찬(稱讚)하는지라.
25) 네 나이가 얼마나 되느냐?
26) 아비가.
27) 아까.
28) 김매러.

인(因)ᄒᆞ야 됴반(朝飯)을 드리니, 밥과 다믓[29] 나물 반찬(飯饌)이 심(甚)히 먹음즉ᄒᆞ더라[30].

틱쉬(太守 |) 쳥홍션ᄌᆞ(靑紅扇子) 각(各) ᄒᆞᆫ ᄌᆞ로를[31] 샹(賞)를 쥬고 불너 읍히 ᄂᆞ아와[32] 쟝ᄎᆞᆺ(將次ㅅ) 바들 즈음의 틱쉬(太守 |) 희롱(戲弄)ᄒᆞ여 굴오ᄃᆡ,

"이 부쳐 주믄 납치(納采)[33]라."

ᄒᆞᆫᄃᆡ, 그 아ᄒᆡ 그 말을 듯고 즉시(卽時) 방(房)으로 드러ᄀᆞ ᄌᆞ근 불근 보흘[34] ᄀᆞ지고 ᄂᆞ와 굴오ᄃᆡ,

"쳥(請)컨ᄃᆡ 부쳐를 보의 노ᄒᆞ소셔[35]."

틱쉬(太守 |) 굴오ᄃᆡ,

"보ᄒᆞ야[36] 무엇ᄒᆞ리오?"

아ᄒᆡ 굴오ᄃᆡ,

"납치(納采)ᄀᆞ 즁(重)ᄒᆞᆫ 예(禮)오니 엇지 손으로 바드리뇨?"

---

29) 다믓. 다몯. 더불어. 함께.
30) 먹음직하더라.
31) 자루를.
32) 앞으로 나와서.
33) 신랑(新郞) 집에서 신부(新婦) 집에 구혼(求婚)하는 의례(儀禮). 납폐(納幣). 신랑 집에서 신부 집으로 혼서지(婚書紙)와 폐백(幣帛)을 함에 담아 보내는 일.
34) 작은 붉은 보자기를.
35) 보자기에 놓으소서.
36) 보자기를 해서. 보자기에 놓아서.

ᄒ니, 일힝(一行)이 더욱 긔특(奇特)ᄒ믈 일컷더라[37].

틔쉬(太守ㅣ) 드되여 고을의 갓더니, 슈년(數年) 후(後)의 일일(一日), 문직이[38] 드러와 고(告)ᄒ야 글오되,

"ᄒᆫ 스름이 아모 고을 장교(將校)라 ᄒ고 안젼(案前)[39]게 뵈옵기를 쳥(請)ᄒᄂ이ᄃ."

틔쉬(太守ㅣ) 불너 들려 글오되,

"네 어인 스름이며 어이ᄒ여 왓ᄂ다?"

그 스름이 글오되,

"안젼(案前)이 능(能)히 슴ᄉ 년(三四年) 젼(前)의 환관(還官)ᄒ실 ᄯᅵ 촌가(村家)의 드러ᄀ 됴반(朝飯)ᄒ시던 일을 싱각ᄒ시ᄂ니잇ᄀ?"

틔쉬(太守ㅣ) 글오되,

"ᄂᆡ 엇지 이즐리뇨[40]? 그 집 겨집아히 긔이(奇異)ᄒ미 지금(至今)ᄭᅡ지 눈 가온되 슴연[슴슴]ᄒ더라[41]."

ᄒ니, 그 스름이 글오되,

"그 겨집아히ᄀ 소인(小人)의 ᄯᆯ릴러니[42], 올히 ᄂ히 십뉵 셰

---

37) 일컫더라. 칭찬하더라.

38) 문지기가.

39) 하급 관리가 관원(官員)을 높여 일컫는 말.

40) 내 어찌 잊으리오?

41) 잊히지 않고 눈앞에 보이는 듯 또렷하더라.

42) 딸이러니.

(十六歲)옵기 수회를[43] 듯보온 즉(則)[44], 제 ᄒᆞ오ᄃᆡ[45],

'납치(納采)로 부치를 녕광(靈光) 원(員)님긔 바다시니[46] 밍셰코 다른 ᄃᆡ ᄀᆞ지 으니라[47].'

ᄒᆞ여 빅단(百端)으로[48] 기유(開諭)[49]ᄒᆞᄃᆡ 고집(固執)ᄒᆞ여 글오ᄃᆡ,

'녕광(靈光) 원(員)님이 만일(萬一) ᄃᆞ려ᄀᆞ지 아니시며[면] ᄂᆡ 맛당이 쳐녀(處女)로 늙어 죽으리라.'

ᄒᆞ오니, 소인(小人)이 제 ᄯᅳᆺ을 아슬[50] 길이 업ᄉᆞ와 이리 와 감(敢)이 고(告)ᄒᆞᄂᆞ이다."

티쉬(太守ㅣ) 글오ᄃᆡ,

"네 ᄯᆞᆯ의 알옴다온[51] ᄯᅳᆺ즐[52] 엇지 바리리뇨[53]? 네 도라ᄀᆞ 틱일(擇日)ᄒᆞ야 오면 ᄂᆡ 맛당이 가 쳡녜(妾禮)로 취(娶)ᄒᆞ야 오리라."

ᄒᆞ고, 과연(果然) 길일(吉日)노셔 취(娶)ᄒᆞ여 아줌(衙中)[54]의 ᄃᆞ

---

43) 사위를.

44) 듣본 즉. '듣보다'는 '무엇을 찾아 살피느라고 뜻을 두어 듣고 보고 하다'의 뜻임.

45) 저 아이가 (말)하기를.

46) 받았으니.

47) 맹세코 다른 데 (시집)가지 않으리라.

48) 온갖 방법으로.

49) 사리(事理)를 알아듣도록 잘 타이름.

50) 빼앗을.

51) 아름다운.

52) 뜻을.

53) 어찌 버리리오?

려왓더니, 틱슈(太守)의 부인(夫人)이 맞츰[55] 상시(喪事ㅣ) 나매 드듸여 그 첩(妾)으로 ㅎ야금 뎡침(正寢)[56]의 쳐(處)ㅎ고 가정(家政)[57]을 전담(專擔)ㅎ게 ㅎ엿더니, 이윽고 벼슬을 굴고[58] 셔울노 도라오매, 그 첩(妾)이 일문(一門) 종족(宗族)과 비복(婢僕)의게 잘 쳐(處)ㅎ니, 다 그 환심(歡心)을 어더 경앙(敬仰)티 아님이 업고, 밋[59] 아들 ㅎ느흘 나ㅎ니[60] 이에 봉닉(蓬萊)라. 얼골과 직죄(才操ㅣ) 다 세상(世上)의 쮜어나 더욱 그 어미게 빗츨 더ㅎ더라.

그 후(後) 양(楊) 녕광(靈光)이 쥬그매 종족(宗族)이 성복(成服)의 다 모혓더니[61], 봉닉(蓬萊)의 어미 모든 스름 압히 절ㅎ야 굴오듸,

"닉 상쥬(喪主)님게와 모든 냥반(兩班)긔 앙탁(仰託)[62]ㅎ올 일리 잇스오니 그 능(能)히 허락(許諾)ㅎ시리잇マ?"

ㅎ듸 듸 굴오듸,

---

54) 관아(官衙) 가운데.

55) 마침.

56) 제사를 지내거나 주로 일을 보는 곳으로 쓰는 몸채의 방.

57) 집안을 다스리는 일.

58) 벼슬자리를 갈고(바꾸고).

59) 및.

60) 아들 하나를 낳으니.

61) 성복(成服)을 하기 위해 다 모였더니.

62) 우러러 부탁(付託)함.

"ᄃᆞ만 말를 ᄒᆞ라. 뉘 어긔우리뇨[63]?"

ᄒᆞ니 ᄀᆞᆯ오ᄃᆡ,

"늬 일골육(一骨肉)이 이쎠 퍽 우미(愚昧)티 아니ᄒᆞᄂᆞ 우리ᄂᆞ라의셔 쳔산(賤産)[64]을 어대 쓰리뇨? 뎍ᄌᆞ(嫡子)님과 다뭇 일ᄀᆞ(一家) 냥반(兩班)의 이휼(愛恤)ᄒᆞ시미 거의 간격(間隔)ᄒᆞ미 업ᄉᆞ나, 이 쳔(賤)ᄒᆞᆫ 몸이 훗(後ㅅ)날 죽은 즉(則) 뎍ᄌᆞ(嫡子)님이 셔모(庶母)의 복(服)을 입으면 간격(間隔)이 판연(判然)ᄒᆞᆯ 거시니, 늬 아히 ᄒᆡᆼ셰(行世)ᄒᆞ매 엇지 그 흔젹(痕迹)을 감쵸리뇨? 이런 고(故)로 내 반ᄃᆞ시 나으리 셩복(成服)날 죽어 그 복졔(服制) ᄂᆞ으리 상ᄉᆞ(喪事) 즈음의 미봉(彌縫)[65]ᄒᆞ여 내 아히 셔얼(庶孼)[66] 일홈을 민멸(泯滅)[67]코ᄌᆞ ᄒᆞᄂᆞ니, 졔(諸) 냥반(兩班)들은 쳔쳡(賤妾)의 죽는 ᄯᅳᆺ를 불샹히 역이ᄉᆞ[68] 내 아히를 잘 ᄃᆡ졉(待接)ᄒᆞ쇼셔."

"들오ᄃᆡ 반다시 그리 ᄒᆞ려니와 엇지 셩명(性命)을 결짠ᄒᆞ리뇨[69]?"

---

63) 누가 어기겠는가?

64) 천출(賤出). 신분이 천한 출신(出身).

65) 빈 구석이나 잘못된 것을 임시변통(臨時變通)으로 이리저리 주선(周旋)해서 꾸며 댐.

66) 일명(逸名). 초림(椒林). 서자(庶子)와 그 자손(子孫).

67) 자취가 아주 없어짐. 지워 없앰.

68) 여기시어.

69) 결딴내리오? 망치리오?

ᄒᆞᆫ듸 봉ᄂᆡ(蓬萊) 뫼(母ㅣ) ᄀᆞᆯ오ᄃᆡ,

"모든 ᄯᅳᆺ지 비록 이러ᄒᆞ시나 죵시(終是) ᄂᆡ 잇ᄯᅥ 죽음만 ᄀᆞᆺ지 못ᄒᆞᄃᆞ."

ᄒᆞ고 드듸여 궤연(几筵)[70] 압히셔 멱질너[71] 쥭으니, 모든 ᄉᆞᄅᆞᆷ이 크게 놀나고 슬허ᄒᆞ야 ᄀᆞᆯ오ᄃᆡ,

"이 사ᄅᆞᆷ이 쥭기로뼈 그 ᄯᅳᆺ즐 일우고져 ᄒᆞ니[72] 사ᄅᆞᆷ이 어긔우미 인졍(人情)의 ᄎᆞᄆᆞ 못ᄒᆞ리라."

ᄒᆞ고 뎍형(嫡兄)이 그 아ᄋᆞ ᄃᆡ졉(待接)ᄒᆞ기를 동복(同腹)이예셔[73] 지미[74] 업더라.

밋 봉ᄂᆡ(蓬萊ㅣ) 잘라매[75] 일홈이 일셰(一世)예 ᄀᆞ득ᄒᆞ고 다ᄂᆞᆫ 벼슬이 ᄃᆞ ᄉᆞ부(士夫)의 벼ᄉᆞᆯ을 ᄒᆞ얏ᄂᆞᆫ지라.

이졔ᄭᆞ지 봉ᄂᆡ(蓬萊)를 셔얼(庶孽)리라 의심(疑心)ᄒᆞ니, 거의 거ᄌᆞᆺ말리 아니러라.

70) 영좌(靈座). 죽은 사람의 신위(神位)를 모셔 두는 곳.

71) 멱찔러. 칼 따위로 목의 앞쪽을 찔러.

72) 그 뜻을 이루고자 하니.

73) 동복보다. 친형제보다.

74) 뒤떨어짐이.

75) 자라매. 성장(成長)하매.

제2화

치반손혜부면부죄 治飯飧慧婦免夫罪[1]

녕남(嶺南) 우도(右道)[2] 무변(武弁)[3] 최셩인(崔姓人)[4]이 벼슬리 방어스(防禦使)[5]신지 지니고, 녀력(膂力)[6]이 과인(過人)[7]ᄒ야 샹해[8] 쳘퇴(鐵槌)[9]로써 몸의 ᄯᆞ르는지라.

녕남(嶺南)으로부터 셔울노 향(向)ᄒᆞᆯ시 쟝ᄎᆞᆺ(將次ㅅ) 구스(求仕)[10]ᄒᆞ라 ᄀᆞ는 길리라. 읍희[11] 복마(卜馬)[12] 일곱 필(匹)을 몰

---

1) 더운밥을 대접하여 슬기로운 아내가 지아비의 죄를 면하게 하다
2) 서울에서 보아 경상도의 오른쪽 지방. 낙동강의 서쪽 지역으로 진주(晉州)가 중심이 됨.
3) 무관(武官). 무과(武科) 출신의 벼슬아치.
4) 성(姓)이 최씨인 사람.
5) 조선조 인조 때 경기도·강원도·함경도·평안도의 요긴한 곳을 방어하기 위해 둔 종2품 무관 벼슬.
6) 완력(腕力). 근육의 힘.
7) 남들보다 뛰어남.
8) 늘. 항상(恒常). 보통(普通).
9) 쇠몽둥이.
10) 벼슬자리를 구함.

고 힝(行)ᄒ야 ᄒᆫ 곳 대촌(大村) 읍히 이르러 비 심(甚)히 오고
슝막[13)이 어긔였ᄂᆞᆫ지라[14).

믈을 몰라[15) 촌(村) ᄀ온ᄃᆡ 큰집으로 드러가니, 촌즁(村中)의
늙은 할미 보고 홀노 말ᄒ야 ᄀᆞᆯ오ᄃᆡ,

"뎌 냥반(兩班)이 ᄯᅩ 욕(辱)을 무한(無限)이 보리로다."
ᄒ거늘 최셩(崔姓) 무변(武弁)이 그 말를 고이(怪異)히 녀기나 오
히려 들여드러ᄀ[16) 복마(卜馬) 짐을 푸러[17) 힝낭(行廊)[18) 아리
두고 믈 여덟 필(匹)을 마구(馬廏)의 드려 믹고[19), 대쳥(大廳) 우
히 올ᄂᆞ 안즈니[20), 쥬가(主家)의 남졍(男丁)[21)이 업고 ᄃᆞ만 ᄒᆫ
졀믄 겨집이 이써[22) 안 문(門)을 열고 나와 마즈 ᄀᆞᆯ오ᄃᆡ,

"힝츠(行次)[23)의 딕영(直領)[24)이 비의 다 져져시니[25) 원(願)

---

11) 앞에.

12) 짐을 실은 말.

13) 숯막. 숯을 굽는 곳에 지은 움막. 여기서는 점막(店幕)이나 주막(酒幕)의 뜻임.

14) 어긋나게 되었는지라.

15) 말을 몰아.

16) 달려 들어가.

17) 짐을 풀어.

18) 예전에 대문 안에 죽 벌여서 지어 주로 하인이 거처하던 방.

19) 마구간에 들여서 매고.

20) 대청 위에 올라앉으니.

21) 사내.

22) 다만 한 젊은 계집이 있어.

23) 웃어른이 길 가는 것을 높여 일컫는 말. 또는 길 가는 웃어른을 말하기도 함.

컨딕 즉시(卽時) 버셔 닉신 즉(則)[26] 불의 줄 말유와[27] 드리리
이다.”

ㅎ니, 그 겨집이 나히 십구(十九) 이십 셰(二十歲) 즈음ㅎ여 뵈
고[28], 용모(容貌)와 거지(擧止ㅣ)[29] 명슈(明秀)[30]ㅎ며 단졍(端正)
ㅎ지라.

딕녕(直領)을 ᄀ지고 드러ᄀ 더운 방(房)의 잘 믈이우고 다림
질ㅎ야 구권 거셜 펴[31] ᄀ져와 드리고 인(因)ㅎ야 굴오딕,

“힝ᄎ(行次ㅣ) 비를 피(避)ㅎ셔 길ᄀ 집의 드러오시믄 진실(眞
實)노 맛당ㅎ시거니와, 이 집 쥬인옹(主人翁)이 나히 ᄇ야흐로
뉵십여 셰(六十餘歲)뇨[요], 쳡(妾)은 쥬인(主人)의 후쳬(後妻ㅣ)
요. 이 집의 드러온 지 겨유 슈년(數年)이 되온지라. 쥬옹(主翁)
의 완만(頑慢)[32]ㅎ고 패악(悖惡)[33]ㅎ기 텬ㅎ(天下)의 빵(雙)이 업
고[34], 아달 다ᄉ시 잇셔[35] 울 밧 집의 버러ᄉᄂᄃ[36], 뉵 부즈

---

24) 조선시대 무관이 입던 겉옷.
25) 비에 다 젖었으니.
26) 벗어 내시면.
27) 불에 잘 말려서.
28) 그 계집의 나이가 19, 20세가량 되어 보이고.
29) 행동거지(行動擧止)가.
30) 환하게 빼어남.
31) 구겨진 것을 펴서.
32) 성질이 모질고 거만(倨慢)함.
33) 사람으로서 마땅히 해야 할 도리에 어그러지고 흉악(凶惡)함.

(六父子)의 셩품(性品)이 드 싀호(豺虎)[37] 굿트여[38] 본부(本府)[39] 원(員)님도 쏘흔 졔어(制御)티 못ᄒ시고[40], 젼후(前後) 들너 디나ᄀ시는 손임이[41] 낭픽(狼狽)를 보지 아니ᄒ니 업ᄂ지라.[42] 쥬옹(主翁)이 즉금(卽今) 이웃집으로부터 도라오면 반드시 욕(辱)보기를 면(免)치 못ᄒ실지라. 엇지 몬져 올마[43] 피(避)ᄒ지 아니시리잇ᄀ?"

최(崔ㅣ) 굴오듸,

"비 오기 이러틋ᄒ니 장ᄎᆺ(將次ㅅ) 어듸로 올마 가리오?"

ᄒ고 쏘 굴오듸,

"네 엇지 능(能)히 완만(頑慢)흔 지아비를 잘 교유(敎誘)[44]티 못ᄒᄂ뇨?"

그 겨집이 듸(對)ᄒ야 굴오듸,

---

34) 천하무쌍(天下無雙)하고. 세상에서 그에 비길 것이 없고.

35) 아들 다섯이 있어.

36) 울타리 밖의 집에 벌여 사는데.

37) 승냥이나 호랑이. 모질고 사나운 사람의 비유.

38) 같아서.

39) 지방관이 자기가 있는 관부(官府)를 스스로 이르던 말.

40) 본관사또도 또한 제어하지 못하시고.

41) 전후하여 들러 지나가시는 손님이.

42) 낭패를 보지 않은 이가 없는지라.

43) 어찌 먼저 옮겨서.

44) 달래어 가르침.

"늬 과연(果然) 지셩(至誠)으로 교유(敎誘)ㅎ나 종시(終是) 완악(頑惡)[45]혼 셩품(性品)을 감화(感化)홀 길이 업노라."

ㅎ고 이러툿 슈작(酬酌)홀 즈음의 면목(面目)이 ᄀ중(可憎)혼 늙은 놈이 프른 면듀[46] 두룽다리[47]를 쓰고 이웃집으로부터 와 부루아리며[48] 으르렁여[49] 글오ᄃᆡ,

"엇던 손이 바로 사름의 안집의 드러왓는뇨?"

ㅎ고 이에 짐을 다 울 밧긔 더지거늘[50], 무변(武弁) 종(從) 일곱 놈이 다못ㅎ여[51] 막즈르랴 ㅎ니[52], 또 일곱 놈을 다 ᄭ어[53] 울 밧긔 넘기 치고[54] 물곳비를 다 ᄭ허[55] 채질ㅎ여 쏫거늘[56], 최(崔ㅣ) 글오ᄃᆡ,

"비 긋지면[57] 즉시(卽時) 맛당이 갈 거시어늘 엇지 반ᄃᆞ시 이

---

45) 성질이 억세게 사납고 고집스러움.
46) 푸른 명주(明紬).
47) 모피(毛皮)로 둥글게 만든 겨울 모자(帽子).
48) 부라리며. '부라리다'는 위협하느라고 눈을 크게 하여 무섭게 휩뜨는 것을 말함.
49) 으르렁거리며. 으르렁대며.
50) 던지거늘.
51) 함께 하여. 같이하여.
52) 막지르려 하니. 앞질러 가로막으려 하니.
53) 끌어.
54) 넘겨 치우고.
55) 말고삐를 다 끊어.
56) 채찍질하여 쫓거늘.

러트시 구느뇨[58]?”

늘근 놈이 글오디,

“비 오며 비 아니 오문 의주(依藉)치 말고[59], 늬 집인 즉(則) 손이 감(敢)히 머므디[60] 못ᄒ리라.”

ᄒ고 셩닌 눈을 부릅쓰고 섬으로 올나올시[61], 마춤 쥬인(主人)의 집 큰 개 최(崔)의 압흐로 지느거늘[62] 털퇴(鐵槌)를 딕녕(直領) 스매의 쓰 밧긔 드러느지 아니케 ᄒ고[63] 바로 개 코마로를 넌즈시 치니[64], 그 개 흔 소릭도 못ᄒ고[65] 즉시(卽時) 쥬그니, 그 늙은 놈이 무변(武弁)의 스매의 털퇴(鐵槌) 너흐믈 혜아리지 못ᄒ고[66] 드만 그 쥬머귀 굿셰다 일너[67], 드듸여 쥬머귀 힘을 비교(比較)코저 ᄒ야 부엌문(門)의 셔셔 드른 긔를 불너[68] 쥬머귀로 개를 찍오[싸리]니[69], 그 개 울고 드라느며 죽디 아니ᄒ

---

57) 비가 그치면.
58) 어찌 반드시 이렇듯이 구느냐?
59) 빙자(憑藉)하지 말고. 핑계 대지 말고.
60) 머물지.
61) 성낸 눈을 부릅뜨고 섬돌로 올라오는데.
62) 앞으로 지나가거늘.
63) 소매에 싸서 드러나지 않게 하고.
64) 바로 개의 콧마루를 넌지시 치니.
65) 한 소리도 못하고. 찍소리도 못하고.
66) 철퇴를 넣은 것을 헤아리지 못하고.
67) 다만 그 주먹이 굳세다고 이르며.
68) 부엌문에 서서 다른 개를 불러.

거늘, 그 늙은 놈이 쯧ᄒ디[70],

　'무변(武弁)의 힘이 져보ᄃᄀ 낫ᄃ[71].'

ᄒ야 이의 ᄌ못 두려워ᄒᄂ 비치 잇ᄂ지라[72].

　비 잠근(暫間) 개매, 무변(武弁)이 다른 마을 집으로 올마ᄀ매 인매(人馬ㅣ) ᄃ 쥬럿ᄂ지라. 날리 어듭어짐의[73] 이르러 무변(武弁)이 종(從)놈의 전닙(戰笠)[74]을 밧고아[75] 쓰고 웃거리 옷슬[76] 벗고 다만 협슈(夾袖)[77]만 닙고 몸을 ᄀ비야이 ᄒ야[78] 텰퇴(鐵槌)를 ᄀ지고 홀노 안ᄌ 밤 들기를 기ᄃ려 쟝ᄎ(將次ㅅ) 늙은 놈을 ᄯ려 죽이고 그 쳐(妻)를 겁간(劫姦)코ᄌ ᄒ야 밤을 타 들여ᄀ기를 심즁(心中)의 췌마(揣摩)[79]ᄒ 즈음의 그 늙은 놈의 체(妻ㅣ) 여듧 그릇 밥과 여듧 믈의 여물과 쥭(粥)을 출혀[80] 두

---

69) 주먹으로 개를 때리니.

70) 뜻하되. 생각하되.

71) 자기보다도 낫다.

72) 이에 자못 두려워하는 빛이 있는지라.

73) 날이 어두워짐에.

74) 전립(氈笠). 조선시대 무관이 쓰던 벙거지.

75) 바꾸어.

76) 웃옷을.

77) 동달이. 검은 두루마기에 붉은 안을 받치고 붉은 소매를 달며 뒷솔기를 길게 터서 지은 군복.

78) 몸을 가볍게 하여.

79) 촌탁(忖度). 헤아림.

80) 차려.

어 스름으로 ᄒ야금 ᄀ지고 왓거늘 무변(武弁)이 글오ᄃᆡ,

"늬 이곳의 머무ᄂᆞᆫ 쥴을 엇지 알고 왓ᄂᆞ뇨?"

그 겨집이 ᄃᆡ(對)ᄒ여 글오ᄃᆡ,

"힝치(行次ㅣ) 반ᄃᆞ시 ᄃᆞ른 ᄃᆡ로 ᄀ지 아니ᄒ믈 혜아려ᄂᆞᆫ이[81)
노쥬(奴主)의 ᄃᆡ식(大食)[82)을 가(可)히 궐(闕)티 못ᄒᆞᆯ 거신 고(故)
로[83) ᄌᆞ못 출혀 ᄀ지고 왓ᄉᆞ오나[84), 그윽이 힝ᄎᆞ(行次)의[긔]셔
젼닙(戰笠)을 쓰고, 웃거리 오셜 벗고[85) 안ᄌ 겨시믈 보오니,
그 의향(意向)을 ᄀ(可)히 ᄋᆞ올지라. 뎌 늙은 놈의 ᄉᆞ오나온 ᄌᆞ
슬 본 즉(則)[86) 혈긔(血氣) 잇ᄂᆞᆫ ᄌᆞ(者)야 뉘 쏘려 쥬기고ᄌᆞ 안이
ᄒᆞ리잇ᄀᆞ마ᄂᆞᆫ, 비록 ᄒᆞᆫ 놈을 죽이나 쏘 ᄃᆞᆺ 놈이 잇시니 일시
(一時)의 뉵 부ᄌᆞ(六父子)의 인명(人命)을 ᄃᆞ 죽이미 엇지 즁난(重
難)티[87) 아니ᄒᆞ리잇고? ᄒᆞ믈며 이 밧 ᄒᆞᆫ ᄀ지 의ᄉᆞ(意思)ᄂᆞᆫ[88)
더옥 되지 못ᄒᆞᆯ 의ᄉᆞ(意思)오니, 엇지 망녕(妄靈)[89)된 싱각이 이
러ᄒᆞ시뇨? 힝ᄎᆞ(行次)를 위(爲)ᄒᆞ야 계교(計巧)ᄒᆞ건ᄃᆡ, 분(憤)ᄒᆞ

---

81) 다른 데로 가지 아니함을 헤아렸나니.
82) 아침저녁의 끼니.
83) 빠뜨리지 못할 것인 까닭으로.
84) 적지 않게 차려 가지고 왔사오나.
85) 웃옷을 벗고.
86) 저 늙은 놈의 사나운 모습을 보면.
87) 매우 어렵지.
88) 하물며 이 밖의 한 가지 생각은.
89) 늙거나 정신이 흐려서 말과 행동이 정상을 벗어난 상태.

신 쓰즐[90] 춤아 겨신 대셔[91] 진지를 줍습고[92] 뎌 물을 먹이시고 이 집의셔 평아니(平安이) 즈므시고[93] 시벽을 기드려 힝츠(行次)를 쎠느신 즉(則) 엇지 후덕쟝쟈(厚德長者)[94]의 안젼(安全)혼 계괴(計巧ㅣ) 아니리잇고?"

최(崔ㅣ) 듯기를 타[다]ᄒᆞ여 슈즁(手中)의 텰퇴(鐵槌)를 더지고 우어[95] 굴오ᄃᆡ,

"네 말리[96] 진실(眞實)노 올흐니 ᄂᆡ 엇지 어긔우리뇨?" ᄒᆞ고 밤을 지니여 발힝(發行)ᄒᆞ여 경ᄉᆞ(京師)의 이른 후(後) 오릭지 아냐[97] 경상 슈ᄉᆞ(慶尙水使)[98]를 ᄒᆞ얏ᄂᆞᆫ지라.

ᄒᆞ직(下直)ᄒᆞᆯ ᄯᅵ예 샹(上) 권(眷)이[99] 늉듕(隆重)[100]ᄒᆞ오시거늘, 슈ᄉᆡ(水使ㅣ) 우러러 엿ᄌᆞ와 굴오ᄃᆡ,

"아모 싀골의[101] 화외완인(化外頑人)[102]이 잇ᄉᆞ와 크게 공ᄉᆞ

---

90) 뜻을. 생각을.

91) 계신 데서. 계신 곳에서.

92) 잡수시고.

93) 주무시고.

94) 후덕군자(厚德君子). 덕행(德行)이 두텁고 점잖은 사람.

95) 철퇴를 던지고 웃어(웃으며).

96) 네 말이.

97) 오래지 않아서.

98) 경상도 수군절도사(水軍節度使). 조선시대 경상도의 수군을 통솔하던 종3품 으뜸 무관 벼슬.

99) 임금의 돌보심이.

100) 융숭(隆崇). 후하고 극진(極盡)함.

(公事)의 해(害ㅣ) 되오니, 비록 신(臣)의 영문(營門)의 소관(所管)이 아니오나 편의죵ᄉ(便宜從事)[103]ᄒᆞᆸ기를 쳥(請)ᄒᆞᄂᆞ이다.”

상(上)이 윤가(允可)[104]ᄒᆞ시니, 노졍(路程) 션문(先文)[105]의

‘그 늙은 놈의 뉵 부ᄌᆞ(六父子)를 엄ᄀᆞ착수(嚴苛捉囚)[106]ᄒᆞ여 뻐 대령(待令)ᄒᆞ라.’

ᄒᆞ니 그 늙은 놈의 부지(父子ㅣ) 완만(頑慢)ᄒᆞ야 본군(本郡)의 발포(發捕)[107]ᄒᆞᄆᆞᆯ 막ᄌᆞ르거늘[108], 이의 군돌(軍卒)을 발(發)ᄒᆞ야 그 왼 ᄆᆞ을를 에우고[109] 결박(結縛)ᄒᆞ야 자바ᄂᆡ야 큰칼을 씌이고 엄슈(嚴囚)[110]ᄒᆞ얏더니, 슈ᄉ(水使) 힝ᄎᆡ(行次ㅣ) 본군(本郡) 긱ᄉ(客舍)의 이르러 형구(刑具)럴 크게 베플고 ᄒᆞ야금,

“엄수(嚴囚)ᄒᆞᆫ 죄인(罪人) 올이라!”

ᄒᆞ니 그 늙은 놈의 쳬(妻ㅣ) 몬져 머리를 플며 발을 벗고 관졍(官庭) ᄀᆞ온듸 ᄃᆞ라드러와 쳐연(悽然)ᄒᆞᆫ 소ᄅᆡ와 ᄋᆡ궁(哀矜)ᄒᆞᆫ 말슴

---

101) 아무 곳의 시골에.
102) 임금의 교화(敎化)를 받지 못하여 성질이 모진 사람.
103) 임금이 관리를 파견할 때 특정한 일을 정해서 맡기지 않고 형편에 따라 좋을 대로 하도록 맡기던 일.
104) 윤허(允許)함.
105) 벼슬아치가 지방에 출장 갈 때 그 도착 날짜를 미리 통지하던 공문.
106) 준엄하게 죄인을 잡아들임.
107) 죄인을 잡으려고 포교(捕校)를 보내던 일.
108) 막지르거늘. 앞질러 가로막거늘.
109) 그 온 마을을 에워싸고.
110) 죄인을 단단히 가둠.

으로 빅단(百端)으로 슬피 비[빌]어 글오딕,

"이 놈의 죄(罪)를 소인(小人)으로 당(當)ᄒ야 다스리라 ᄒ야도 맛당이 죽이고져 ᄆ음이 이실 거시오나 쏘흔 지아비 완만(頑慢)ᄒᄆ로써 여긔 이르럿ᄉ오나 뎌 늙은 놈이 형벌(刑罰)의 즉은 즉(則) 쇼인(小人)이 맛당이 즉시(卽時) 주결(自決)ᄒ여 뼈 조ᄎ랴 ᄒᄂ지라[111]. 향ᄂᆡ(向來)의 쇼인(小人)은 힝ᄎ(行次)의 큰 죄(罪)를 지으미 업ᄉ오니 홀노 소인(小人)의 안면(顏面)을 보시지 아니ᄒ리잇ᄀ?"

이러ᄐ시 쳬읍익걸(涕泣哀乞)홀ᄉᆡ, 그 늙은 놈을 졔 아들 드셧 놈으로 더부러 칼을 씌이고 흠긔 잡ᄋ드리니, 늙은 놈이 쏘 완만(頑慢)ᄒᆫ 말을 ᄂᆡ여 글오딕,

"사름을 엇지 다 쁫대로 죽이리뇨?"
ᄒ고 얼굴을 졋ᄇᆞ드 흘긔시 보고[112] 글오딕,

"뎌즈음긔[113] ᄂᆡ 집의 들넛던[114] 냥반(兩班)이로다. ᄉ름을 ᄀ(可)히 드 죽이지 못ᄒ리라."
ᄒ고 냥구(良久)히[115] 잇드ᄀ 눈물을 드리우거ᄂᆞᆯ, 그 연고(緣故)를 ᄆ른ᄃᆡ 대(對)ᄒ야 글오딕,

---

111) 자결함으로써 좇으려 하는지라.
112) 얼굴을 쳐들어 흘끗 보고.
113) 저번에. 지난번에.
114) 내 집에 들렀던.
115) 한동안.

“뎌 젹[116] 힝츠(行次ㅣ) 지나ㄱ신 후(後)로 닉 쳬(妻ㅣ) 미양 날 드려 닐러 ㄹ오딕,

‘조만ㄷ(早晚間)의 반드시 이 냥반(兩班) 손의 죽으리라.’

ᄒ더니, 이졔 그 말리 과연(果然) 마즈니[117], 일노뻐 슬허ᄒ노라.”

슈시(水使ㅣ) ㄹ오딕,

“닉 임의 너를 죽여 민간(民間)의 폐(弊)를 더올[롤] 쓰즈로[118] 탑젼(榻前)[119]의 뎡탈(定奪)[120]ᄒ여시니 엇지 네 죽기를 도망(逃亡)코즈 ᄒᄂᆞᆫ드?”

이윽고 늙은 놈이 드시 우러 ㄹ오딕,

“닉 이리 울믄 ᄒᆞᆫ 번(番) 죽기를 무셔워 ᄒᄂᆞᆫ 거시 아니라. 오늘날 이젼(以前)은 힝악(行惡)ᄒ믈 젼(全)혀 그른 줄 모로고 능ᄉ(能事)로 너겨더니[121], 오늘날 이 관ㄱ(官家) 쓸의 드러와 비로소 ᄉᆞᆷ의 도리(道理ㅣ) 맛당이 이러툿 ᄒ미 크게 그른 줄을 씩드라시니, 지ᄂᆞᆫ 뉵십 년(六十年)은 헛도이[122] 완미(頑迷)[123]ᄒᆞᆫ 가온딕 디닉여 다른 ᄉᆞᆷ의 ᄒ로 싱셰(生世)ᄒᆞᆷ만 ㄱ찌 못ᄒᆞᆫ지

---

116) 지난번.
117) 맞으니.
118) 민폐(民弊)를 덜 뜻으로.
119) 임금의 자리 앞.
120) 어떠한 일에 대해 임금의 재가(裁可)를 받음.
121) 여겼더니.
122) 헛되이.
123) 고집스럽고 사리(事理)에 어두움.

라[124]. 이제 비록 몸을 근신(謹愼)ᄒ야 뼈 젼일(前日)의 만(萬)가지 죄과(罪過)를 속(贖)ᄒ고져 ᄒ오나 ᄒ 번(番) 주근 후(後)ᄂ ᄀ(可)히 밋츨 길히 업ᄂ지라[125]. 엇지 슬프고 셟지 아니ᄒ리뇨? ᄃ만 업듸여 바라건듸, 이 말ᄉᆷ이 목젼(目前)의 죽기를 면(免)ᄒ랴 ᄒᄂ 계교(計巧)로 보지 마ᄅ시고, 아즉 죄(罪)를 샤(赦)ᄒ야 노으시고 후일(後日)을 두고 보오셔[126] ᄃ시 고치지 아니ᄒ거든 늬두(來頭)의 ᄯ려 죽이시미 엇지 ᄀ(可)치 아니ᄒ시리뇨? 소인(小人)의 ᄌ셩[손](子孫)의 번[반]거(盤據)[127]ᄒ미 일조일셕(一朝一夕)의 도망(逃亡)ᄒ야 피(避)ᄒ 길이 업ᄉ오니, ᄉᄯᅩ(使道) 이후(以後)의 힝ᄎ(行次)ᄒ셔 우리 부ᄌ(父子ㅣ) 만일(萬一) 기 ᄭ우짓ᄂ 소ᄅᆡᄅ도 놉거든 그ᄯᅥ 죽이시미 엇지 맛당치 아니리잇고? 이제 준명(殘命)을 ᄭ우이셔[128] 기과근신지도(改過謹愼之道)[129]를 인도(引導)ᄒ시면 그 은혜(恩惠) 경즁대소(輕重大小)를 맛당이 엇지 ᄃ 갑흐리오?"

슈ᄉᆡ(水使ㅣ) 그 긔ᄉᆡᆨ(氣色)을 ᄉᆯ피니 셩심(誠心)으로 나ᄂ 듯 ᄒ지라. 이의 골오듸,

---

124) 다른 사람이 하루 동안 세상에 사는 것만 같지 못한지라.
125) 가히 미칠 길이 없는지라.
126) 보셔서.
127) 어떤 곳에 근거를 두고 지킴.
128) 이제 남은 목숨을 꾸어주셔서(빌려주셔서).
129) 허물을 고치고 매사에 삼가는 도리.

"네 ᄆᆞ음은 비록 회과ᄌᆞ신(悔過自新)[130]을 ᄒᆞ나 네 ᄋᆞ들리[131] 엇지 그러ᄒᆞ기를 밋으리오?"

다숫 놈이 ᄃᆞ 글오듸,

"아비 임의 이릇툿 ᄒᆞ온듸 ᄌᆞ식(子息)이 혹(或) 그러티 안인즉(則) ᄒᆞᄂᆞᆯ이 반ᄃᆞ시 벌(罰)ᄒᆞ시리이ᄃᆞ."

늙은 놈이 글오듸,

"이졔 ᄌᆡᄉᆡᆼ지은(再生之恩)을 닙히시면 다만 죽기를 두루혀[132] 생도(生道)를 어들 쑨 아니라[133], 이의 금슈(禽獸)로뼈 인도(人道)에 드러ᄀᆞ미니, 이졔로부터 왼 집이 노복(奴僕)이 되어 이 은덕(恩德) 갑기를 긔약(期約)ᄒᆞ나니, 이후(以後) ᄒᆡᆼ치(行次ㅣ) 상경(上京)ᄒᆞ실 째 슛막에 드지 마르시고 바로 쇼인(小人)에 집의 ᄒᆡᆼ초(行次)ᄒᆞ오셔 죵(從)의 집쳐로[134] 아롤시기를[135] 쳥(請)ᄒᆞᄂᆞ이ᄃᆞ."

슈ᄉᆡ(水使ㅣ) 이에 늙은 놈의 뉵 부ᄌᆞ(六父子)를 일시(一時)에 ᄇᆡᆨ방(白放)[136]ᄒᆞ고 슐 먹여 위로(慰勞)ᄒᆞ니 늙은 놈의 부쳐(夫妻)

---

130) 허물을 뉘우치고 스스로 새로워짐.

131) 아들이.

132) 죽음을 돌이켜.

133) 살 도리를 얻을 뿐만 아니라.

134) 종의 집처럼.

135) 아시기를.

136) 무죄(無罪)로 밝혀져 놓아줌.

와 부지(父子ㅣ) 울며 감격(感激)ᄒ여 물너ᄀ더라.

그 후(後)에 ᄃ시 그 늙은 놈의 집에 역닙(歷入)ᄒ니, 부지(父子ㅣ) 슌실(純實)ᄒ고 근후(謹厚)ᄒ야 말이 눌(訥)ᄒ 듯ᄒ고 얼골이 심(甚)히 슈삽(羞澁)ᄒ야 다시 반졈(半點)도 이젼(以前) 포악(暴惡)ᄒ 거동(擧動)이 업고 익연(藹然)[137]이 향듕(鄕中) 졔일(第一) 냥민(良民)이 도야[138] 동신(終身)토록 최(崔)의게 복ᄉ(服事)[139]ᄒ미 튱노(忠奴)에셔 디나다[140] ᄒ더라.

---

137) 온화(溫和)한 모양.
138) 되어.
139) 좇아서 섬김. 받들어 섬김.
140) 충직(忠直)한 종보다도 더 낫다고.

제3화

북[복]히션효보옹구 覆海船效報翁仇[1]

김 쟝군(金將軍) 덕녕(德齡)[2]이 과부(寡婦) 집 쏠의게 쟝ㄱ든 이튼날 악모(岳母)[3]의게 드러ㄱ 졀ᄒ야 뵈고 인(因)ᄒ야 악옹(岳翁)[4]의 상ᄉ(喪事) ᄂᆫ 히를[5] 무른딕 악뫼(岳母 |) 울고 슬허 글오딕,

"ㄱ옹(家翁)이 집의셔 고죵(考終)[6]을 ᄒ여 겨시면 오히려 녜ᄉᆡ(例事 |)여니와 아모 싀골의 사오나온 죵이 이시딕[7] 죡당(族黨)이 강셩(强盛)ᄒ더니, ㄱ옹(家翁)이 게 ㄱ셔 도라오지 못ᄒ시

---

1) 바다에 뜬 배를 뒤집어 장인의 원수를 힘써 갚다
2) 김덕령(金德齡, 1567~1596) : 임진왜란 때의 의병장. 자(字)는 경수(景樹), 본관(本貫)은 광주(光州), 붕섭(鵬燮)의 아들. 의병장으로 왕의 신임을 얻자, 시기하는 자들의 무고로 옥사(獄死). 시호는 충장(忠壯).
3) 장모(丈母). 빙모(聘母).
4) 악장(岳丈). 빙장(聘丈). 장인(丈人).
5) 초상(初喪)이 난 해를. 돌아가신 해를.
6) 고종명(考終命). 오복(五福)의 하나. 제 명대로 편안히 살다가 죽는 것을 이름.
7) 아무 시골에 사나운 종이 있어서.

고, 아들도 업고 쏘 형뎨(兄弟ㅣ) 업고 드만 이 약녀(弱女) 일골 육(一骨肉)샌이라[8]. 미망인(未亡人)이 일야(日夜) 비는 바는 오직 쌀이 줄라[9] 비필(配匹)를 구(求)ㅎ야 어든 후(後) 손을 비러[10] 원슈(怨讐)를 갑기의 잇더니[11], 동상(東床)[12]이 신긔(神奇)혼 용 녁(勇力)이 잇단 말를 듯고 구(求)ㅎ야 스회를[13] 삼으미 대강(大 綱)이 연고(緣故)로드."

혼되 덕녕(德齡)이 되(對)ㅎ야 굴오되,

 "악구(岳家)[14]의 큰 원쉬(怨讐ㅣ) 이시니 니 명일(明日)에 밧 비[15] 도모(圖謀)ㅎ믈 기드리쇼셔."

 악뫼(岳母ㅣ) 굴오되,

 "어제 혼인(婚姻)혼 신낭(新郎)이 엇지 반드시 이리ㅎ리오? 아 직 셔셔(徐徐)히 ㅎ라."

혼되 덕녕(德齡)이 구지 쳥(請)ㅎ야[16] 죵 여스슬 드리고 써나[17]

---

 8) 이 어린 딸, 하나의 피붙이뿐이라.
 9) 딸이 자라서.
10) (사위의) 손을 빌려.
11) 원수를 갚으려고 하였는데.
12) 사위.
13) 사위를.
14) 처가(妻家).
15) 바삐.
16) 굳이 청하여.
17) 종 여섯 명을 데리고 떠나서.

스오나온 죵 잇는 곳의 이르니, 노비(奴輩ㅣ) 그 신낭(新郎)인 줄 무러 알고[18] 흔연(欣然)이 느와 마즈 굴오딕,

"상뎐딕(上典宅)의 셩문(聲聞)[19]이 젹연(寂然)이 싣허지니[20] 노비(奴輩)의 연모(戀慕)ㄱ 샹(常)히 근졀(懇切)ᄒᆞᆸ더니[21] 이졔 ᄃᆞ힝(多幸)이 조흔 바ᄅᆞ미 부러[22] 새 셔방(書房)님이 강님(降臨)ᄒᆞ시다."

ᄒᆞ고, 혹(或) 속냥(贖良)[23]ᄒᆞ며 혹(或) 공(貢)[24] 바치기를 쳥(請)ᄒᆞ야 언약(言約)ᄒᆞ미 누쳔 금(累千金)의 니른지라[25].

덕녕(德齡)이 진실(眞實)노 그 ᄀᆞᆫᄉᆞ(奸邪)[26]ᄒᆞᆷᄅᆞᆯ 의심(疑心)ᄒᆞ나 ᄒᆞᆫᄀᆞᆯ굿치 져의 ᄒᆞ는 바를 조츠[27] 도라올 힝긔(行期)ㄱ 머지 아니ᄒᆞᆫ지라[28].

노비(奴婢ㅣ) 고(告)ᄒᆞ야 굴오딕,

---

18) 종들이 그가 신랑이라는 것을 물어서 알고.

19) 소문(所聞). 소식(消息).

20) 감감하게 끊어지니.

21) 그리움이 늘 간절하였는데.

22) 좋은 바람이 불어.

23) 몸값을 받고 노비의 신분을 풀어 주어서 양민이 되게 하던 일.

24) 세(稅)로 내는 돈이나 곡식.

25) 몇 천 금에 이르렀는지라.

26) 성격이 간교(奸巧)하고 사악(邪惡)함.

27) 한결같이 저들이 하는 바를 따라. 한문본에는 '오래 머물지 않으려고(不欲 爲久留)'라고 하였음.

28) 돌아갈 날짜가 얼마 남지 않았는지라.

"하향(遐鄉) 노복(奴僕)이 즈루 상뎐(上典)을 뫼실 길이 업고[29], 이졔 비숑(拜送)[30] ᄒ기를 당(當)ᄒ오니 ᄒ졍(下情)[31]의 결연(缺然)[32] ᄒ믈 이긔지 못ᄒ올지라. 히샹(海上)의 션유(船遊)가 장관(壯觀)이오니, 쇼인(小人)들이 삼현(三絃)[33]을 빌고[34] 좀 음식(飲食)을 츌히와[35] ᄒ 쌔 즐기시과뎌 ᄒ오니[36], 셔방(書房)님이 즐기 조츠시리잇ᄀ?[37]"

덕녕(德齡)이 잇는 고(故)로[38] 거줏 그 흉듕(譎中)[39]의 싼지는 체ᄒ고 드듸여 그 ᄇᆡ에 오르니, 덕녕(德齡)의 ᄃᆞ려간 ᄇᆞ 여슷 죵이 ᄯᅡ르고져 흔듸, 악노(惡奴)의 당듕(黨中) 늙은 슈십(數十) 놈이 언덕 ᄀᆞ의셔 여슷 죵을 결박(結縛)ᄒ여 두고, ᄇᆡ를 씌워 듕뉴(中流)의 니르러 ᄉᆞ오나온 놈드리 셩닉여 ᄭᅮ지져 글오듸,

---

29) 먼 시골의 종이 자주 상전을 모실 길이 없고.

30) 해나 괴로움을 끼치는 사람을 덧들이지 않고 고이 내 보냄. *민간에서 마마(媽媽)를 앓기 시작한 지 13일 만에 두신(痘神)을 전송하는 일. 귀신에게 밥을 차려 주고 경문(經文)을 읽은 뒤 내보냄.

31) 아랫사람의 생각이나 사정.

32) (대접을) 충분히 하지 못하여 서운함.

33) 세 가지 현악기. 거문고, 가야금(伽倻琴), 향비파(鄉琵琶).

34) 빌리고. 빌려오고.

35) 약간의 음식을 차려서.

36) 한때 즐기시게 하고 싶은데.

37) 즐겨(기꺼이) 따르시겠습니까?

38) 한문본에는 '김덕령이 그들의 기색을 보고(金看其氣色)'라고 하였음.

39) 속임수 가운데.

"네 악옹(岳翁)이 장대(壯大)흔 즈(者)로도 우리 무리 손의 죽엇거늘 네 겨유 황구(黃口)[40] 면(免)흔 아히ㄱ 감(敢)히[히] 쳐ㄱ(妻家)를 위(爲)ᄒ야 츄로(推奴)[41]를 ᄒ랴 ᄒ니 엇지 그리 망녕(妄靈)된다? 네 스스로 주글 째니 우리 무리의 쾌(快)흔 이리라[42]. 네 더러이 죽고져 ᄒᄂᆫ다, 조출이[43] 죽고져 ᄒᄂᆫ다?"

덕녕(德齡)이 머리를 구프리며 몸을 숫그러이ᄒ야[44] 거즛 췌췌(惴惴)[45]ᄒᄂᆫ 형상(形狀)을 ᄒ야 글오듸,

"더러이 죽으믄 엇지 ᄒ미며 조히[46] 죽으믄 엇지 ᄒ미뇨?"

악당(惡黨)이 글오듸,

"피로쎠 늬 칼의 무치믄 더러우미요[47], 네 스스로 물레 ᄲᅡ뎌 죽으믄 즈[조]ᄒ미니라[48]."

덕녕(德齡)이 글오듸,

"비록 죽으나 더러우믈 슬히여 ᄒᄂᆫ이[49], 원(願)컨듸 즈[조]

---

40) 본디 새 새끼를 이름. 어린아이 혹은 경험이 미숙한 사람을 비유적으로 이르는 말.
41) 달아난 종을 붙들어 오거나 몸값을 받아 오는 일.
42) 네 스스로 죽을 때이니 우리 무리에게는 즐거운 일이다.
43) 조촐하게. 매우 아담하고 깨끗하게.
44) 머리를 굽히며 몸을 두려운 듯이 하여.
45) 두려워서 벌벌 떠는 모양.
46) 깨끗이.
47) 피를 내 칼에 묻히는 것은 더럽게 죽는 것이요.
48) 네 스스로 물에 빠져 죽으면 깨끗이 죽는 것이다.
49) 더러움을 싫어하나니.

히 죽으믈 원(願)ᄒ노라. 그러나 셩찻[찬](盛饌)이 압히 ᄀ득ᄒ얏시니[50] 쳥(請)컨듸 잠간(暫間) 느추어 ᄒᆞᆫ 번(番) 비불이[51] 먹고 죽게 ᄒ라."

그 듕(中) ᄒᆞᆫ 놈이 글오듸,

"독에 든 쥐ᄀ 어대로 ᄀ리오? 네 비ᄂᆞᆫ 바를 허(許)ᄒ노라."

덕녕(德齡)이 먹으믈 퍽이 슈이ᄒ야[52] 악당(惡黨)이 밧비 물의 ᄲᅡᆫ지믈 ᄌᆡ촉ᄒᄂᆞᆫ지라. 덕녕(德齡)이 이에 몸을 소소와[53] 긔운(氣運)을 지어 발노쎠 비 널을[54] 구르고 호련(忽然)이 공듕(空中)의 나솟기를[55] 두어 길을 ᄒ니, 비ᄀ 임의 업쳐졋다ᄀ 다시 뒤쳐진지라[56]. 덕녕(德齡)이 이에 ᄂᆞ려셔니[57] 왼 비 온듸 악당(惡黨)이 다 ᄲᅡ져 죽은지라[58].

덕녕(德齡)이 홀노 비를 져어 언덕의 향(向)ᄒ니 건넌편의[59] 늙은 놈드리 바라보고 ᄲᅱ여 ᄃ라나거ᄂᆞᆯ, 덕녕(德齡)이 뭇히 ᄂ

---

50) 풍성하게 차린 음식이 앞에 가득하니.
51) 배불리.
52) 퍽 쉽게 하여.
53) 솟구쳐.
54) 뱃바닥의 판자를. 갑판(甲板)을.
55) 솟아나기를.
56) 배가 이미 엎어졌다가 다시 뒤집혀졌는지라.
57) 내려서니.
58) 온 배의 모든 악당이 다 빠져 죽었는지라.
59) 건너편의.

려[60] 여슷 죵의 민 거슬 플고[61] 듯는 놈드를 쏘츠[62] 형셰(形勢
ㅣ) 듯는 바람 굿ᄒ여[63] 드 차이여[64] 죽은지라. 들녀 촌중(村中)
의 드러가니 촌듕(村中)의 남녀노쇠(男女老少ㅣ) 덕영(德齡)의 듀
머귀예 드닷기여[65] 죽지 아니 리 업셔[66] 죽엄이 싸이미 산(山)
굿혼지라[67]. 악당(惡黨)의 직물(財物)를 수탐(搜探)ᄒ매 그 쉬(數
ㅣ) 만금(萬金)의 너문지라[68].

도라와 악모(岳母)의게 고(告)혼디, 악뫼(岳母ㅣ) 쓸의 ᄂ려 울
며 사례(謝禮)ᄒ더라.

---

60) 뭍에 내려.
61) 묶인 것을 풀고.
62) 달리는(달아나는) 놈들을 쫓아.
63) 달리는 바람 같아서.
64) 다 (걷어)채여.
65) 주먹에 다닥뜨려. 주먹에 다닥쳐서. 주먹에 맞아서.
66) 죽지 않을 사람이 없어.
67) 주검이 쌓인 것이 산 같은지라.
68) 그 숫자가 만금을 넘은지라.

제4화

햐익자엄구지[졔]복투부 嚇愛子嚴舅制伏妬婦[1]

안동(安東) 짜히 권셩(權姓) 亽뷔(士夫ㅣ) 이시니 マ산(家産)이 요부(饒富)ᄒ고 셩품(性品)이 엄(嚴)ᄒ야 집안 어거[가](御家)[2] ᄒ기를 위엄(威嚴)으로뼈 ᄒ매 쳐즈(妻子)와 노복(奴僕)이 췌뉼(惴慄)[3]ᄒ야 두려워ᄒᆞᆯ식, 오직 독즈(獨子)쑨잇[이]고 며ᄂ리 극(極)히 亽오나오나 쏘흔 감(敢)히 존구(尊舅) 압히 소ᄅ를 닉지 못ᄒᄂᆞ지라.

권싱(權生)이 만일(萬一) 셩닐 일 곳 잇시며[면][4] 믄득 명(命)ᄒ야 대쳥(大廳) マ온ᄃ 돗츨 펴고[5] 좌긔(坐起)[6]흔 즉(則) 간간

---

1) 사랑하는 아들을 꾸짖어, 시아버지가 질투 심한 며느리를 제압하다

2) 집안을 다스림.

3) 두려워서 벌벌 떪.

4) 성낼 일이 곧 있으면.

5) 돗자리를 펴고.

6) 관청의 으뜸 벼슬에 있는 이가 출근하여 일을 잡아함. 여기서는 '자리를 잡고 앉았다.'는 뜻임.

(間間)이 노복(奴僕)이 댱ᄒ(杖下)의 죽는 이 잇ᄂ지라[7].

　그 독ᄌ(獨子)의 쳐기(妻家ㅣ) 스십 이(四十里) 밧긔 이시니[8], 가 쳐부모(妻父母)를 보고 도라올ᄉᆡ, 듕노(中路)의 비를 졸련(猝然)이 만ᄂ[9] 슛막의 피(避)ᄒ야 드러ᄀ니, 흔 소년(少年) 션비 몬져 그 슛막에 하쳐(下處)[10]ᄒ고, 마구(馬廏)의 슬찐 말 오뉵 필(五六匹)을[11] 미얏ᄂ듸, ᄯᅩ 호한(豪悍)[12]흔 죵놈 십여 명(十餘名)이 듸령(待令)ᄒ고, 힝찬(行饌)[13]의 미주(美酒)와 가회(佳肴ㅣ)[14] 압히 버려ᄂ지라[15].

　권 소년(權少年)을 마ᄌ[16] 돗츨 흡(合)ᄒ고 셩명(姓名)을 통(通)흔 후(後) 비쥰(杯樽)[17]을 흔 ᄀ지로 흘ᄉᆡ, 술마시 극(極)히 쳥녈(淸洌)[18]ᄒ고 안쥐(按酒ㅣ) 극(極)히 아롬다와 두 사름이 듸작(對酌)ᄒ매 잡고 권(勸)ᄒ야 취(醉)키의 이르러[19] 권ᄉᆡᆼ(權生)이 몬져

---

7) 곤장(棍杖)으로 매를 맞고 죽는 이가 있는지라.
8) 사십 리 밖에 있는데.
9) 도중에서 비를 갑자기 만나.
10) 길을 가다가 객점(客店)에 묵음.
11) 살찐 말 대여섯 필을.
12) 호방(豪放)하고 사나움.
13) 여행할 때 가지고 가는 반찬이나 음식.
14) 맛난 술과 좋은 안주가.
15) 앞에 벌여져 있는지라.
16) 맞아.
17) 술잔과 술독. 술자리.
18) 맛이 산뜻하고 시원함.

혼도(昏倒)[20] 흔지라.

밤이 깁흔 후(後) 권싱(權生)이 비로소 술을 씌야 눈을 둘러보니 앗ㄱ 동비(同杯)ㅎ던[21] 소년(少年)이 발셔 간 고지 업고[22] 몸만 홀노 숫막 안방의 누이엿ᄂᆞ디[23] 겻히[24] 흔 소복(素服)흔 여지(女子ㅣ) 이시니 나히 거의 십팔구 셰(十八九歲)나 되고 용모(容貌)와 티되(態度ㅣ) 극(極)히 한아(閒雅)[25]ㅎ며 단졍(端正)ㅎ니 결단(決斷)코 이 경ᄉ틱우[위](京師台位)[26]의 집 부녜(婦女ㅣ)라.

권 소년(權少年)이 놀나 물어 글오디,

"그디ᄂᆞ 엇더흔 ᄉᆞ름이며, 늬 엇지 밧겻흐로부터[27] 안방의 올마 누이엿ᄂᆞ뇨?[28]"

여러 번(番) 괴로이 무른디 종시(終是) 디답(對答)지 아니ᄒᆞ다ㄱ 오래거야[29] 말ᄒᆞ야 글오디,

---

19) 취하기에 이르러.
20) 정신을 잃고 쓰러짐.
21) 아까 함께 술을 마시던.
22) 벌써 간 곳이 없고.
23) 눕혀져 있는데.
24) 곁에.
25) 조용하고 품위가 있음.
26) 서울에 있는 삼공(三公)의 자리라는 뜻으로, '서울의 재상가'를 이르는 말.
27) 바깥으로부터.
28) 안방에 옮겨 눕혀졌는가?
29) 오래 되어서야.

"밤의 늬 집 노지(奴子ㅣ) 업어다ㄱ 옴겨 누임이오. 나는 셔울 훤혁(烜赫)[30]흔 문벌(門閥)의 부녀(婦女)라. 십뉵(十六)의 혼인(婚姻)ㅎ야 십칠(十七)의 홀노 되니, 엄부(嚴父)는 기세(棄世)[31]ㅎ션 지 올리고[32], 오래비 가스(家事)를 쥬댱(主掌)[33]ㅎ니, 오라비 셩벽(性癖)이 심(甚)히 고집(固執)ㅎ야 결단(決斷)코 국쇽(國俗)을 조츠 어린 누의을 청상(靑孀)으로 늙히지 아니랴 ㅎ야[34], 스면(四面)으로 기フ(改嫁)ㅎ야 보닐 곳을 구(求)ㅎ니, 나의 일문종족(一門宗族)이 괴로이 금(禁)ㅎ야 글오듸,

　'엇지 네 손으로 졸연(猝然)이 우리 문호(門戶)를 더러리[피]려 ㅎㄴ뇨?'

ㅎ야 여러 의논(議論)이 이러틋 슴엄(森嚴)ㅎ고 금(禁)ㅎ니, 오라비 훌 일 업셔 날을 싯고 길거리의 잇션 지 발셔 사오 년(四五年)이 되엿시니, 그 쯧이 대기(大槪) 아모 남즈(男子)ㄹ도 쯧의 드난 이랄[35] 겁박(劫迫)ㅎ여 맛지고[36] 도망(逃亡)ㅎ야 フ 나의 종적(蹤迹)을 종족(宗族)의 이목(耳目)의 엄익(掩匿)[37]고져 ㅎ는 계괴

---

30) 업적이나 공로 따위가 빛나고 밝음.
31) 세상을 떠남. 사망(死亡)함.
32) 오래 되었고.
33) 중심이 되어 책임지고 맡아 행함. 또는 그 사람.
34) 나라의 풍속에 따라 어린 누이를 청상으로 늙히지 않으려 하여.
35) 뜻에 드는 이를. 마음에 드는 사람을.
36) 맡기고.
37) 가리어 숨김.

(計巧ㅣ)라. 이졔 그듸 늬 겻히 이시니[38] 내 오라비는 응당(應當)
블셔 ᄀ시리라.[39]"

ᄒ고 압히 흔 봉물(封物)을 ᄀ르텨[40] ᄀ오듸,

"이는 사빅 냥(四百兩) 은지(銀子ㅣ)니, 머물너 나의 싱이(生涯)
근본(根本)을 ᄒ미라.[41]"

ᄒ거늘, 권싱(權生)이 밧겻 숫막의 나ᄀ보니 그 쇼년(少年)의 노
주인매(奴主人馬ㅣ)[42] 일병(一竝)[43] 다 ᄀ 자최 업고 다만 두 낫
겨집종이[44] 써러뎌 잇는지라.

졀믄[45] 남녜(男女ㅣ) 심야(深夜)의 동실(同室)ᄒ니 엇지 환호
(歡呼)ᄒ미 업스리오. 졍(情)을 미즌 후(後)[46] ᄀ만이 싱각흔 즉
(則) 엄부시ᄒ(嚴父侍下)의 쳔즈(擅恣)[47]히 복쳡(卜妾)[48]ᄒ미 반
다시 대변(大變)이 날 거시오, 쏘 안해의[49] 투긔(妬忌) 졔어(制

---

38) 그대가 내 곁에 있으니.
39) 벌써 갔으리라.
40) 가리켜. 가리키며.
41) 남겨두어 내가 살아갈 밑천으로 삼게 함이라.
42) 종과 주인과 말이.
43) 다함께. 한꺼번에.
44) 두 명의 계집종이.
45) 젊은.
46) 정을 맺은 후.
47) 제 마음대로 하여 조금도 거리낌이 없음.
48) 자기와 성(姓)이 다른 여자를 첩으로 맞아들임.
49) 아내의.

御)홀 모칙(謀策)이 업스니, 만난 바 조흔 일이 믄득 큰 짐미 되야[50] 엇지홀 줄을 모르는지라.

그 녀즛(女子)를 아직 슛막의 머물너 두어 시비(侍婢)로 ᄒᆞ야금 직히우고[51] 도라오는 길의 평일(平日) 친구(親舊) 듕(中) 지모(智謀) 잇는 벗을 들너 차자[52] 당(當)ᄒᆞᆫ 일을 ᄀᆞ초 이르고[53], 또 엄부시ᄒᆞ(嚴父侍下)의 극(極)히 난쳐(難處)ᄒᆞᆫ 연유(緣由)를 고(告)ᄒᆞ야 방편(方便)홀[54] 계교(計巧)를 쳥(請)ᄒᆞᆫ듸 그 벗이 글오듸,

"늬 수일(數日) 후(後)의 쥬회(酒會)를 베플 거시니 그듸 반다시 와 모히고[55], 그듸도 또 쥬회(酒會)를 베플러 갑은[56] 즉(則), 우리 술이 난만(爛漫)ᄒᆞᆯ믈 승근(乘間)[57]ᄒᆞ야 말솜 잘ᄒᆞ야 존쟝(尊丈)의 엄(嚴)ᄒᆞ신 ᄆᆞ음을 두루혀시게[58] 홀 거시니 그대로 ᄒᆞ라."

소년(少年)이 도라와 엄부(嚴父)게 반면(反面)[59]ᄒᆞᆫ 후(後) 수일

---

50) 좋은 일이 믄득 큰 짐이 되어.

51) 지키게 하고.

52) 들러 찾아서.

53) 갖추어 말하고. 자초지종(自初至終)을 말하고.

54) 방편으로 삼을.

55) 반드시 와서 모이고.

56) 갚은.

57) 틈을 탐.

58) 돌이키시게.

59) 외출에서 돌아와 어버이를 뵙는 일. *어떤 사실과 반대 되거나 다른 방면.

(數日) 후(後)의 엄부(嚴父)긔 친구(親舊)드리 쥬회(酒會)예 쳥(請)
ᄒᆞ믈 고(告)ᄒᆞ고 가더니, 그 후(後) 소년(少年)이 쏘 갑ᄂᆞᆫ[60] 주회
(酒會)를 베풀어 친구(親舊)들을 쳥(請)ᄒᆞ야 즐기기를 엄부(嚴父)
긔 품(稟)ᄒᆞ고[61] 여러 친구(親舊)들을 쳥(請)ᄒᆞ야 그 지모(智謀)
잇셔[션][62], 소년(少年)을 위(爲)ᄒᆞ야 획칙(劃策)ᄒᆞ던 친구(親舊)
소년(少年)이 다른 벗을 언약(言約)ᄒᆞ야 홈긔[63] 이르러 몬져 늙
은 권싱(權生)긔 졀ᄒᆞ여 뵈오니, 노권(老權)이 ᄀᆞᆯ오ᄃᆡ,

"쇼년(少年)의 무리 즈로 쥬회(酒會)를 베프나 이 노부(老夫)ᄂᆞᆫ
쳥(請)ᄒᆞ지 아니ᄒᆞ니 진실(眞實)노 개연(慨然)[64]ᄒᆞ도ᄃᆡ!"

그 쇼년(少年)들이 ᄃᆡ(對)ᄒᆞ야 ᄀᆞᆯ오ᄃᆡ,

"존쟝(尊丈) ᄀᆞᆺᄌᆞ오신[65] 엄녕[졍](嚴正)ᄒᆞ오신 셩픔(性品)의 어
룬이 좌샹(座上)의 겨오시면[66] ᄆᆞᆫ득 살풍경(殺風景)[67]이 되ᄂᆞᆫ지
라. 이러므로 감(敢)히 우러러 쳥(請)치 못ᄒᆞ엿ᄂᆞᆫ이다."

늙은 권싱(權生)이 ᄀᆞᆯ오ᄃᆡ,

"오늘은 ᄂᆡ 맛당이 그ᄃᆡ 무리 주회(酒會)의 참예(參預)ᄒᆞ여 노

---

60) 갚는.
61) 아뢰고.
62) 있는.
63) 함께.
64) 억울하고 원통하여 몹시 분함.
65) 같으신.
66) 계시면.
67) 삭막하여 흥취가 없음.

쇼(老少)의 예졀(禮節)을 거리끼지 말 거시니 그딕 등(等)은 혹(或) 누으며 혹(或) 거러안자[68] 언쇼달난(言笑團欒)[69]ᄒᆞ여 즐기믈 마음딕로 ᄒᆞ라."

흔딕 여러 쇼년(少年)들이 딕답(對答)ᄒᆞ고 노쇠(老少ㅣ) 셔로 더부러 참착(參錯)[70]이 안자 슐이 취(醉)ᄒᆞ고 흥(興)이 ᄂᆞᆫ만(爛漫)ᄒᆞ매 늙은 권싱(權生)이 ᄀᆞ로딕,

"오늘 노름이 즐거우나 쇼년(少年)들은 엇지 고담(古談)으로 노인(老人)의 귀의 ᄒᆞ여 들여[71] 마암을 깃거ᄒᆞ게 아니ᄒᆞᄂ뇨?[72]"

이에 그 지모(智謀) 잇던 쇼년(少年)이 슛막의셔 권 쇼년(權少年)이 의외(意外)예 녀ᄌᆞ(女子) 만나던 긔특(奇特)흔 ᄉᆞ연(事緣)을 짐즛[73] 고담(古談)을 삼아 일통(一通)[74]을 ᄀᆞ쵸[75] 고(告)ᄒᆞ니, 노권(老權)이 흔연(欣然)이 즐겨 듯ᄂᆞᆫ지라.

말을 파(罷)ᄒᆞ매 그 쇼년(少年)이 ᄀᆞ로딕,

"만일(萬一) 존장(尊丈)게셔 이럿툿흔 경계(境界)를 당(當)ᄒᆞ시

---

68) 걸터앉아.

69) 여럿이 함께 즐겁고 화목하게 담소(談笑)를 즐김.

70) 뒤섞여 고르지 못함.

71) 노인의 귀로 하여금 들리게 하여.

72) 마음을 기쁘게 아니하느냐?

73) 짐짓. 일부러. 고의로.

74) 한 통. 한 편(篇).

75) 갖추어.

면 그 녀즈(女子)로 더부러 침셕(寢席)을 혼 マ지로 ᄒ시리잇
マ?"

노권 왈(老權曰),

"늬 비록 평일(平日)의 죠쉬(操守ㅣ)[76] 잇시나 이런 터를 당
(當)ᄒ면 엇지 궃가이 아니ᄒ리요?"

그 쇼년(少年)이 쏘 일통(一通)을 도도아[77] 말ᄒ야 マ로ᄃᆡ,

"시싱(侍生) 등(等)은 뼈 ᄒ되[78] 죤쟝(尊丈) 궃치 엄졍(嚴正)ᄒ
신 어룬은 비록 그 녀즈(女子)를 만나시나 반ᄃ시 궃マ이 아니
ᄒ실 줄노 아옵ᄂ이다."

노권(老權)이 왈(曰),

"그럿치 아니ᄒ다. 당쵸(當初)의 그 쇼년(少年)이 취(醉)ᄒ여
그 방(房)의 드러マ미 사람의 속이믈 입은 배나[79] 짐즛 부러
혼 일이 아니요[80], 그 녀직(女子ㅣ) 쏘 ᄉ족(士族) 녀편늬라. 홀
연(忽然)이 공듕(空中)의 ᄂ의게 의탁(依託)ᄒ고 갈 비 업스니[81],
만일(萬一) 그 원(願)을 거스린 즉(則) 졀믄 녀직(女子ㅣ) 쟝츳(將
次ㅅ) 엇더혼 상한(常漢)의게 실신(失身)ᄒᆯ 줄 모로니[82], 이 일

---

76) 굳게 지키는 지조(志操)가.
77) 돋우어.
78) 그로써 (생각)하기를.
79) 속임을 입은 바이나. 속은 것이나.
80) 짐짓 일부러 한 일이 아니요.
81) 아무 연고가 없는 나에게 의탁하고 갈 곳이 없으니.

이 진실(眞實)노 젹션(積善)이 아니요 인졍(人情)이 아니니, 스군
직(士君子ㅣ) 엇지 차마 이럿틋흔 박힝(薄行)[83]의 일를 흐리요
오? 날로 흐야곰 이러틋흔 일을 당(當)흐야도 즉시(卽時) 맛당
이 동죠[주](同禍)[84]흘 거시오, 두 번(番) 싱각을 기다리지 아
니흐리라."

그 쇼년(少年)이 고쳐 ᄀ로되,

"스리(事理ㅣ) 진실(眞實)노 그러흐리잇ᄀ?"

노권(老權)이 ᄀ로되,

"진실(眞實)노 그러흐고 진실(眞實)노 그러흘디니라."

이에 쇼년(少年)이 우어 글오되,

"앗ᄀ 엿ᄌ온 말슴이 고담(古談)이 아니라 곳 녕윤(令胤)[85] 벗
목하(目下) 일이니, 존장(尊丈)긔셔 임의 스리(事理)ᄀ 그러흐여
야 맛당흘 줄노 질뎡(質定)[86]흐여 말슴흐시기를 두세 번(番) 흐
야 겨시니, 이제 비록 이런 일이 이시나 존장(尊丈)의 죄칙(罪責)
흐시미 업스리이다."

흔대 노권(老權)이 즉시(卽時) 눈을 브릅쓰며 폴을 쏩닉여[87] 글

---

82) 어떤 상놈에게 몸을 망칠 줄 모르니.
83) 야박(野薄)한 행실(行實).
84) 동침(同寢)함.
85) 원주(原註)에 '늠의 아들 일콧ᄂ 말(남의 아들을 일컫는 말)'이라고 함.
86) 갈피를 잡고 헤아려서 작정(作定)함.
87) 눈을 부릅뜨고 팔을 뽐내어(걷어붙이며).

오딕,

"그딕 무리 일병(一竝) 드 물너그라. 늬 맛당이 쳐치(處置) 홀
일이 잇노라."

ᄒ고 졔 쇼년(諸少年)을 쪼츠 보닉고, 슈로(首奴)의게 ᄒ령(下令)
ᄒ여 글오딕,

"돗츨 대쳥(大廳)의 베플나!"

ᄒ고 대쳥(大廳) ᄀ온딕 안고 슈로(首奴)를 ᄒ령(下令)ᄒ여 작도
(斫刀)를 드리라 ᄒ고 엄(嚴)ᄒ 쇼릭 왼 집의 진동(振動)ᄒ니, 본
딕 셩픔(性品)이 엄(嚴)ᄒ 상젼(上典)의 호령(號令) 아릭 노복빅(奴
僕輩ㅣ) 뉘 감(敢)히 만홀(漫忽)[88]이 거힝(擧行)ᄒ리오. 즉각(卽刻)
의 작도(斫刀)를 ᄀ라 드려오니[89], 쏘 크게 ᄭᅮ지져 글오딕,

"밧비 셔방(書房)님을 잡아닉야 작도(斫刀) 아릭 업지르고[90]
수이 찍으라[91]!"

ᄒ대 수로[뢰](首奴ㅣ) 급(急)히 쇼상젼(小上典) 셔방(書房)님을
잇그러닉야[92] 쟉도(斫刀) 바탕의 업지른딕[93], 늙은 권싱(權生)
이 수죄(數罪)[94]ᄒ야 글오딕,

---

88) 등한(等閑)하고 소홀(疎忽)함.
89) 작두를 갈아서 들여오니.
90) 엎드리게 하고.
91) 빨리 (목을) 찍어라(자르라).
92) 이끌어내어.
93) 작두 아래 엎드리게 하니.

 "네 졀믄[95] 아히(兒孩)로 부형(父兄)긔 고(告)치 안코 감(敢)히 쳔주(擅恣)히 쳡(妾) 엇기를 ᄒᆞᄂᆞ뇨? 이러틋흔 힝실(行實)이 반ᄃᆞ시 우리 집을 망(亡)히올 거시니[96], 나의 셰상(世上)의 이실 ᄯᆡ를 미쳐 친(親)히 맛당이 네 목을 찍어 후폐(後弊)[97]를 싇ᄒᆞ리라."

ᄒᆞ고 호령(號令)ᄒᆞᄂᆞ 쇼ᄅᆡ 우래 ᄀᆞᆺᄒᆞ니[98], 늙은 권싱(權生)의 안히와 며ᄂᆞ리 ᄃᆞ 당(堂)의 ᄂᆞ려 만단(萬端)으로 익결(哀乞)ᄒᆞ야 글오ᄃᆡ,

 "흔낫 독주(獨子)를 엇지 참아 스스로 찍어 죽이랴 ᄒᆞ시ᄂᆞ뇨?"

 노권(老權)이 쏘흔 쇼ᄅᆡ를 크게 질너 ᄭᆞ지져 글오ᄃᆡ,

 "이 아히(兒孩ㅣ)를 밧비 죽이라!"

ᄒᆞ니, 그 안해 넉슬 일허 ᄃᆞ라ᄂᆞ고[99], 며ᄂᆞ리ᄂᆞ 머리털을 헤치고 기둥의 머리를 부듸이져[100] 쳬읍(涕泣)ᄒᆞ여 죽기로 ᄃᆞ토아 글오ᄃᆡ,

---

94) 저지른 죄를 들추어 열거하는 일. *여러 가지 죄.

95) 젊은.

96) 망하게 할 것이니.

97) 나중의 폐단(弊端).

98) 호령하는 소리가 우레와 같으니.

99) 그의 아내는 넋을 잃어 달아나고.

100) 기둥에 머리를 부딪치며.

"쇼년(少年)이 비록 힝실(行實)이 방즈(放恣)흔 죄(罪)를 범(犯)호야스오나 구가(舅家)¹⁰¹⁾의 혈속(血屬)이 다만 이 사름 흔 몸샌이오니, 존구(尊舅)는 엇지 츠마 이러툿 잔혹(殘酷)흔 거조(擧措)¹⁰²⁾를 호오셔 스스로 졀스(絕嗣)¹⁰³⁾홀 디경(地境)의 니르랴 호시느니잇マ? 쳥(請)컨디 즈부(子婦)의 몸으로 디신(代身)호기를 쳔만(千萬) 바라느이다."

노권(老權)이 글오디,

"집의 패악(悖惡)흔 아들이 이셔 그 집을 망(亡)호게 호므로, 는 출하히¹⁰⁴⁾ 니 싱젼(生前)의 죽여 업시 홈만 갓지 못흔디라. 우리 봉스(奉祀)¹⁰⁵⁾는 엇지 양즈(養子)를 쏘 マ(可)히 어들 길히 업스리오?¹⁰⁶⁾"

호고 더욱 셩니여 호령(號令)호며 ᄭ지져 밧비 찍기를 진촉호니, 종들은 다만 디답(對答)호고 츠마 발을 드디지 못호거늘¹⁰⁷⁾, 노권(老權)은 더욱 찍기를 진촉호고 소리 졈졈(漸漸) 엄(嚴)흔지라.

---

101) 시가(媤家). 시집.
102) 행동거지(行動擧止).
103) 무후(無後). 대(代)가 끊어짐.
104) 나는 차라리.
105) 조상의 제사를 받듦.
106) 얻을 길이 없으랴?
107) 차마 발을 디디지 못하거늘.

며느리 머리를 무수(無數)히 기동의 씨흐니 피 흘너 낫치 ᄀ
득ᄒ고[108], 간쟝(肝腸)이 쵸젼[진](焦盡)[109]ᄒ야 일쳔 번(一千番)
익걸(哀乞)ᄒ고 일만 번(一萬番) 익걸(哀乞)ᄒ야 손을 부븨이며
이ᄐ도록 괴로이 빌기를 마지아니ᄒ거늘[110], 노권(老權)이 이
에 글오듸,

"늬 비록 참작(參酌)ᄒ야 용셔(容恕)ᄒ랴 ᄒ나 너의 투긔(妬忌)
로써 반ᄃ시 집을 망(亡)ᄒ이지 아닐 니(理ㅣ)[111] 만무(萬無)ᄒ니
밧비 죽김만 곳지 못ᄒ니라.[112]"

며느리 글오듸,

"만일(萬一) 일분(一分) 인심(人心)이 잇ᄉ온 죽(則) 이러ᄒ오
[온] 경계(境界)를 지늬고 감(敢)히 투긔(妬忌)ᄒ올 ᄆᆞ음을 터럭만
친들 늬리잇ᄀ[113]?"

노권(老權)이 글오듸,

"네 비록 목젼(目前)의 엄급(嚴急)[114]ᄒ여 투긔(妬忌)티 아니ᄒ
기로 졍녕(丁寧)ᄒ[115] 말을 하나 이후(以後) 심계(心界ㅣ)[116] 져

---

108) 기둥에 찧으니 피가 흘러 낮에 가득하고.
109) 다 타버림.
110) 손을 비비며 애타도록 빌기를 마지않거늘.
111) 반드시 집을 망하게 하지 않을 리가.
112) 바삐 죽이는 것만 같지 못하느니라.
113) 투기할 마음을 털끝만큼인들 내겠습니까?
114) 급박(急迫)함.
115) 추측컨대 틀림없는.

기 ᄂᆞ즉ᄒᆞᆫ 즉(則)[117] 반ᄃᆞ시 요단(鬧端)[118]을 닐위여 닐 거시니[119], ᄂᆡ 엇지 너의 셩품(性品)을 아지 못ᄒᆞ리오? ᄂᆡ 결단(決斷)코 찍어 죽여 화근(禍根)을 ᄭᅳ너ᄇ리랴 뎡(定)ᄒᆞ엿시니[120], 네 감(敢)히 다시 말을 말나."

ᄒᆞ고 찍기를 더욱 ᄌᆡ촉ᄒᆞ니, 며ᄂᆞ리 ᄀᆞᆯ오ᄃᆡ,

"비록 개삿기 쇠삿기 ᄆᆞᆯ삿기온들[121] ᄒᆞᆫ 번(番) 이러ᄒᆞ온 놀납고 두려온 일을 지닌 후(後)ᄂᆞᆫ 필련[연](必然) 기심(改心)ᄒᆞ오려든, ᄌᆞ뷔(子婦ㅣ) 비록 우완(愚頑)[122]ᄒᆞ고 미련ᄒᆞ오나 오히려 사ᄅᆞᆷ의 ᄌᆞ식(子息)이오니 쳥텬빅일지ᄒᆞ(靑天白日之下)의[123] 이러트시 질졍(質定)[124]ᄒᆞ여 말ᄉᆞᆷᄒᆞ온 후(後) 엇지 변역(變易)[125]ᄒᆞ올 일이 잇ᄉᆞ올리잇ᄀᆞ?[126]"

노권(老權)이 ᄀᆞᆯ오ᄃᆡ,

---

116) 마음이 편하고 편하지 못한 형편이.
117) 적이 나직하게 되면. 좀 안정이 되면.
118) 소란(騷亂)스러움.
119) 일으켜 낼 것이니.
120) 끊어버리려고 정하였으니.
121) 개새끼 소의 새끼 말 새끼이온들.
122) 어리석고 완고(頑固)함.
123) 하늘이 맑게 갠 대낮에.
124) 갈피를 잡고 헤아려서 작정(作定)함.
125) 변하여 바꿈. 변하여 바뀜.
126) 있사오리까?

"네 늬 싱젼(生前)은 혹(或) 춤아 ᄀ려니와 나의 죽은 후(後)는 필연(必然) 야단(惹端)을 닐 거시니, 그쌔 뉘 능(能)히 금(禁)ᄒ리오? 나의 죽은 혼(魂)이 니러 나와 금(禁)홀 길 업슬디니라.[127]"

며ᄂ리 글오듸,

"존구(尊舅) 빅세(百歲) 후(後)의 ᄌ뷔(子婦ㅣ) 만일(萬一) 변역(變易)ᄒᄂ 일이 잇ᄉ온 즉(則) 반ᄃ시 구가(舅家) 조션(祖先) 지텬지녕(在天之靈)이[128] 큰 벌(罰)을 ᄂ리우시리이다.[129] ᄌ뷔(子婦ㅣ) 만일(萬一) 새로 오ᄂ 스름을 흘긔여 보면 그 마암이 맛당이 ᄌ부(子婦)의 친부모(親父母)을[를] 사 니로[130] 먹을 마암이니, 밍셰 말ᄉᆷ이 이ᄉ지 니르러ᄊ오나 존귀(尊舅ㅣ) 오히려 밋지 아니시니 졍ᄉᆡ(情勢ㅣ) 궁(窮)ᄒ고 형세(形勢ㅣ) 박(迫)ᄒ온지라.[131] 실(實)노 스ᄉ로 멱질너[132] ᄌ부(子婦)의 ᄯᅳᆺ을 붉히고져 ᄒᄂ이다."

노권(老權)이 글오듸,

"과연(果然) 진졍(眞情)이어든 네 ᄯᆺ즐[133] 내게 명문(明文)[134]

---

127) 일어나 나와 금할 길은 없을지니라.
128) 시집 조상님들의 하늘에 계신 혼령이.
129) 내리실 것입니다.
130) 산 이로. 산 사람으로. 산채로.
131) 사정(事情)과 형세(形勢)가 궁박(窮迫)한지라.
132) 멱찔러. 칼 따위로 목의 앞부분을 찔러.
133) 뜻을.
134) 뜻을 명백하게 밝힌 글.

을 써 드리미 가(可)ᄒ니라."

ᄒ대, 며ᄂ리 즉시(卽時) ᄒ 쟝(張) 조희를[135] 가져와 손조 밍셰ᄒᄂ는 말을 쓰니, 무릇 텬지간(天地間) 밍셰 바탕의 올ᄒ 말은[136] 다 긔록(記錄)지 아닌 말이 업ᄂ지라.

ᄉᆞᆺ희[137] 모년(某年) 모월(某月) 모일(某日)과 셩명(姓名)을 가초 뼈 ᄭ러 밧드러 드리니[138], 노권(老權)이 그 밍문(盟文)[139]을 본 후(後) 이에 아들을 푸러 ᄂ녀여보ᄂ니고[140] 슈로(首奴)ᄃ려 일너 글오ᄃ,

"노비(奴婢) 각(各) 오명(五名)이 직직(直直)[141] 아모 숫막의 ᄂ아ᄀ 셔방(書房)님 쇼실(小室)을 실러[142] 오라."

ᄒ니, 노비(奴婢ㅣ) 즉시(卽時) ᄃ려와[143] 구고(舅姑)[144]긔와 밋 [145] ᄂ즈(內子)[146]긔 현알(見謁)ᄒ니[147], ᄂ진(內子ㅣ) 죵신(終身)

---

135) 종이를.
136) 맹세할 때의 옳은 말은.
137) 끝에.
138) 갖추어 써서 꿇어 받들어 드리니.
139) 맹세한 글.
140) 풀어서 내보내고.
141) 곧장.
142) 실어서.
143) 데려와.
144) 시부모(媤父母).
145) 및.
146) 남에게 자신의 아내를 일컫는 말. 여기서는 정실(正室)을 말함.

토록 감(敢)이 조곰도 환심(歡心)을 일치[148] 아니ᄒᆞ야 ᄉᆞ랑ᄒᆞ기
를 아오 ᄀᆞᆺ치 ᄒᆞ다 이르더라.[149]

---

147) 알현(謁見)하니. 뵈니.
148) 잃지.
149) 사랑하기를 아우같이 하였다고 이르더라.

제5화

토조션투쳐곤부 討操船妬妻困夫[1]

   우 병스 샹듕(禹兵使尙中)[2]은 공쥐(公州ㅣ)[3] 동즈산(童子山)[4]
스름이라.

   녀력(膂力)이 과인(過人)ᄒ더니, 쳐개(妻家ㅣ) 뫼 너머 잇는지
라. 장ᄀ 든 후(後)의 ᄆᆡ양 져녁밥 후(後)여[에] 녕(嶺)을 너머 쳐
가(妻家)의 ᄀ 자고 이튿날 도라오던이, 일일(一日)은 황혼 후(黃
昏後)의 녕(嶺)을 너믈 제[5] 큰 악회(惡虎ㅣ) 홀연(忽然)이 길을 당

---

1) 수군(水軍) 조련(操鍊)하는 곳을 들이쳐 질투가 심한 아내가 남편을 괴롭히다.

2) 우상중(禹尙中) : 생몰년 미상. 조선조 인조 때의 무신. 자는 일지(一之),
본관은 단양(丹陽). 1623년 인조반정 때 선전관으로 공을 세움. 이듬해 이괄
(李适)의 난 때 인조를 모신 공으로 가선대부(嘉善大夫)에 오름. 1627년 정묘
호란 때 쌍수산성(雙樹山城) 수어대장(守禦大將)으로 활약하였고, 1636년 병
자호란 때 전주영장(全州營將)으로 참전하였으며 1648년 홍청병사(洪淸兵
使)가 되었음. 시호는 충장(忠壯).

3) 공주(公州)는 충청남도에 있는 고을.

4) 대전광역시 유성구(儒城區) 장대동(場垈洞) 중앙에 있는 산.

5) 넘을 제. 넘을 적에.

(當)ᄒ여 물고져 ᄒ거늘, 상듕(尙中)이 ᄒᆞ 발노 내써 ᄎᆞ니[6] 즉시
(卽時) 죽ᄂᆞᆫ지라.

　상듕(尙中)이 이에 써메고[7] 그 안해[8] 방문(房門) 압히 니르러
줏ᄊᆞ려 안치고[9] 압히 큰 나무ᄉᆞ지로 벗쳐[10] 산 모양쳐로 ᄒᆞ여
두엇더니[11], 이튿날 아츰의 쳐ㄱ(妻家) ᄉᆞ름드리 문(門)을 열고
보ᄃᆞㄱ 크게 놀나,

　"악회(惡虎ㅣ) 방(房) 압히 와 안즛다!"
ᄒᆞ고 긔졀(氣絕)ᄒᆞ엿ᄃᆞㄱ 고쳐 보니[12] 죽은 거시더라.

　갑ᄌᆞ년(甲子年) 괄변(适變)[13]의 상듕(尙中)이 션젼관(宣傳官)[14]
이 되야 ᄃᆡ가(大駕)[15]를 비호(陪扈)[16]ᄒᆞ야 장ᄎᆞᆺ(將次ㅅ) 공쥐(公
州)를 향(向)ᄒᆞᆯ시 한강(漢江) ㄱ의 니르니, 사공(沙工)드리 임의
역젹(逆賊)을 붓조차[17] 비를 남편(南便) 언덕에 다히고[18] 죵시

---

6) 냅다 (걷어)차니.
7) 떠메고. 땅에 닿지 않도록 들어서 메고.
8) 아내의.
9) 쭈그려 앉히고.
10) 나뭇가지로 버티게 하여.
11) 산(살아 있는) 모양처럼 해두었더니.
12) 다시 보니.
13) 1624(인조2)년 이괄(李适)이 일으킨 반란.
14) 조선시대 선전관청(宣傳官廳)에 둔 무관직. 정3품부터 종9품까지 있었음.
15) 임금이 탄 가마.
16) 모시고 뒤따름.
17) 붙좇아.

(終是) 비를 다히지 아니ᄒᆞᄂᆞᆫ지라.

이쌔 쳔긔(天氣ㅣ) 처엄으로 치워[19] 강(江)물이 반빙(半氷)ᄒᆞ 얏거ᄂᆞᆯ, 상듕(尙中)이 물의 ᄲᅱ어드러 ᄒᆞᆫ 손으로 어름을 두ᄃᆞ리 며 ᄯᅩ ᄒᆞᆫ 손으로 물을 헤여 남편(南便) 언덕을 향(向)ᄒᆞ야 ᄀᆞ니 사공(沙工)이 샹아대로 상듕(尙中)의 머리를 ᄂᆡ쎠 친ᄃᆡ[20], 상듕 (尙中)이 물 속의셔 줌의약질ᄒᆞ야[21] 언덕의 긔여올나 주머귀 로[22] 다 쳐 죽이고 비를 스스로 져어 와 ᄃᆡ가(大駕)를 밧드러 뫼시니, 나라히 일노뼈[23] 총임(寵任)[24]ᄒᆞ시ᄃᆡ, 그 사름인 즉(則) 극(極)히 뇨료(了了)[25]치 못ᄒᆞ더라.

상듕(尙中)이 츌신(出身)ᄒᆞᆫ 쩍의 단긔단노(單騎單奴)[26]로 작ᄒᆡᆼ (作行)ᄒᆞ더니, ᄒᆞᆫ 쟝ᄉᆞ[27]의 말이 길 좁은 곳의셔 셔로 마조쳐 상듕(尙中)의 죵이 언덕 아릐 구령의 밀쳐 나리치니[28], 장ᄉᆡ

---

18) 대고.
19) 날씨가 처음으로 추워져서.
20) 머리를 냅다 치니까.
21) 자맥질하여. 무자맥질하여.
22) 언덕에 기어올라 주먹으로.
23) 나라가(조정이) 이로써.
24) 총애(寵愛)하여 중용(重用)함.
25) 총명(聰明)함. 영리(伶俐)함.
26) 한 마리의 말과 한 사람의 종.
27) 장사꾼.
28) 언덕 아래 구덩이로 밀어 떨어뜨리니.

뒤히 써러덧다가 나종의 와[29] 손으로 상듕(尙中)의 드딘 [30]
등즈(鐙子)[31]를 우기이[니][32] 등즈(鐙子) 쇠 상듕(尙中)의 발과
ᄒ나히 되거늘[33], 쟝시 드듸여 믈을 몰고 표연(飄然)이 가는
지라.

상듕(尙中)이 힘이 비록 만흐나 발 쌔힐[34] 모칙(謀策)이 업
서 죽기를 참아 괴로이 알타ᄀ[35] 힘을 다ᄒ야 오래거야 겨유
쌔혓더니[36], 그 후(後) 상듕(尙中)이 슈ᄉ(水使)[37]를 ᄒ엿더니,
부임(赴任)ᄒ라 갈 졔 길ᄀ 언덕의 ᄉ름이 이셔 불너 물어 굴
오듸,

"이젼(以前) 등즈(鐙子)의 줌기어쩐[38] 발을 그듸 엇지 쌔혀 늬
엿는뇨?"

상듕(尙中)이 경희(驚喜)ᄒ여 손으로 불너 ᄀᄀ이[39] 오라 ᄒ

---

29) 뒤에 떨어져 있다가 나중에 와서.
30) 디딘.
31) 말을 탈 때 두 발로 디디게 되어 있는 기구.
32) 우그리니. 우그러뜨리니.
33) 발과 하나가 되거늘. 우그러뜨린 등자에 발이 끼었다는 뜻임.
34) 비록 많으나 발을 빼낼.
35) 앓다가.
36) 힘을 다하여 오래 되어서야 겨우 빼냈더니.
37) 조선시대 수군을 통솔하기 위해 두었던 정3품 무관 벼슬인 수군절도사(水軍
    節度使).
38) 잠겼던.
39) 가까이.

니, 이에 녯적 만나던[40] 장시라. 샹듕(尙中)이 글오디,

"닐시.[41] 겨유 발을 싸혓거니와 그디ㄱ 녁스(力士)매 두 번(番) 만나기를 원(願)ᄒ더니, 오날날 만나니 실(實)노 천힝(天幸)이로다. 원(願)컨디 그디ᄂ 쟝스질을 긋치고[42] 날과 흔가지로[43] 임소(任所)의 ㄱ 비불이 먹고 지니다ㄱ[44] 도라글 써 맛당이 ㄱ득이 시러줄 거시니[45], 그디 쯧의 엇더ᄒ뇨?"

쟝시 글오디,

"닉 오날날 오믄 다만 등즈(鐙子)의 발 쌔힌 연유(緣由)를 알고져 ᄒ미라. 닉 임의(任意)로 다니기를 죠화ᄒ니[46] 엇지 ㄱ(可)히 스름을 쪼라 ᄃ니리뇨?"

ᄒ고 이별(離別)ᄒ고 ㄱ니라.

샹듕(尙中)의 부인(夫人)의 힘이 샹듕(尙中)의셔[47] 비(倍)ᄂ 되ᄂᄂ지라. 샹듕(尙中)이 미양 그 안해를 무셔워ᄒ야 감(敢)히 방외범식(房外犯色)[48]을 두지 못ᄒ더니 밋 경상우슈스(慶尙右水使)[49]

---

40) 만났던.

41) 날세.

42) 장사꾼 노릇을 그만두고.

43) 나와 함께.

44) 배불리 먹고 지내다가.

45) 돌아갈 때 마땅히 가득히 실어줄 것이니.

46) 좋아하니.

47) 상중보다.

48) 계집질을 하여 여색(女色)을 밝힘.

를 ᄒ매 슈조(水操)[50]를 장ᄎᆞᆺ(將次ㅅ) 통영(統營)[51]의 ᄀ 홀식,
시임(時任) 통졔ᄉᆞ(統制使)[52]ᄂᆞᆫ 곳 이 딕쟝 완(李大將浣) [53]이라.

　상듕(尙中)이 그 부인(夫人)이 먼이 잇시믈[54] 다힝(多幸)이 역
여 닌읍(隣邑) 기싱(妓生)을 슈조(水操)ᄒᆞᄂᆞᆫ 딕 ᄃᆞ려ᄃᆞᄀ 겻히 두
고[55] 여러 날 친합[압](親狎)[56]ᄒᆞ니 상듕(尙中)의 죵이 동ᄌᆞ산(童
子山)의 도라ᄀ 그 연유(緣由)를 안 상젼(上典)의게 고(告)ᄒᆞᆫ딕,
상듕(尙中)의 쳬(妻ㅣ) 즉시(卽時) 집신을 들메고[57] 거러 날ᄉᆞᆯ[58],
뒤히 흔 죵을 ᄃᆞ리고 가기를 술ᄀᆞᆺ치 ᄒᆞ야[59] ᄒᆞ로 슈빅 이(數百
里)식[60] 힝(行)ᄒᆞ야 잇틀 만의[61] 슈조(水操)ᄒᆞᄂᆞᆫ 곳의 ᄃᆞ다라 먼
이 바라보니 졍긔(旌旗)[62]와 군물(軍物)이 누션(樓船)[63] 우희 슴

---

49) 조선시대 경상도 거제(巨濟) 우수영(右水營)의 정3품 으뜸 무관 벼슬.
50) 수군(水軍)을 조련(操鍊)함.
51) 경상남도 충무시(忠武市)의 옛 이름. 수군통제영(水軍統制營)이 있었음.
52) 삼도수군통제사(三道水軍統制使). 임진왜란 발발 후 충청·경상·전라 등 3
　　도의 수군을 통솔하기 위해 특별히 마련한 무관직.
53) 이완(李浣, 1602~1674) : 조선조 현종 때의 무신. 자는 징지(澄之), 호는 매
　　죽헌(梅竹軒), 본관은 경주(慶州), 수일(守一)의 아들. 시호는 정익(貞翼).
54) 멀리 있음을.
55) 데려다가 곁에 두고.
56) 버릇없이 너무 지나치게 친함.
57) 신이 벗어지지 않게 끈으로 발에다 동여매고.
58) 걸어서 나오는데.
59) 뒤에 한 종을 데리고 가기를 화살같이 하여.
60) 하루(에) 수백 리씩.
61) 이틀 만에.

엄(森嚴)ᄒ고, 장교(將校)와 관니(官吏ㅣ) 그 가온ᄃᆡ 미만(彌漫)[64]ᄒ얏ᄂᆞᆫ지라.

상듕(尙中)의 체(妻ㅣ) 언덕 우흐로부터 소ᄅᆡ를 우레ᄀᆞᆺ치 ᄒᆞ야[65] 크게 불너 글오ᄃᆡ,

"우상듕(禹尙中)아, 우상듕(禹尙中)아! 이 놈아, 이 놈아!"

ᄒ니 ᄒᆞᆫ 비의 장교(將校)와 군시(軍士ㅣ) 그 ᄉᆞᄶ(使道) 분[부]인(夫人)인 줄 알고 풍비(風飛)[66]ᄒ야 비예 ᄂᆞ려 피(避)ᄒ기를 어즈러이 별 ᄒᆞᆺ터지덧 ᄒ니[67], 상듕(尙中)의 체(妻ㅣ) 비 ᄀᆞ온ᄃᆡ 올나 상듕(尙中)을 ᄭᅳ어 물녀 업지르고[68] 큰 곤쟝(棍杖)[69]으로 볼기 ᄉᆞ십 도(四十度)[70]를 치고 ᄯᅩ 글오ᄃᆡ,

"이 놈의 호강ᄒᄂᆞᆫ 죄(罪)ᄂᆞᆫ 가(可)히 ᄒᆞᆫ갓[71] 곤쟝(棍杖)으로만 죄(罪)주지 못ᄒᆞᆯ 거시니 맛당이 표적(表迹)을 ᄂᆡ여 뭇ᄉᆞ름으로 눈의 뵈게 ᄒ리라[72]."

---

62) 여러 가지 깃발.

63) 다락이 있는 배. 안에 이층으로 집을 지은 배.

64) 미만(彌滿). 가득 찬 상태.

65) 언덕 위로부터 소리를 우레같이 하여.

66) 바람에 날림. 풍비박산(風飛雹散)함. 사방으로 흩어짐.

67) 어지러이 별이 흩어지듯 하니.

68) 끌어다가 물리쳐서 엎어뜨리고.

69) 조선시대 죄인을 때리던 형구(刑具)의 하나.

70) 40대.

71) 한갓. 다만. 오직. 그것만으로.

ᄒ고 이에 날닌 칼노[73] 상듕(尚中)의 긴 수염(鬚髯)을 다 뭉쳐 ᄒ나토[74] 남겨두지 아니ᄒ니, 공현[연](空然)이[75] 노파(老婆)의 모양이 된지라.

상듕(尚中)의 쳬(妻ㅣ) 즉시(卽時) 비예 ᄂ려[76] 동ᄌ산(童子山)의 도라ᄀ니, 상듕(尚中)의 모양(模樣)이 문득 별(別)사름이 되야 머리 ᄂᆡ밀기 어려운지라.

슈죄(水操ㅣ) 통영(統營)의 브칠[77] 긔약(期約)이 임의 ᄃᄃ라 군영(軍令)을 어긔우기[78] 어려운지라. 마지 못ᄒ야 통영(統營)의 가니, 니공(李公)이 놀나 무러 ᄀᆞᆯᄋᄃᆡ,

"슈ᄉ(水使)의 ᄂ로시[79] 상(常)해 죠터니[80] 이졔 무슴 연고(緣故)로 홀연(忽然)이 즁놈이 도[되]엿ᄂᄂᆄ?"

상듕(尚中)이 쵀[쳐]음은 두루 막아 말ᄒ다ᄀ[81] 밋 니공(李公)이 여러 번(番) 힐ᄂᆞᆫ(詰難)[82]ᄒ매 마지못ᄒ야 바로 고(告)ᄒ니,

---

72) 뭇사람의 눈에 보이게(띄게) 하리라.
73) 날카로운 칼로.
74) 하나도.
75) 하릴없이. 어찌 할 도리가 없이.
76) 배에서 내려.
77) 부칠. 돌려보낼.
78) 어기기가.
79) 나룻이. 수염(鬚髯)이.
80) 항상 좋더니.
81) 두루 막아서 말하다가. 이리저리 둘러대다가.

니공(李公)이 글오딕,

"무쟝(武將)이 젼(全)혀 위엄(威嚴)과 간(幹)판83)을 슝상(崇尙)흐거늘, 능(能)히 흔 사오나온 쳬(妻)을 졔어(制御)티 못흐니, 피쟌(疲屛)84) 흐미 이러틋흐고 장챳(將次ㅅ) 어딕 쓰리오?"

흐고 즉셕(卽席)의 계문파출(啓聞罷黜)85) 흐니라.

---

82) 따져 묻고 비난함.

83) 일을 능숙하게 처리하는 배포.

84) 지치고 나약(懦弱)함.

85) 임금에게 아뢰어 파면(罷免)시킴.

제6화

가관양노져표[필]부 假官佯怒抵拸父[1]

연원부원군(延原府院君) 니공(李公) 광졍(光庭)[2]이 양쥐목ᄉ(楊
州牧使)[3] ᄒ엿실 ᄢᅵ예 응시(鷹師ㅣ)[4] 잇서 날마ᄃ 보늬 산힝ᄒ
여[5] 져녁마ᄃ 도라오더니, 일일(一日)은 응시(鷹師ㅣ) 홀연(忽然)
경숙(經宿)[6]ᄒ고 도라오지 아니ᄒ거늘 고이(怪異)히 여기더니,
잇튼날 비로소 도라오매 졀고 드러오거늘[7], 연원(延原)이 그 연
고(緣故)를 무른듸, 응시(鷹師ㅣ) 우서[8] 글오듸,

---

1) 관원놀이로 노한 체하여 아비를 풍자하다

2) 이광정(李光庭, 1552~1627) : 조선조 선조 때의 문신. 자는 덕휘(德輝), 호
는 해고(海皐)·눌옹(訥翁), 본관은 연안(延安), 주(澍)의 아들. 선조 때 연원
부원군(延原府院君)에 봉해짐.

3) 조선시대 경기도 양주(楊州)를 다스리던 정3품 문관 벼슬.

4) 원주(原註)에 "미 산영ᄒᆞᄂᆞ ᄉᆞᄅᆞᆷ이라(매사냥하는 사람이다)."라고 하였음.

5) 사냥하여.

6) 집 밖에서 밤을 지냄. *임금이 서울 밖에서 밤을 지냄.

7) (다리를) 절면서 들어오거늘.

8) 웃어. 웃으며.

"어졔 매를 놋트ㄱ 일코[9] 날이 져믈매 ᄯ라ㄱ[10] 아무 촌(村)니 좌슈(李座首)[11]의 문(門) 압히 이르러 매를 밧고[12] 도라오고져 ᄒ더니, 홀연(忽然) 어두운 가온듸 들에는[13] 쇼릭 잇거늘, 보니 이에 다ᄉ 쳐녜(處女ㅣ) 급(急)히 오는지라. 형셰(形勢ㅣ) 호건(豪健)[14] ᄒ여 심(甚)히 무셥거늘, 쇼인(小人)이 놀나 쒸여 시닉를 넘어ㄱ드ㄱ 업드러뎌[15] 발을 상(傷)ᄒ고 인(因)ᄒ여 울 틈의 숨어 안자 드른 즉(則)[16], 다ᄉ 쳐녜(處女ㅣ) 서로 일너 글오듸,

'오날도 ᄯ 관원(官員)의 희롱(戲弄)을 ᄒ미 엇더ᄒ뇨?'

모듸 글오듸,

'죠타!'

ᄒ고 평상(平床)을 ᄯ히 베플고[17] 맛 쳐녜(處女ㅣ) 올나안자[18] 관원(官員)이 되고, 그 나마[19] 네 쳐녀(處女)는 좌슈(座首) 별감

---

9) 어제 매를 놓다가 잃고.

10) 날이 저물므로 (매를) 따라가.

11) 이씨 성의 좌수. '좌수'는 조선시대 지방관아에 두었던 향청(鄕廳)의 우두머리로, 아관(亞官) 또는 수향(首鄕)이라고도 하였음.

12) 매를 받고. 매를 매사냥꾼 팔뚝의 토시에 앉히고.

13) 들레는. 야단스럽게 떠드는.

14) 아주 세차고 굳셈.

15) 놀라서 뛰어 시내를 넘어가다가 엎어져서.

16) 울타리 틈에 숨어 앉아 들은 즉.

17) 땅에 베풀고. 땅바닥에 설치하고.

18) 맏 처녀가 올라앉아.

19) 그 나머지.

(別監)[20] 형방(刑房)[21] 스령(使令)[22] 명싴(名色)을 임의 뎡(定)호
매 믓 쳐녜(處女 l) 호령(號令)호여 글오딕,

  '니 좌슈(李座首)를 자바드리라[23]!'

흔딕 스령(使令) 쳐녜(處女 l) 길게 소릭호여 딕답(對答)호고 즉
시(卽時) 좌슈 처녀(座首處女)를 잡아드려 평상(平床) 아릭 업지르
고 소릭를 놉히호여,

  '잡아드렷ᄂ이다!'

  좌슈(座首)를[24] 흔딕, 네재[25] 쳐녜(處女 l) 형방(刑房)으로 말
을 뎐(傳)호여 글오딕,

  '분부(分付)를 드르라!'

흐니 그 분부(分付)의 글오딕,

  '혼인(婚姻)이 엇더흔 딕스(大事)완딕[26] 네 말(末)지 딸이[27]
임의 과시(過時)[28]호야시니 그 모든 형(兄)의 완[원]만(婉晚)[29]

---

20) 조선시대 향청의 좌수 버금자리. *조선시대 액정서(掖庭署)에 딸린 하인으
  로 임금이나 세자가 행차할 때 호위를 맡았음.
21) 조선시대 지방관아의 육방(六房) 가운데 형률(刑律)에 관한 일을 맡아하던
  아전(衙前).
22) 조선시대 지방관아에서 심부름하던 사람.
23) 잡아들이라!
24) 한문본에는 '맏 처녀가 곧 좌수의 죄를 물으니(伯女乃數座首罪)'로 되어 있음.
25) 넷째.
26) 어떠한 대사건대. 어떠한 대사이기에.
27) 네 막내딸이.
28) 때가 지남. 여기서는 시집갈 때가 지났다는 뜻임.

ᄒᆞᆫ 이를 거시 업거늘[30], 네 엇지 우유(優柔)[31]ᄒᆞ야 결단(決斷)티 아니ᄒᆞ고 ᄒᆞᆫ글ᄀᆞ치[32] 그 인윤[륜](人倫)을 폐(廢)코져 ᄒᆞᄂᆞ뇨?'

좌슈 쳐녜(座首處女ㅣ) 듸답(對答)ᄒᆞ야 ᄀᆞᆯ오듸,

'ᄒᆞ괴(下敎ㅣ) 지당(至當)ᄒᆞᆸ시듸 집안 형셰(形勢ㅣ) 박(迫)[33]ᄒᆞ와 혼구(婚具)가 망조(罔措)[34]ᄒᆞᆸ기 ᄌᆞ연(自然) 쳔연(遷延)[35]ᄒᆞ와 이에 이르러ᄂᆞ이다,'

관원 쳐녜(官員處女ㅣ) ᄯᅩ ᄀᆞᆯ오듸,

'혼상(婚喪)[36]은 집의 유무(有無)를 ᄯᅡ라 쟉슈(酌水)로 셩녜(成禮)[37]ᄒᆞ여도 ᄀᆞ(可)ᄒᆞᆯ 거시니, 엇지 금침범구(衾枕凡具)[38] ᄀᆞ초믈 기ᄃᆞ리리뇨?[39]'

좌슈 쳐녜(座首處女ㅣ) ᄯᅩ 듸(對)ᄒᆞ여 ᄀᆞᆯ오듸,

---

29) 늦어짐. *해가 짐.
30) 이를 것이 없거늘. 더 말할 것이 없거늘.
31) 우유부단(優柔不斷)함.
32) 한결같이.
33) 궁박(窮迫)함.
34) 망지소조(罔知所措). 매우 급하여 어찌할 바를 모름.
35) 시일을 미루어 감. 망설임. 지체(遲滯)함.
36) 혼례(婚禮)와 장례(葬禮).
37) 작수성례(酌水成禮). 물만 떠놓고 치르는 혼례.
38) 이부자리와 베개 등 모든 혼수(婚需).
39) 갖춤을 기다릴 것인가?

‘낭지(郞材)[40]를 엇기 어렵습기의[41] ㅈ연(自然)이 쳔연(遷延)
ᄒ엿습ᄂ이다.’

관원 쳐녜(官員處女ㅣ) 굴오딕,

‘진실(眞實)노 광구(廣求)[42]ᄒ면 엇지 스람이 업슴을 근심ᄒ
리오? 내 규즁(閨中)[43]의 드른 바로뼈 니르리니[44], 이 고을 송
좌슈(宋座首)와 김 별감(金別監)과 오 별감(吳別監)과 최 별감(崔別
監)과 뎡 좌슈(鄭座首)의 집의 다 낭지(郞材)가 이시니 ᄃ숫 스름
의 쉬(數ㅣ) 죡(足)ᄒ지라. ᄒ가지(로) 이 젼임(前任) 향쇠(鄕所ㅣ)
니[45] 문벌(門閥)이 셔로 ᄀ튼지라[46]. 엇지 더브러 결혼(結婚)치
아니ᄒᄂ뇨?’

좌슈 쳐녜(座首處女ㅣ) 굴오딕,

‘삼ᄀ 맛당이 듕미(仲媒)를 통(通)ᄒ여 의혼(議婚)ᄒ리이다.’
ᄒ딕 관원 쳐녜(官員處女ㅣ) 굴오딕,

‘네 죄(罪ㅣ) 맛당이 벌(罰)이 잇실 거시로딕 춤작(參酌)ᄒ야

---

40) 신랑(新郞)감.
41) 얻기 어렵기에. 얻기 어려우므로.
42) 널리 구함.
43) 깊은 안방. 부녀자가 거처하는 방.
44) 규중에서 들은 바로써 이를 것이니.
45) 다함께 이들은 전임 향소이니. ‘향소’는 ‘유향소(留鄕所)’라고도 하며, 조선
   시대에 풍속을 바로잡고, 향리(鄕吏)를 감찰하며, 민간에 정령(政令)을 전달하
   고 민의를 대변하던 수령의 자문기관으로 좌수나 별감 등이 이에 속하였음.
46) 서로 같은지라.

방송(放送)[47] 호거니와 만일(萬一) 스속(斯速)히[48] 호야 지닉지 아니호면 죄(罪)를 면(免)키 어려우리라.'

호고 인(因)호여 쓰어 닉치고[49], 다숫 쳐녀[녜](處女ㅣ) 일시(一時)의 웃고 헤여지니, 그 일이 심(甚)히 우습더이다."

연원(延原)이 듯고 향소(鄕所)를 불너 아모 면(面)의 니 좌슈[쉬](李座首ㅣ) 잇는 여부(與否)를 무른딕 글오딕,

"잇느니다."

연원(延原)이 글오딕,

"좌슈(座首)의 빈뷔(貧富ㅣ) 엇더호며, 즈녜(子女ㅣ) 언마나 호뇨[50]?"

딕(對)호야 글오딕,

"집은 젹빈(赤貧)이요, 즈녀(子女)는 언만 줄 즈시(仔細ㅣ)[51] 아옵지 못호오나 듯즈오니 쏠이 만타 호더니다[52]."

연원(延原)이 붉는 날 녜리(禮吏)[53]로 호야금 고목(告目)[54] 호

---

47) (죄인을) 놓아 보내줌. *라디오나 텔레비전을 통하여 널리 듣고 볼 수 있도록 음성이나 영상을 전파로 내보내는 일.

48) 이 자리에서 빨리.

49) 끌어 내치고.

50) 자녀가 얼마나(몇이나) 되느냐?

51) 자세히.

52) 듣자오니 딸이 많다고 합니다.

53) 예방(禮房). 조선시대 지방관아에서 예전(禮典)을 맡아보던 아전.

54) 천한 사람이 양반에게 하던 편지.

야 니 좌슈(李座首)를 불너 亽안(賜顔)[55]ᄒ고 말ᄒ야 글오ᄃᆡ,

"드르니 그ᄃᆡ 이젼(以前) 향임(鄕任)이라 읍亽(邑事)[56]를 의논(議論)코져 ᄒ여 브르랴 ᄒᄃᆡ[57] 결을티 못ᄒ얏노라[58]."

ᄒ고 인(因)ᄒ야 무러 글오ᄃᆡ,

"ᄌ녜(子女ㅣ) 언마나 ᄒ뇨?"

ᄃᆡ(對)ᄒ야 글오ᄃᆡ,

"명되(命途ㅣ)[59] 긔박(奇薄)[60]ᄒ와 ᄒ 아들도 업고 다숫 ᄯᆞᆯ이 잇ᄂᆞ니다."

연원(延原)이 글오ᄃᆡ,

"언마나 셩혼(成婚)ᄒ엿ᄂᆞ뇨?"

ᄃᆡ(對)ᄒ야 글오ᄃᆡ,

"ᄒ나토 혼인(婚姻)을 못ᄒ얏ᄂᆞ이다."

연원(延原)이 글오ᄃᆡ,

"년셰(年歲ㅣ) 다 일넛ᄂᆞ[ᄂᆞᆫ]야[61]?"

ᄃᆡ(對)ᄒ야 글오ᄃᆡ,

---

55) 방문한 아랫사람에게 면회를 허락함. 좋은 낯빛으로 아랫사람을 대함.
56) 고을에 관한 일.
57) 부르려고 하였으나.
58) 한가(閑暇)롭지 못하였노라.
59) 운명과 재수가.
60) 삶이 기구(崎嶇)하고 박복(薄福)함.
61) 나이가 다 이르느냐? 나이가 다 어리느냐?

"다숫지 쏠이 임의 과시(過時)ᄒ얏ᄂ이다."

연원(延原)이 뭇기를 관원 쳐녀(官員處女)의 말듸로 ᄒᆞᆫ 즉(則), 좌슈(座首)의 듸답(對答)이 ᄒᆞᆫ글ᄀᆞ치 좌슈 쳐녀(座首處女)의 말과 굿ᄒᆞ야, 니어[62] 낭지(郎材ㅣ) 어려우므로뻐 고(告)ᄒᆞ거늘, 연원(延原)이 이에 관원 쳐녀(官員處女)의 말ᄒᆞ던 바 두숫 집 낭지(郎材)를 이르니, 듸답(對答)ᄒᆞ야 ᄀᆞᆯ오듸,

"제 반다시[63] 민(民)[64]의 간한ᄒᆞ믈[65] 혐의(嫌疑)로 녁여 즐기 아니ᄒᆞ리이다[66]."

연원(延原)이 드듸여 니 좌슈(李座首)를 보늬고 예리(禮吏)로 ᄒᆞ야금 낭지(郎材ㅣ) 잇ᄂᆞᆫ 다숫 향소(鄕所)를 부르니 두숫 ᄉᆞ름이 다 이르러거늘, 어츠(語次)의[67] 호[혼]ᄉ 유무(婚事有無)를 무른듸 ᄃᆞ ᄀᆞᆯ오듸,

"ᄌᆞ식(子息)이 잇셔 당혼(當婚)[68]ᄒᆞ엿ᄂᆞ이다."

연원(延原)이 ᄀᆞᆯ오듸,

"늬 그듸늬를[69] 위(爲)ᄒᆞ여 혼쳐(婚處)를 ᄀᆞ르치미 ᄀᆞ(可)ᄒᆞ

---

62) 이어서.

63) 저들이 반드시.

64) 예전에 일반 백성이 고을 수령에게 자신을 가리키던 말.

65) 가난함을.

66) 혐의로 여겨 즐겨하지 않을 것입니다.

67) 어차간(語次間)에. 말을 하던 김에.

68) 혼인할 나이가 됨.

69) 그대네를. 그대들을.

랴[70]?”

　다숫 사람이 굴오딕,

　“만힝(萬幸)이로쇼이드.”

　연원(延原)이 굴오딕,

　“아모 면(面) 니 좌슈(李座首)의게 쏠 드숫시 닛시니[71] 그딕 무리 각(各) 흔 쏠식 혼인(婚姻)ᄒ미 ᄀ(可)ᄒ다.”

ᄒ니 드숫 사름이 듀뎌(躊躇)ᄒ여 즉시(卽時) 허락(許諾)지 아니ᄒ거늘, 연원(延原)이 크게 쇼리ᄒ여 굴오딕,

　“뎌도 향쇼(鄕所)뇨[요], 이도 향쇠(鄕所ㅣ)니[72] 지취덕졔(地醜德齊)[73]ᄒ거늘, 그딕 무리 즐겨 아니ᄒ믄 드만 간난(艱難)을[74] 혐의(嫌疑)ᄒ미라. ᄀ흔흔[75] 쳐녀(處女)ᄂᆞᆫ 드만 혼인(婚姻)홀 긔약(期約)이 업스리오? 늬 나와 지위(地位ㅣ)[76] 그딕 무리보ᄃ ᄀ엇더ᄒ관ᄃᆡ[77] 말을 닌 후(後)의 ᄒ여금 무료(無聊)케 ᄒ니 스톄(事體ㅣ)[78] ᄃᆡ든이 그르도다[79].”

---

70) 혼처를 가르침이(말해줌이) 가하겠는가?

71) 딸 다섯이 있으니.

72) 저도(이 좌수도) 향소요, 이들도(다섯 사람도) 향소이니.

73) 두 집의 문벌이나 덕망이 서로 같음.

74) 가난을.

75) 가난한.

76) 내 나이와 지위가.

77) 그대들보다 어떠하기에.

78) 사리(事理)와 체면(體面)이.

ᄒᆞ고 인(因)ᄒᆞ야 다ᄉᆞᆺ 쟝(張) ᄀᆞᆫ지(簡紙)[80]를 ᄲᅦ혀[81] 다ᄉᆞᆺ ᄉᆞ름 압히 더뎌[82] ᄀᆞᆯ오ᄃᆡ,

"잡(雜)말 말고 각각(各各) 아들의 ᄉᆞ듀(四柱)를 뼈 ᄂᆡ라."

ᄒᆞ니 다ᄉᆞᆺ ᄉᆞ름이 황공(惶恐)ᄒᆞ여 명(命)을 바다 뼈 ᄂᆡ거ᄂᆞᆯ, 연원(延原)이 즉시(卽時) 스스로 퇵일(擇日)ᄒᆞ고 ᄃᆞᆺ ᄉᆞ름다려 일너 ᄀᆞᆯ오ᄃᆡ,

"가난ᄒᆞᆫ 집이 엇지 뼈 혹션혹후(或先或後)[83]ᄒᆞ여 디ᄂᆡ리오? 다ᄉᆞᆺ 빵(雙) 부뷔(夫婦ㅣ) 일시(一時)의 교ᄇᆡ(交拜)[84]ᄒᆞ미 진실(眞實)노 희흔(稀罕)ᄒᆞᆫ[85] 경ᄉᆡ(慶事ㅣ)라. ᄂᆡ 맛당이 몬져 그 집의 ᄀᆞ 범구(凡具)[86]를 칙응(責應)[87]ᄒᆞᆯ 거시니 그ᄃᆡ 무리 이ᄃᆡ로 ᄒᆞ라."

ᄒᆞ고 인(因)ᄒᆞ여 주회[효](酒肴)[88]를 ᄀᆞᆺ쵸와 먹이고 다ᄉᆞᆺ ᄉᆞ름을 각각(各各) 도포차(道袍次)[89] ᄒᆞ나식 주고, ᄂᆡ 좌슈(李座首) 집의

---

79) 대단히 그릇되었도다.
80) 편지에 쓰는, 장지로 접은 종이.
81) 뽑아.
82) 다섯 사람 앞에 던지며.
83) 누구는 먼저 하고 누구는 나중에 함.
84) 혼례(婚禮). 혼인할 때 신랑과 신부가 서로 절하는 예.
85) 희한한. 보기 드문.
86) 모든 기구(器具).
87) 책임을 지고 물품을 내어 줌.
88) 술과 안주.

아젼(衙前)을 보닉여 혼긔(婚期)로뼈 고(告)ᄒ고 쏘 굴오딕,

"ᄃ숫 쳐녀(處女)의 장속(裝束)[90] 홀 것과 혼인(婚姻)의 연슈(宴需)[91]는 관ᄀ(官家)로셔 당(當)홀 거시니 본(本)집은 넘녀(念慮) 말나."

ᄒ니 니 좌슈(李座首)의 왼 집이[92] 감격(感激)ᄒ믈 이긔지 못ᄒ더라.

젼긔(前期)ᄒ 이일(二日)의[93] 연원(延原)이 니 좌슈(李座首)의 말[마]을의 나와 머물고 큰 쇼를 잡히고 관ᄀ(官家) 차일(遮日)[94]과 포진 등물(鋪陳等物)[95]을 갓ᄃᄀ 그 집의 셩(盛)히 베풀고, ᄃ숫 탁ᄌ(卓子)를 ᄀ온딕 노핫ᄂ딕[96], ᄃ숫 사나히와 다숫 녀편(女便)닉 일시(一時)의 교빅(交拜)ᄒᄂ 그림재 쓸 ᄀ온딕 비쵀니[97] 굿보ᄂ 스름이 담 굿ᄒ야[98] 혀 ᄎ 일쿳기를 마지아니ᄒ니[99], 이연(藹然)[100]ᄒ 화긔(和氣ㅣ) 궁(窮)ᄒ 집의 ᄀ득ᄒ더라.

---

89) 도포를 지을 옷감.

90) 차림새.

91) 잔치에 쓸 물품.

92) 온 집안이.

93) 혼례일보다 이틀 앞서서.

94) 햇볕을 가리기 위해 치는 포장(布帳).

95) 바닥에 깔아 놓는 방석, 요, 돗자리 따위를 통틀어 이르는 말.

96) 가운데 놓았는데.

97) 그림자가 뜰 가운데 비치니.

98) 구경하는 사람이 담 같아서.

이제 니르러 뎐(傳)ᄒ여[101] 젹션(積善)이라 일너, 연원(延原)
의 ᄌ손(子孫)이 환달(宦達)[102] 번연(蕃衍)[103]ᄒ미 이에 비로시
미(라)[104] ᄒ더라.

---

99) 혀를 차며 칭찬하기를 그치지 않으니.
100) 가득한 모양. 왕성한 모양.
101) 지금에 이르도록 전하여.
102) 벼슬길에서 출세함.
103) 번성(蕃盛, 繁盛)함.
104) 비롯함이라.

제7화

차일념상좌패단 蹉一念上座敗丹[1]

남궁두(南宮斗)[2]는 함열(咸悅)[3]사람이라. 위인(爲人)이 강열[려](剛厲)[4]ᄒ여 사름으로 더부러 ᄃ토기를 됴화ᄒ니[5], 사람이 다 뮈워ᄒ고[6] 피(避)ᄒ더라.

진ᄉ(進士)로 태학(太學)[7]의 거지(居齋)[8]ᄒᆯ시 상(常)히 쳔이마

---

1) 한결같은 마음이 틀어져 상좌가 등선에 실패하다
2) 남궁두(南宮斗, 1526~1620) : 조선조 중기 단학파(丹學派)의 한 사람. 전라북도 함열(咸悅) 출신. 1555년(명종 10)에 진사과에 급제, 임피(臨陂)에서 살다가 애첩과 당질간의 간통사건으로 두 사람을 살해하고 중이 되어 법명을 총지(摠持)라 하고 지리산 쌍계사(雙溪寺)에서 은거하였음. 그 후 도교의 방술에 뛰어난 노승을 만나 내단(內丹)수련 끝에 신태(神胎) 직전까지 이르렀으나 수련에 실패하여 지상선(地上仙)에 그쳤다고 함.
3) 전라북도 익산시(益山市)에 속한 고을.
4) 사납고 격렬함.
5) 남들과 더불어 다투기를 좋아하니.
6) 미워하고.
7) 성균관(成均館).
8) 조선시대의 학교인 성균관·사학(四學)·향교(鄕校) 등에 있는 기숙사에서 생활하며 공부하던 일.

(千里馬)를 두고 어두울 찍면 특고 남(南)으로 싀골의 ᄂᆞ려ᄀᆞ[9] 그 ᄉᆞ랑ᄒᆞᄂᆞᆫ 첩(妾)을 보고 싀벽이면 다시 셔울노 올나오더니, 일일(一日)은 첩(妾)의 집을 ᄇᆞ라보고 오더니 댱듕(帳中)[10]의 등촉(燈燭)이 휘황(輝煌)ᄒᆞ고 밧문(門)을 닷지 아니ᄒᆞ엿거ᄂᆞᆯ[11] ᄆᆞ암의 고이(怪異)히 녁여 ᄀᆞ만이 어두운 ᄃᆡ셔 여어보니[12], 첩(妾)이 단장(丹粧)을 셩(盛)히 ᄒᆞ고 듕계(中階)[13]예 거니러 사람을 기ᄃᆞ리ᄂᆞᆫ 형상(形狀)이러니, 이윽고 밧그로셔 ᄒᆞᆫ 놈이 드러와 그 첩(妾)을 잇글고 방듕(房中)의 드러ᄀᆞ 희학(戲謔)[14]이 낭ᄌᆞ(狼藉)[15]ᄒᆞᄃᆞᄀᆞ 자거ᄂᆞᆯ, 그 놈을 자셔(仔細)히 보니 제 외질(外姪)[16]이라. 뒤(ᅱ │) ᄃᆞᄃᆡ여 ᄒᆞᆫ 활과 두 살을 어더[17] 창(窓)틈으로 ᄡᅩ아 죽이고 거젹의 두 죽엄을 ᄡᅡ[18] 여튼 굴헝의 너흔 후(後) 도라왓더니[19], 외질(外姪)의 집의셔 죽엄을 엇고 굴오ᄃᆡ,

---

9) 시골에 내려가서.
10) 장막(帳幕)의 안.
11) 바깥의 문을 닫지 아니하였거늘.
12) 마음속으로 괴이하게 여겨 몰래 어두운 곳에서 엿보니.
13) 가옥의 기초가 되도록 한 층을 높게 쌓아 올린 단.
14) 실없는 말로 하는 농지거리.
15) 어지럽게 흩어져 있는 모양.
16) 생질(甥姪). 누이의 아들.
17) 하나의 활과 두 대의 화살을 얻어.
18) 거적에 두 주검을 싸서.
19) 얕은 구덩이에 넣은 후 돌아왔는데.

"본디 외질(外姪)을 뮈워ᄒ여 무고(無辜)[20]히 죽이고 그 자최를 ᄀ리우고져 ᄒ야[21] 그 첩(妾)신지 죽이다."

ᄒ고 관ᄀ(官家)의 고(告)ᄒ야 두(斗)를 틱학(太學)의 와 잡아 관ᄀ(官家)로 올식, 두(斗)는 본디 부지(富者ㅣ)라. 그 안히 두(斗)의 잡히어 오믈 듯고 듀찬(酒饌)을 셩(盛)히 ᄀ초와 ᄀ지고 즁노(中路)의 와 마자 먹일식, 슈호(守護)ᄒᄂ 지(者ㅣ) 쏘ᄒ 과취(過醉)ᄒ지라. 쳬(妻ㅣ) 틈을 타 민 거슬 글너 ᄒ야곰 도망(逃亡)ᄒ라 ᄒ니, 뒤(斗ㅣ) 드듸여 대둔산(大芚山)[22]의 드러ᄀ 반년(半年)을 숨어더니, 숌의 ᄒ 스름이 고(告)ᄒ야 골오듸,

"관치(官差ㅣ)[23] 이제 니로니 샐이 ᄀ라[24]."

ᄒ거늘 씌여 쏘 ᄃ라나니 관치(官差ㅣ) 조ᄎ 잡지 못ᄒ니라.

드듸여 머리를 싹고 즁이 되어 부셕ᄉ(浮石寺)[25]로 향(向)ᄒ올식 졀의 다닷지 못ᄒ여[26] 길히서 져문 후(後) 뷘 졀의 드러 밤을 지닉고 ᄀ랴 ᄒ올식[27] ᄒ 즁을 만나니, 그 즁이 두(斗)럴 흘긔

---

20) 잘못이나 허물이 없음.

21) 그 자취를 가리고자 하여.

22) 충청남도 금산군 진산면(珍山面)·논산시 벌곡면(伐谷面)과 전북 완주군 운주면(雲洲面)의 경계에 있는 산.

23) 관가에게 보내던 아전(衙前)·군뢰(軍牢)·사령(使令) 따위가.

24) 이제 이를 것이니 빨리 가라.

25) 경상북도 영주시(榮州市) 부석면(浮石面)에 있는 절.

26) 절에 다다르지 못하여.

27) 빈 절에 들어가서 밤을 지내고 가려하는데.

여 보와[28] 굴오딕,

"가(可)히 앗갑다[29]! 조흔 스람이 즁이 도엿도다[30]. 그러나 느즌 거시 흔(恨)이로다!"

쏘 굴오딕,

"올 씩예 두 사람을 죽엿도다!"

뒤(斗ㅣ) 그 말을 신긔(神奇)히 녁여 졀ㅎ고 쳥(請)ㅎ여 굴오딕,

"원(願)컨딕 션스(禪師)는 날을 신슐(神術)을 굴르치라[31]."

즁이 굴오딕,

"늬 아는 거시 업스니 엇지 그딕를 フ르치리오?"

뒤(斗ㅣ) 구지 쳥(請)ㅎ대 즁이 굴오딕,

"난 진실(眞實)노 범상(凡常)흔 즁이여니와 늬 스승이 치상산(雉裳山)[32] 가온딕 잇셔 나을[를] 용녈(庸劣)[33]흔 직조(才操)[34]라 ㅎ고, 다만 상(相)[35] 보는 흔 직조(才操)를 フ르치기의[36] 드만 이쑨 아는지라[37]. 그딕 실[신]슐(神術)을 비호고져 홀딘딕 늬

---

28) 흘겨보며.

29) 아깝다.

30) 좋은 사람이 중이 되었도다.

31) 나에게 신기한 술법을 가르쳐주십시오.

32) 전라북도 무주군(茂州郡) 적상면(赤裳面)에 있는 적상산(赤裳山)을 가리킴.

33) 재주가 남만 못하고 어리석음. 변변하지 못함.

34) 재주.

35) 관상(觀相).

36) 가르쳤기에.

스승을 츠즈 뵈오라. ”

뒤(쒸ㅣ) 치상산(雉裳山)의 가니 치상산(雉裳山)이 깁도 아니ᄒ
고 크도 아니ᄒ나[38] 두루 찻기를 셰 히를 지니여[39] 돌과 남글
다 셰딕[40] 즁이란 거슨 업ᄂ지라. 뒤(쒸ㅣ) 찻득ᄀ 못ᄒ야 뼈
ᄒ딕[41],

'부셕(浮石)의 즁이 날을 속엿다. '

ᄒ고 장찻(將次ㅅ) 산(山)을 나올ᄉᆡ 홀연(忽然) 보니 복셩화씨 흘
너[42] 근슈(澗水)의[43] 잇셔 사람이 곳[44] 먹은 거시라.

뒤(쒸ㅣ) 놀나고 깃거 뼈 ᄒ딕[45],

'이 복셩화씨 필연(必然) 먹은 사람이 이시리라. '

ᄒ여 근슈(澗水)를 년(沿)ᄒ여[46] 근원(根源)을 츠즈니 져근 슈풀
이 잇거늘[47] 수풀을 헤치고 드러ᄀ니 골이 잇셔[48] 흰칠ᄒ고[49]

---

37) 다만 이것(관상)만 아는지라.
38) 깊지도 아니하고 크지도 아니하나.
39) 두루 찾기를 세 해(3년)를 지내.
40) 돌과 나무를 다 세었으되.
41) 찾다가 못하여 그로 말미암아 생각하기를.
42) 복숭아씨가 흘러.
43) 시냇물에.
44) 갓. 방금.
45) 놀랍고 기뻐서 생각하기를.
46) 시냇물을 따라.
47) 근원을 찾으니 작은 숲이 있거늘.
48) 골짜기가 있어.

쒸로 덥흔[50] 암직(庵子 ㅣ) 잇셔, 흔 즁이 무릅흘 셰우고 안즈[51]
두(斗)를 본 체 아닛는지라[52].

뒤(斗 ㅣ) 무슈(無數)히 졀흐고,

"신통(神通)흔 슐(術)을[53] 비화지라[54]."

흐딕 쏘 드른 체 아니 흐고 여러 번(番)

"비화지라."

흐니 그 즁이,

"아모 것도 모로노라."

흐다ㄱ 쏘 쑤지져 굴오딕,

"뫼 ㄱ온딕 깁히 잇는 사람이 무엇슬 알이뇨[55]? 오신 손님이
이딕도록[56] 곤(困)히 보채니, 이런 밍낭(孟浪)흔 일이 어딕 잇시
리뇨[57]?"

이랏틋[58] 흐기를 사흘이 지나매 그 즁이 비로소 굴(오)딕,

---

49) 휜칠하고. 막힘없이 깨끗하고도 시원스럽고.
50) 띠로(풀로) (지붕을) 덮은.
51) 무릎을 세우고 앉아서.
52) 본 체도 아니 하는지라.
53) 재주를.
54) 배우고 싶습니다.
55) 깊은 산 속에 있는 사람이 무엇을 알겠는가?
56) 이토록.
57) 어디 있으리오?
58) 이렇듯.

"그듸 쯧지[59] 심(甚)히 근졀(懇切)ᄒ니 비록 ᄀ르첨 즉ᄒ듸[60], 그듸 ᄌᆡ죄(才操ㅣ) 용녈(庸劣)ᄒ여 ᄭᅢ치게 ᄒᆞᆯ 길이 업스니[61] 다만 죽지 아니ᄒᆞᆯ 슐(術)을 ᄀ르치려니와 밥 먹기를 ᄭᅳᆫ허야 ᄒᆞᆯ 거시니[62] 능(能)히 ᄭᅳᆫᄒᆞᆯ가 시브냐[63]?"

뒤(斗ㅣ) ᄃᆡ답(對答)ᄒ듸,

"무어시 어려우리잇ᄀ?"

그러나 뒤(斗ㅣ) 본ᄃᆡ[64] 만히 먹어 졸연(猝然)이 졀닙(絕粒)[65]ᄒ기 어려운지라. 그 즁이 ᄀᆞᆯ르쳐[66] 첫날은 아츰져녁의 각(各) 닷숩식 ᄒ게 ᄒ고[67] 두어 날 후(後)ᄂ 일즁(日中)[68]ᄒ게 ᄒ고, ᄯᅩ 두어 날 후(後)ᄂ 죽(粥)을 ᄃᆡ(代)ᄒ고[69], ᄯᅩ 두어 날 후(後)ᄂ 아조 ᄭᅳᆫ허도 ᄇᆡ 골프디 아니ᄒᆞᆫ지라[70].

"즘을 아니 준 후(後) ᄒᆞᆯ 거시니 아니 잘ᄀ 보냐[71]?"

---

59) 그대의 뜻이.
60) 가르칠 만하되.
61) 깨우치게 할 길이 없으니.
62) 끊어야 할 것이니.
63) 끊을까 싶으냐?
64) 본디.
65) 절곡(絕穀). 곡기(穀氣)를 끊음.
66) 가르쳐서.
67) 첫날은 아침저녁으로 각 다섯 홉씩 먹게 하고.
68) 일중식(日中食). 가난해서 아침저녁은 안 먹고, 낮에 한 번만 먹음.
69) 죽으로 대신하고.
70) 아주 끊어도 배가 고프지 아니한지라.

뒤(斗ㅣ) 딕(對)호딕,

"그리호리이다."

즉시(卽時) 구지 안자[72] 자지 아니커늘, 사나흘을 호니 몸이 기우러지고 머리 무거워 견딕지 못홀너니 두어 날을 견딕니 비로소 조으름이 업ᄂᆞᆫ디라[73].

그 즁이 져기 깃거 닐오딕[74],

"네 심녁(心力)이 능(能)히 이럿틋 호니 죡(足)히 상좨(上座ㅣ)[75] 되리로다."

인(因)호여 황졍경(黃庭經)[76]을 닉여 글오딕,

"만 번(萬番)을 닑으라."

만 번(萬番)을 닑으니, 그 즁이 닉외단(內外丹)[77] 비결(秘訣)노 주어 호여금 힘뼈 공부(工夫)호기를 두어 달을 호니 일만(一萬) 싱각이 업셔지고 몸과 쎄[78] 졈졈(漸漸) ᄀᆞ비얍더니[79] ᄯᅩ 열 달

---

71) (잠을) 자지 않을 수 있겠느냐?
72) 굳이 앉아. 꼿꼿이 앉아.
73) 비로소 졸음이 없는지라.
74) 적이(조금) 기뻐하며 이르기를.
75) 절의 주지(住持)나 원로(元老) 등 상좌승(上座僧)이.
76) 도교(道敎)의 경전.
77) 내단(內丹)과 외단(外丹). '내단'은 호흡법으로 단전(丹田)의 정기(精氣)를 단련시키는 도교의 수련법, '외단'은 금석(金石)을 달구어 단약(丹藥)을 만드는 것.
78) 뼈가.
79) 가볍더니.

만의 홀연(忽然)이 입 안 웃이모음으로셔[80] 혼 조고만 구슬이[81] 써러지는지라. ᄀ져[82] 그 즁을 뵈여[83] 굴오듸,

"이 무슴[84] 샹셰(祥瑞ㅣ)니잇고?"

그 즁이 ᄀ로듸,

"이는 춤동(參同)[85]의 니른 바 큰 기장쌀 ᄀ튼 거시니[86], 이 구슬이 는 즉(則) 아홉 번(番) 구을익기[87] 머지 아닌지라. 다만 쳔쳔이 길너 쌔를 기ᄃ리고[88] 슴ᄀ 조급(躁急)혼 의ᄉ(意思)를 늬지 말나."

혼 달 남죽ᄒ여[89] 뒤(ᅱㅣ) 홀연(忽然) 싱각ᄒ듸,

'임의 신션(神仙)되기는 판단(判斷)ᄒ엿거니와 다만 어늬 쌔 빅일승텬(白日昇天)[90]홀고? 극(極)히 답답ᄒ다.'

---

80) 윗잇몸으로부터.
81) 하나의 조그만 구슬이.
82) 가져다가.
83) 그 중에게 보여주며.
84) 무슨.
85) 참동계(參同契). 주역참동계(周易參同契). 중국 후한(後漢) 때에 위백양(魏伯陽)이 지은 책으로, 연단(煉丹)에 관해 설명하였음.
86) 큰 기장쌀 같은 것이니.
87) 아홉 번 굴림. 구전(九轉). 단약(丹藥)을 만들 때 아홉 번 정련(精煉)하는 일.
88) 천천히 길러서 때를 기다리고.
89) 한 달 남짓하여.
90) 도를 극진히 닦아 육신을 가진 채 대낮에 하늘에 오른다는 뜻으로, 신선이 되어 하늘로 오름을 이르는 말.

ᄒᆞ더니 홀연(忽然) 구규(九竅)[91]의 불 급(急)히 피여올나 [92] 귀와 눈과 입과 코의 불근 피 흐르고 혼졀(昏絶)ᄒᆞ야 ᄯᅡ히 것구러지니[93], 그 즁이 보고 놀나 ᄀᆞ로ᄃᆡ,

"ᄂᆡ 일을 그릇 ᄆᆞᆫᄃᆞ라도다![94]"

ᄒᆞ고 급(急)피 단약(丹藥)으로ᄡᅥ 목굼게 부어 씨와[95] ᄒᆞᆫ 보름이 디ᄂᆞᆫ 후(後) 겨유 능(能)히 말ᄒᆞᄂᆞᆫ지라. 그 즁이 ᄀᆞᆯ오ᄃᆡ,

"ᄂᆡ 간[강](講)ᄒᆞᄂᆞᆫ 법(法)이 물과 불이 고른 후(後)의 ᄀᆞ(可)히 능(能)히 도(道)의 이르ᄂᆞᆫ지라. 그런 고(故)로 조(躁)ᄒᆞᆫ[ᄒᆞᆫ][96] 마음을 먹지 말나 ᄒᆞ엿더니 네 듯지 아니ᄒᆞ엿도다. 대범(大凡)[97] 조(躁)ᄒᆞ[ᄒᆞ]면 불이 동(動)ᄒᆞ고 물이 츙각[격](衝激)[98]ᄒᆞᄂᆞᆫ지라. 이러므로 네 일념(一念)이 조동(躁動)[99]ᄒᆞ매 불이 나 피 흐르도다. 그러나 네 스스로 션분(仙分)[100]이 업셔 이러틋ᄒᆞ니 ᄒᆞᆫ이 [진실(眞實)노][101] ᄒᆞᆫ(恨)ᄒᆞᆯ 거시 업거니와 다만 ᄂᆡ 일을 크게 그

---

91) 사람 몸의 아홉 구멍. 눈·코·입·귀의 일곱 구멍과 똥·오줌 구멍 등을 일컬음.

92) 불이 급히 피어올라.

93) 땅에 거꾸러지니.

94) 나의 일을 그릇되게 만들었도다! 나의 일을 그르쳤구나!

95) 단약을 목구멍에 부어서 깨어나게 하여.

96) 조급(躁急)한.

97) 무릇. 대체로 보아.

98) 부딪침. 충돌(衝突)함.

99) 조급(躁急)히 움직임.

100) 신선(神仙)이 될 연분(緣分).

룻치도다[102]."

뒤(斗ㅣ) 무르딕,

"졔즈(弟子ㅣ) 일념(一念)이 차착(差錯)[103]ᄒ여 션도(仙道)를 엇지 못ᄒ니, 이 진실(眞實)노 닉 타시여니와[104] 다만 스승님을 그릇친 거시 무어시니잇고?"

즁이 ᄀ로딕,

"닉 평싱(平生) 젼말(顚末)을 네 득도(得道)ᄒ기를 기다려 고(告)ᄒ랴 ᄒ엿더니, 네 이졔 스스로 그릇쳐시니 여긔 머무러 유익(有益)ᄒ미 업슬디라. 맛당이 닉여 보닐 거시니, 일노조차[105] 셔로 보지 못ᄒᆯ 고(故)로 너드려 니르니 삼ᄀ 셰상(世上)의 젼(傳)치 말나. ᄂᆞᄂᆞ 본딕 경상도(慶尙道) 안동(安東) 사람이라. 송신종(宋神宗)[106] 희령 이 년(熙寧二年)[107]의 나[108] 열네 살의 홀연(忽然) 만신 창질(滿身瘡疾)[109]을 어더 죽기를 비러도 죽지 못

---

101) 한문본에는 '진실로 한할 것이 없다(固無恨矣)'라고 되어 있음.

102) 그르쳤구나.

103) 어그러져서 순서가 틀리고 앞뒤가 서로 맞지 않음.

104) 내 탓이거니와.

105) 이로부터. 지금부터.

106) 중국 북송(北宋)의 제6대 황제인 조욱(趙頊, 1048~1085). 재위 1067~
　　1085.

107) 서기 1069년. 고려 문종(文宗) 23년.

108) 나이.

109) 온몸에 부스럼이 생기는 병.

ᄒ고 ᄯ 답답ᄒ여 견ᄃᆡ지 못ᄒᄂᆞᆫ지라. 부모(父母)ᄀᆡ 근청(懇請)ᄒ여 심산(深山)의 머여 ᄇᆞ리니[110], 비록 심(甚)히 알푸나[111] ᄯᅩ흔 심(甚)히 주렷ᄂᆞᆫ지라[112]. 누은 겻히 플이 잇셔[113] 그 일홈은 아지 못ᄒᄃᆡ 줄기와 닙히 연(軟)ᄒ고 부드러운지라. 손으로 ᄃᆞ리여 훌터 먹으니[114] 인(因)ᄒ여 비곱흔 줄을 ᄭᆡ닷지 못ᄒᄂᆞᆫ지라. ᄯᅩ 밍회(猛虎ㅣ) 와셔 혀로 그 챵쳐(瘡處)[115]를 할트니 알푼 긔운(氣運)이 골슈(骨髓)의 드러ᄀᆞ거늘, 내 일너 ᄀᆞ로ᄃᆡ,

'엇지ᄒ여 날을 ᄲᆯ이 먹지 아니ᄒ고 알히기를[116] 이ᄃᆡ도록 ᄒᄂᆞᆫᄃᆞ?'

할기를[117] 더욱 심(甚)히 ᄒ여 왼몸을 다 할거늘, 보니 창질(瘡疾) ᄯᅡᆨ지 다 ᄰᅥ러뎟ᄂᆞᆫ지라. 일노조ᄎᆞ 인(因)ᄒ여 완합(完合)[118]ᄒ여 흔 열흘 후(後)의 몸과 술이 희기 눈 ᄀᆞᆺᄐᆞᆫ지라.

ᄯᅩ 날마ᄃᆞ 겻히 풀을 먹으니 몸이 능(能)히 움즉이더니[119] 잠

---

110) 메다 버리니. 들어다 버리니.
111) 아프나. 아팠으나.
112) 굶주렸는지라.
113) 누운 곁에 풀이 있어서.
114) 손으로 당겨서 훑어 먹으니.
115) 부스럼이 난 곳.
116) 아리게 하기를. 아프게 하기를.
117) 핥기를.
118) 상처 따위가 완전히 아묾.
119) 움직이더니.

군(暫間) 오랜 즉(則)[120] 쏘 늘늬여[121] 것기를 잘ᄒ더니 더욱 오랜 즉(則) 지졀(支節)[122]이 표표(飄飄)[123]ᄒ여 들니이고져 ᄒ거늘[124] 몸을 움죽여 ᄂᄂ 형상(形狀)을 지으니 ᄌ연(自然)이 ᄂ라ᄀᄂ지라. 드ᄃ여 늘기를 닉이니[125] 졈졈(漸漸) 늘매 더욱 먼니[126] 가ᄂ지라. ᄒ로ᄂ 틱빅산(太白山)[127] 쏙다기의 ᄂ려서니[128], 즁이 잇셔 나를 보고 흔연(欣然)이 마ᄌ 집의 드려ᄀ 신션(神仙)의 지계[ᄌ조(才操)]를[129] ᄀᄅ치니 ᄃ개(大槪) 텬지(天地) 스이예 두루 신션(神仙)이 이시ᄃ 홀노 우리 동방(東方)의 업ᄂ지라. 그러나 법(法)의 맛당이 팔빅 션인(八百仙人)이 날지라. 그런 고(故)로 평일(平日) 쟝 도ᄉ|(張道士ㅣ) 옥인(玉印)으로써 의상ᄃ|ᄉ(義湘大師)를 쥬어 동방(東方)의 신션(神仙)을 ᄀ음알게[130] ᄒ니 의상ᄃ|ᄉ|(義湘大師ㅣ) 드ᄃ여 동방(東方)을 맛ᄐ 몃히를 지

---

120) 약간 오래 된 즉.

121) 날래게 되어.

122) 팔과 다리의 마디뼈.

123) 가볍게 나부끼는 모양.

124) 들리려고 하거늘.

125) 날기를 익히니.

126) 멀리.

127) 경상북도 봉화군(奉化郡)과 강원도 영월군(寧越郡) 및 태백시(太白市)의 경계에 있는 산.

128) 꼭대기에 내려서니.

129) 한문본에는 '신선의 재주를 가르치다(敎以神仙之術)'라고 되어 있음.

130) ᄀ으말게. 관리(管理)하게.

닉여 나 만나던 틱빅산(太白山)의 잇는 즁을 어더 그 인(印)을 뎐(傳)ㅎ여 동방(東方)을 ㄱ음알게 ㅎ고 의상디스(義湘大師)는 ㅎ늘의 올나ㄱ고, 틱빅산(太白山)의 즁이 또 닉게 뎐(傳)ㅎ고 하늘의 올나ㄱ더니, ㄴ는 연분(緣分)이 더듸여[131] 팔빅 년닉(八百年內)예 흔 스름도 뎐(傳)ㅎ리를 엇지 못ㅎ여[132] 셰상(世上)의 머무러 이쩌신지 하날의 올으지 못ㅎ다ㄱ[133] 이제야 비로소 너를 만나니 심녁(心力)이 ㄷ못 됴흔지라. 그 셩도(成道)ㅎ기를 기드려 쟝춧(將次ㅅ) 뎐(傳)ㅎ고 ㄱ랴 ㅎ더니, 네 또 이러ㅎ니 아지 못게라[134]. 일노조츠 어늬 쩌예 몃 히 만의[135] 능(能)히 뎐(傳)홀 스름을 어드리뇨? 이 니른바 '닉 일을 그릇ㅎ다' 말이로다."

뒤(斗ㅣ) 즁의 빅쏩 아릭 오히려[상(常)히] 막은 소음이 이시믈[136] 보고 무르되,

"무솜 년고(緣故)로 빅쏩의 소음이 잇ㄴ뇨?"

즁이 ㄱ로되,

"이거시 곳 닉 단방(丹方)[137]ㅎ는 금[굼]긔라[138]. 네 보고져

---

131) 더디어서.

132) 한 사람도 전할 이를 얻지 못하여.

133) 이때까지 하늘에 오르지 못하다가.

134) 알지 못하겠도다.

135) 이로부터 어느 때에 몇 해 만에.

136) 한문 원문에 '그 중은 배꼽 아래 항상 솜을 붙이고 있는지라(其僧臍下 常有傅綿)'라고 되어 있음.

137) 단도(丹道). 연단(煉丹)으로 심신을 수양하는 방법.

흔 즉(則) 맛당이 뷜 거시니 모름즉이 놀나지 말나.”

ᄒ고 즉시(卽時) 막은 소음을 쌔히니, 그[금(金)]비치 소ᄉ나 황연(晃然)[139]이 집의 ᄀ득ᄒ여 심(甚)히 무셔운지라. 즁이 다시 막거늘, 뒤(斗ㅣ) ᄯᅩ 무러 ᄀ로딩,

“스승님이 여긔 겨시니 ᄒ는 일이 므슴 일이뇨?”

즁이 ᄀ로딩,

“다른 일이 업셔 ᄆᆡ년(每年) 졍월(正月) 초일일(初一日)의 모든 신션(神仙)이 상뎨(上帝)긔 됴회(朝會)ᄒ니, 초 이일(初二日)은 동방 신션(東方神仙)이 다 와 늬게 됴회(朝會)ᄒ니, 동방 디경(東方地境)은 이 나의 맛튼 짜힌 고(故)로[140] 모든 신션(神仙)이 그 직분(職分)을 닷그미로딩[141], 나는 인간(人間)이 더러워[142] 됴회(朝會) 밧기 어려운 고(故)로 ᄆᆡ양(每樣) ᄒ늘의 올나ᄀ 됴회(朝會)를 밧고 도라오더니, 늬년(來年)이 이졔 머지 아니ᄒ고 너를 위(爲)ᄒ야 예셔[143] 됴회(朝會)를 바ᄃ 관광(觀光)을 식일 거시니[144], 네 아직 머무러 잇다ᄀ 보고 가라.”

---

138) 이것이 곧 내가 단방하는 구멍이라.

139) 환하게 밝은 모양.

140) 내가 맡은 땅인 까닭으로.

141) 닦음이로되.

142) 인간세상이 더러워.

143) 예서. 여기에서.

144) 조회를 받아 구경을 시켜줄 것이니.

정월(正月) 초이일(初二日)에 미쳐는[145] 평명(平明)의 흔 치식(彩色)이 등(燈)이 스스로 나무 곳히 걸이더니[146], 이윽ᄒ여 년(連)ᄒ여 ᄎ례(次例)로 와 걸이기를 몃 쳔만(千萬)인 줄 아지 못ᄒᄂ지라. 공즁(空中)으로부터 션악(仙樂)이 은은(隱隱)ᄒ여 금광(金光)이 찬난(燦爛)ᄒ고 상셔(祥瑞)의 안개 일쳔(一千) 겹이 동구(洞口)의 미만(彌漫)[147]ᄒ엿ᄂ딕, 모든 신션(神仙)이 난봉(鸞鳳)[148]을 멍에ᄒ고[149] 귀룡(龜龍)[150]을 트며, 혹(或) 년화보련(蓮花寶輦)[151]도 타며, 패옥(佩玉)이 징징(琤琤)[152]ᄒ고, 관면(冠冕)[153]이 휘황(輝煌)ᄒ여 텬일(天日)이 븨이ᄂ지라[154].

녀션(餘仙)[155]은 다 운무(雲霧) 치마와 구쟝(九章)[156]으로 옥졀(玉節)[157]이 징징(琤琤)ᄒ여 ᄂ려오고, 그 나마[158] 텬뇽(天

---

145) 미쳐서는. 이르러서는.
146) 채색한 등불이 스스로 나무 끝에 걸리더니.
147) 가득 참.
148) 난새와 봉황새.
149) 멍에를 씌우고.
150) 거북이와 용.
151) 연꽃으로 장식한 수레.
152) 옥이나 좋은 금속의 울리는 소리가 매우 맑음.
153) 갓과 면류관(冕旒冠). 벼슬하는 것을 말하기도 함.
154) 눈부신지라.
155) 그 나머지 신선.
156) 임금의 면복(冕服)에다 놓았던 산과 용 등 아홉 가지의 수(繡).
157) 옥으로 만든, 관직의 증표인 부신(符信).

龍)[159] 귀왕(龜王)[160]이 동방(東方)의 미이인 쟈(者)는[161] 아니

니르는 재(者ㅣ) 업셔 쳔틱만상(千態萬象)[162]이 긔긔괴괴(奇奇怪

怪)[163]ᄒ여 다 니르니, 즁이 안자 졀을 밧고 신션(神仙) 즁(中)

쟝[직]위(職位ㅣ) 놉고 쳬통(體統)[164]이 즁(重)흔 자(者)는 혹(或)

거슈(擧手)ᄒ며 혹(或) 몸도 굽히며, ᄀ쟝 놉흔 자(者)는 당(堂)의

도 ᄂ리며, 녀션(餘仙)은 존비(尊卑)[165]를 의ᄌ(依藉)[166]티 아니

ᄒ고 몸을 이러 마자[167] 좌(座)를 뎡(定)ᄒ매 녜뫼(禮貌ㅣ)[168] 엄

숙(嚴肅)ᄒ여 범안(凡眼)[169]의 놀나온지라[170]. 그 슈작(酬酌)ᄒ

는 바는 다 아지 못ᄒᆞ너라.

　이윽고 등(燈) ᄒ나히 남[낡]으로부터 올나가더니 년(連)ᄒ여

올나ᄀ 슈유(須臾)[171]의 다ᄒ고, 모든 신션(神仙)도 ᄎ례(次例)로

---

158) 그 나머지.

159) 불법(佛法)을 수호하는 여덟 신장(神將) 가운데 제천(諸天)과 용신(龍神).

160) 전설상의 거북의 왕.

161) 동방에 매인 자는. 동방에 소속된 자는.

162) 천만 가지의 모양.

163) 매우 기이하고 이상함.

164) 지체나 신분(身分)에 알맞은 체면(體面).

165) 높고 낮음.

166) 기대거나 근거로 삼음.

167) 몸을 일으켜 맞이하여.

168) 예절을 지키는 모습이.

169) 예사 사람의 눈.

170) 놀라운지라.

ᄒ직(下直)ᄒ고 올나가니, 위의(威儀)와 거동(擧動)이 올 적과 ᄒᆞ
ᄀᆞ지리[라][172].

뒤(斗ㅣ) 쟝ᄎᆞᆺ(將次ㅅ) 산(山)을 날ᄉᆡ[173] 무러 ᄀᆞ로ᄃᆡ,

"졔ᄌᆡ(弟子ㅣ) 일노조차 맛당이 ᄒᆞᆫ ᄀᆞ지도 일우미 업ᄉᆞ리잇
ᄀᆞ[174]?"

즁이 ᄀᆞ로ᄃᆡ,

"네 셰상(世上)의 니르러 나의 경셰[계](警戒)를 힘ᄊᆞ 힝(行)ᄒᆞᆫ
즉(則) 기[가](可)히 팔빅 년(八百年)을 사라 젼디[리](田里)[175]의
신션(神仙)이 될 거시니, 만일(萬一) 공부(工夫)ᄒᆞ기를 마지아닌
즉(則)[176] 후텬(後天) 긔운(氣運)이 션텬(先天) 긔운(氣運)을 이어
상승(上昇)ᄒᆞ기를 ᄒᆞ기를[177] ᄀᆞ(可)히 긔약(期約)ᄒᆞ리라."

니별(離別)을 님(臨)ᄒᆞ여 두(斗)다려 일너 ᄀᆞ로ᄃᆡ,

"네 팔ᄌᆡ(八字ㅣ) 맛당이 ᄌᆞ식(子息) 둘이 이실 거슬[178] 늬 뎐
도(傳道)ᄒᆞ기 위급(危急)ᄒᆞ여 강잉(强仍)[179]ᄒᆞ여 너를 ᄀᆞ르쳐시

---

171) 잠시(暫時).
172) 올 적과 한가지였다.
173) 산을 나가면서.
174) 한 가지도 이루는 것이 없겠습니까?
175) 자신이 살던 고향 동네.
176) 공부하기를 그치지 않는다면.
177) 필사상 오류로, 같은 말을 거듭 썼음.
178) 자식 둘이 있을 것을.
179) 마지못해 그대로 함.

나 그 일우지 못ᄒ미 맛당ᄒ도다. 그러나 처음의 너를 ᄀᄅ칠
ᄊᆡ 먹이던 단약(丹藥)이 졍슈(精水)[180] 굼글 막아시니[181], 만일
(萬一) 다시 여지 아닌 즉(則) 싱휵(生育)[182]을 못ᄒ리라."
ᄒ고 드듸여 단약(丹藥)을 늬여 ᄒ여금 먹으라 ᄒ여 ᄀᄅ듸,
　"이 약(藥)을 먹은 즉(則) 졍혈(精血)[183]이 열이리라[184]."
ᄒ더라.

　뒤(斗ㅣ) 도라ᄀ 그 집을 츠즈니, 그 쳐(妻)ᄂ 죽언 지 오래고
듕간(中間)의 왜난(倭亂)을 지늬여 집과 젼답(田畓)이 탕연(蕩
然)[185]ᄒ여 자최 업ᄂ지라.

　이의 빅셩(百姓)의 ᄯᆯ의게 쟝ᄀ드러 과연(果然) 두 ᄯᆯ을 나ᄒ
니라.

　ᄉᆞᆷ이 혹(或) 무러 ᄀᄅ듸,
　"오히려 능(能)히 도(道)를 닥ᄂ ᄀ?"
　뒤(斗ㅣ) ᄀᄅ듸,
　"다 니젓다[186]."

---

180) 정액(精液).
181) 정액이 나오는 구멍을 막았으니.
182) (자식을) 낳아서 기름.
183) 생기를 발하는 맑은 피.
184) 열릴 것이다.
185) 자취 없이 된 모양. 헛된 모양.
186) 다 잊었다.

ᄒ고 그 침식긔거(寢食起居)[187]와 기욕범졀(嗜慾凡節)[188]이 녜스(例事) 스룸의셔 ᄃ르미 업스딕[189] 나히 빅셰(百歲)에 갓ᄀ오딕[190] 오히려 아희(兒孩) 얼굴 ᄀᆺ더라.

---

187) 자고 먹고 살아가는 형편.
188) 즐기고 좋아하는 모든 것들.
189) 예사 사람과 다름이 없으되.
190) 나이가 백세에 가깝되.

제8화

고튱신이인뉴셔 顧忠臣異人遺書[1]

셩 승지(成承旨) 삼문(三間)[2]이 누의 잇셔[3] 당혼(當婚)ᄒ얏시
ᄃᆡ 간한ᄒ여 디닐 길히[4] 업ᄂᆞᆫ지라. 그 쎄[대]인(大人)[5] 승(勝)[6]
이 황ᄒᆡ도(黃海道)의 ㄱ 츄로(推奴)ᄒ여 혼슈(婚需)를 출히랴 ᄒ
ᄃᆡ[7] 숨문(三間)이 ㄱ로ᄃᆡ,

"츄로(推奴)ᄒᄂᆞᆫ 길이 ᄉᆞ부(士夫)의 홀 배 아니라[8]."

ᄒ니, 그 대인(大人)이 ᄒᄃᆡ,

---

1) 충신을 돌보려고 이인이 편지를 남기다
2) 성삼문(成三間, 1418~1456) : 사육신(死六臣)의 한 사람. 자는 근보(謹甫),
   호는 매죽헌(梅竹軒), 본관은 창녕(昌寧), 승(勝)의 아들. 시호는 충문(忠文).
3) 누이가 있어서.
4) 가난하여 (혼례를) 지낼(치를) 길이.
5) 남의 아버지를 높여 이르는 말.
6) 성승(成勝, ?~1456) : 조선조 단종 때의 무신. 호는 적곡(赤谷), 본관은 창녕,
   달생(達生)의 아들, 사육신의 한 사람인 성삼문의 아버지. 시호는 충숙(忠肅).
7) 혼수를 차리려고 하니까.
8) 사대부가 할 바가 아닙니다.

"이 길히 아니면 자슈(藉手)⁹⁾홀 곳지 업스니 늬 길을 막지 못 ᄒ리라."

삼문(三問)이 딕힝(代行)ᄒ믈 쳥(請)ᄒ여 일마 일종(一馬一從)으로 길흘 난 지 여러 날의 ᄒ로는 날이 져물고 슌막이 먼지라¹⁰⁾. ᄇ야흐로 민망(憫惘)¹¹⁾ᄒ여 ᄒ더니, 홀연(忽然) 흔 놈이 뒤흘 싸라 고(告)ᄒ여 ᄀ로딕,

"만일(萬一) 산노(山路)로 조ᄎ 가면 ᄀ(可)히 슴십 이(三十里)를 어더¹²⁾ 촌졈(村店)의 다닷기가¹³⁾ 쉬우니, 쇼인(小人)이 쳥(請)컨딕 젼도(前導)ᄒ리이다."

삼문(三問)이 즐겨 조ᄎ 미미(亹亹)¹⁴⁾히 산(山)을 넘어 졈졈(漸漸) 깁흔 곳으로 드러ᄀ니, 딕로(大路)의 ᄀ기는 임의¹⁵⁾ 졀원(絕遠)¹⁶⁾ᄒ지라.

삼문(三問)이 쓰의,

'도젹(盜賊)의 무리 유인(誘引)ᄒ여 드려오민ᄀ?'¹⁷⁾

---

9) 손을 빌림.
10) 슛막(幕)이 먼지라. 술막[酒幕]이 멀었다.
11) 답답하고 딱하여 안타까움.
12) 30리를 얻어서. 30리를 줄여서.
13) 주막에 다다르기가.
14) 부지런히 힘쓰는 모양.
15) 큰길로 가기에는 이미.
16) 멀리 동떨어짐.
17) 들여온 것인가?

ᄒᆞᄃᆡ 형셰(形勢ㅣ) 홀일업서[18] 아지 못ᄒᆞ여 ᄲ라ᄀᆞ더니, 흔 뫼 흘[19] 너문 즉(則) 마을이 잇셔 너르고, 그 ᄀᆞ온ᄃᆡ 큰 기와집이 잇ᄂᆞᆫ지라.

그 놈이 삼문(三問)을 문(門) 압히 셰우고 드러ᄀᆞ 쥬인(主人)의게 고(告)ᄒᆞ여 즉시(卽時) 부르거늘 드러가니, 팔십여 셰(八十餘歲) 노인(老人)이 이셔 교위[의](交椅)[20]의 ᄂᆞ려 마ᄌᆞᆯ식[21] 녜뫼(禮貌ㅣ) ᄌᆞ못 거만(倨慢)ᄒᆞ여 후ᄉᆡᆼ(後生)으로써 ᄃᆡ졉(待接)ᄒᆞ니, 삼문(三問)이 처엄의 그 샹뫼(相貌ㅣ)[22] 괴위(魁偉)[23]ᄒᆞ믈 놀나더니, 밋 말을 졉(接)ᄒᆞ매 삼교(三敎)[24]를 널이 통(通)ᄒᆞ고 만니(萬理)[25]를 깁히 아ᄂᆞᆫ지라.

삼문(三問)이 쳑연(惕然)[26]ᄒᆞ여 망양지탄(望洋之嘆)[27]이 잇더니 쥬옹(主翁)이 ᄀᆞ로ᄃᆡ,

"그ᄃᆡ 이번 길히 무ᄉᆞᆷ 일을 위(爲)ᄒᆞ여 어늬 곳으로 ᄀᆞᄂᆞᆫ다?"

---

18) 형세가 하릴없어. 형편이 어찌할 도리가 없어서.

19) 산을. 고개를.

20) 다리가 긴 의자(椅子).

21) 의자에서 내려서 맞는데.

22) 상모(狀貌)가. 얼굴 생김새가.

23) 용모괴위(容貌魁偉). 얼굴과 몸매가 뛰어나게 크고 씩씩하고 훌륭함.

24) 유교·불교·도교 또는 유교·불교·선교(仙敎).

25) 온갖 이치(理致).

26) 근심하고 두려워하는 모양.

27) 남의 원대(遠大)함에 감탄하고, 나의 미흡함을 부끄러워함의 비유. 제 힘이 미치지 못할 때 하는 탄식.

삼문(三問)이 연고(緣故)를 고(告)ᄒᆞᆫ디 쥬옹(主翁)이 ᄀᆞ로디,

"독셔(讀書) 쇼년(少年)이 이 길히 이심이[28] 맛당티 아니ᄒᆞ도다."

삼문(三問)이 ᄀᆞ로디,

"모로는 거시 아니로디 마지 못ᄒᆞ미로다."

쥬옹(主翁)이 ᄀᆞ로디,

"뿔 바[29] 혼슈(婚需)는 노한(老漢)의 집의셔 출혀줄 거시니[30] 모름죽이 이 길노조ᄎᆞ[31] 도라갈지어다."

삼문(三問)이 그 말을 듯고 더욱 도적(盜賊)이 금젼(金錢)이 만코 의긔(義氣ㅣ) 잇는 놈인ᄀ 의심(疑心)ᄒᆞ여 구지 사양(辭讓)ᄒᆞᆫ대 쥬옹(主翁)이 ᄀᆞ로디,

"그러ᄒᆞ면 밧지 아니ᄒᆞ여도 해(害)롭지 아니ᄒᆞ거니와 죵의 곳의 가기는[32] 결단(決斷)코 가(可)티 아니ᄒᆞ니 바로 동(東)으로 도라가미 맛당ᄒᆞ니라. 이거시 노부(老夫)의 서로 ᄉᆞ랑ᄒᆞ는 쓰지로라[33]."

삼문(三問)이 ᄀᆞ로디,

---

28) 이 길에 있음이.
29) 써야 할 바의.
30) 집에서 차려줄 것이니.
31) 모름지기 이 길을 따라. 이곳에서 즉시.
32) 종의 곳에 가기는. 종들이 사는 곳으로 가는 것은.
33) 뜻이노라.

"공경(恭敬)ᄒ여 ᄀ르치믈 바드리라[34]."

셕반(夕飯) 후(後)의 불을 혀고 문이(文理)[35]를 의논(議論)ᄒᆞᆯ시 더옥 미미(亹亹)ᄒ여 마디아니ᄒ니, 삼문(三問)이 졈졈(漸漸) 의심(疑心)을 풀고 도(道) 잇ᄂ 어룬인ᄀ[36] ᄒ여 ᄀ로ᄃᆡ,

"쟝인(丈人)[37]의 국냥(局量)과 식견(識見)으로 엇지ᄒ여 궁산(窮山)[38]의 죵노(終老)[39]를 ᄒᄂ다?"

쥬옹(主翁)이 ᄀ로ᄃᆡ,

"노믈(老物)이 지쳬 심(甚)히 한미(寒微)ᄒ니 셰상(世上)의 쓰이기를 어이 ᄇ라리요?"

인(因)ᄒ여 ᄀ로ᄃᆡ,

"밤이 임의 깁허시니 낭져(廊底)[40]의 ᄀ 자고 잘 도라갈지어다. 새벽의 ᄵ날 졔 고쳐 보지 못ᄒ리라[41]."

ᄒ니 인(因)ᄒ여 작별(作別)ᄒ고 나왓더니, 이튼날 식벽의 노옹(老翁)의 말을 의지(依支)ᄒ여 동(東)으로 도라갈식, 믈 우희셔[42]

---

34) 가르침을 받들리라.
35) 사물의 이치를 깨달아 아는 힘.
36) 어른인가.
37) 늙은이를 이르는 말. *아내의 아버지.
38) 궁벽(窮僻)한 산. 깊은 산.
39) 여생(餘生)을 보냄. *평생(平生).
40) 대문간에 붙어 있는 작은 방.
41) 새벽에 떠날 제 다시 보지 못하리라.
42) 말 위에서.

스스로 싱각ᄒᆞ여 ᄀᆞ로ᄃᆡ,

'노옹(老翁)이 날을 인도(引導)ᄒᆞ미 유리(有理)[43]ᄒᆞ니, ᄂᆡ 즈
레[44] 도라ᄀᆞ미 힉(害)롭지 아니ᄒᆞᄃᆡ 혼구(婚具)를 쟝ᄎᆞᆺ(將次ㅅ)
엇지 출히리요?'

마음의 민망(憫惘)ᄒᆞ여 ᄒᆞ더니, 밋 집의 미ᄎᆞ매 상ᄒᆞᄂᆡ외(上
下內外ㅣ) ᄇᆞ야흐로 혼구(婚具)를 셩(盛)이 ᄀᆞ초아[45] 긔싁(氣色)
이 ᄌᆞ못 흔흔(欣欣)[46]ᄒᆞ거늘, 고이(怪異)ᄒᆞ여 무른ᄃᆡ, 그 대인(大
人)이 흔 쟝(張) 편지(便紙)를 ᄂᆡ여 뵈여 ᄀᆞ로ᄃᆡ,

"이거시 네 편지(便紙)라.

'처음 공(貢)[47] 바든 거시 오빅 양(五百兩)이 되니 몬져 보ᄂᆡ
여 혼슈(婚需)를 출히게 ᄒᆞ고, 맛당이 니어[48] 슈습(收拾)ᄒᆞ여 쳔
쳔이 도라ᄀᆞ랸노라[49].'

ᄒᆞ얏는 고(故)로 그 돈으로 목금(目今)[50] 혼슈(婚需)를 경영(經營)
ᄒᆞ노라."

ᄒᆞᄃᆡ, 삼문(三問)이 그 편지(便紙)를 ᄌᆞ셔(仔細)히 보니 필젹(筆

---

43) 사리(事理)에 맞는 점이 있음.
44) 지레. 어떤 시기가 되기 전에 미리.
45) 갖추어.
46) 기뻐서 즐거워하는 모양.
47) 신공(身貢). 조선시대에 노비가 신역(身役)으로 납부하는 세(稅).
48) 이어서.
49) 천천히 돌아가렵니다.
50) 바로 지금. 눈앞의 형편 아래.

跡)과 ᄌᆞ획(字劃)이 완연(宛然)이 닉 손으로 난 것 ᄀᆞᄐᆞ여[51] 조곰
도 다른 거시 업거늘, 삼문(三問)이 이에 크게 놀나 비로소 노옹
(老翁)이 신인(神人)인 줄 밋엇더니, 밋 우[오]신(五臣)으로 더부
러 샹왕(上王)[52]을 회복(回復)[53]ᄒᆞ기를 꾀ᄒᆞᆯ식, 삼문(三問)이 그
대인(大人)게 술와[54] ᄀᆞ로딕,

"이 일의 의리(義理)ᄂᆞᆫ 반ᄃᆞ시 그곳 노인(老人)의게 질졍(質
定)[55]ᄒᆞᆫ 후(後)(에)야 ᄀᆞ(可)히 결단(決斷)ᄒᆞᆯ 거시(니), 그ᄶᆞ ᄀᆞᆺ던
죵은 그 길홀 가(可)히 분변(分辨)ᄒᆞ리라."
ᄒᆞ고 즉시(卽時) 죵을 불너 편지(便紙) 뎐(傳)ᄒᆞᆯ 쓷을 니른딕 죵
이 ᄀᆞ로딕,

"그 길히 눈 ᄀᆞ온딕 잇시니 편지(便紙) 뎐(傳)ᄒᆞ기 무어시 어
려우리요?"
ᄒᆞ거늘 즉시(卽時) 편지(便紙)를 뼈 단단이 봉(封)ᄒᆞ여 죵의 옷깃
속의 너허 보닉니, 죵이 드딕여 이젼(以前) ᄀᆞᆺ던 마을의 다다란
죽(則) 뿍과 샏[셋]양이[56] 무셩(茂盛)ᄒᆞᆫ 곳의 기와집은 흔젹(痕

---

51) 내 손으로 된 것 같아서.
52) 태상왕(太上王). 왕위를 양보하고 생존해 있는 왕을 높이 이르는 말. 여기
　　서는 단종(端宗)을 가리킴.
53) 잃거나 없어진 것을 다시 되찾거나 원 상태로 되돌리는 것.
54) 사뢰어. 아뢰어.
55) 갈피를 잡고 헤아려서 작정함.
56) 쑥과 뺑대쑥. '뺑대쑥'은 '뺑쑥'이라고도 하며, 쑥의 일종임.

迹)이 업고, 다만 보니 노인(老人) 스던 옛 터히[57] 새로 셰운 돌비(碑)ㄱ 잇거늘, 죵이 약근(若干) 글즈를 아는 고(故)로 비(碑) 압히 나아ㄱ 쓴 거슬 본 즉(則) 붉근 글즈로[58] 크게 뼈 ㄱ로듸,

'만고(萬古)의 유명(留名)[59]ᄒ고, 쳔츄(千秋)의 혈식(血食)[60] 홀 거시니, 일의 가부(可否)야 날ᄃ려 무러[61] 무엇ᄒ리요?'

죵이 그 열여숫 글즈를 벗겨 ㄱ지고[62] 도라와 삼문(三問)의게 고(告)ᄒ듸, 삼문(三問)이 듸인(大人)게 엿즈와 ㄱ로듸,

"신인(神人)이 임의 날를[을] 허(許)ᄒ엿시니 다시 무슴 즈뎌(趑趄)ᄒ리요?"

ᄒ고 드듸여 이에 의논(議論)을 뎡(定)ᄒ니라.

---

57) 노인이 살던 옛 터에.

58) 붉은 글자로.

59) 이름을 남김.

60) 피 묻은 산짐승을 잡아 제사를 지낸데서, 국가적 의식으로 제사 지내는 것을 이르는 말.

61) 나에게 물어서.

62) 그 열여섯 글자를 베껴 가지고.

제9화

지이동음관긔우 智異洞蔭官奇遇[1]

경(京師)의 녜[2] 거렁이[3] 쟝 도령(蔣都令)이란 재(者ㅣ) 잇시니, 흔 음관(蔭官)[4]이 불상이 녁여[5] 두터이 밥을 쥬니[6], 거렁이 인(因)ᄒᆞ여 ᄌᆞ로 다니더니[7], 그ᄢᅵ 젼우치(田禹治ㅣ)[8] 평싱(平生)의 개[ㄱ]쟝[9] 유[윤]셰령[평](尹世平)[10]이와 쟝 도령(蔣都令)

- - -

1) 지리산 골짜기에서 음관이 뜻밖의 사람을 만나다
2) 옛날에.
3) 거지.
4) 음직(蔭職). 과거를 거치지 아니하고 조상의 공덕으로 맡은 벼슬, 또는 그런 벼슬아치.
5) 불쌍히 여겨.
6) 후하게 밥을 주니.
7) 자주 다니더니. 자주 왕래하더니.
8) 전우치(田禹治) : 조선조 중종 때의 기인(奇人). 송도(松都) 출신이며, 본관은 담양(潭陽).
9) 가장.
10) 윤세평(尹世平) : 조선조 중종 때의 무인. 길생(吉生)의 아들로, 본관은 해평(海平). 양간공(襄簡公) 희평(熙平, 1469~1545)의 형. 윤군평(尹君平)이라고도 함. 젊어서 군관(軍官)으로 서울에 가서 이인(異人)을 만나 ≪황정경(黃

을 무셔워ᄒᄂᆞᆫ지라.

쟝 도령(蔣都令)을 길희셔 만나면 창황(蒼黃)이 졀을 ᄒᆞ니, ᄀᆞ(可)히 쟝 도령(蔣都令)이 예ᄉᆞ(例事) 거령이 아닌 줄 알너라.

ᄒᆞ로는 음관(蔭官)이 동대문(東大門)으로 나ᄀᆞ더니, ᄉᆞ름이 주려 죽은 거슬 쓰으러ᄂᆡ여 ᄀᆞ거늘 그 얼굴을 보니 곳 쟝 도령(蔣都令)이라. 음관(蔭官)이 츄연(惆然)[11]ᄒᆞ여 탄식(歎息)ᄒᆞ기를 오릭 ᄒᆞ다ᄀᆞ 갓더니, 그 후(後)의 음관(蔭官)이 녕남(嶺南)[12]을 갈ᄉᆡ 지이산(智異山)[13] 동구(洞口)를 디나다ᄀᆞ 길희 ᄒᆞᆫ 쇼년(少年)을 만나니, 쳥녀(青驢)[14]를 타고 달여 디나며[15] 말 우희셔 음관(蔭官)의게 읍(揖)ᄒᆞ여 ᄀᆞ로ᄃᆡ,

"산(山)이 깁고 날이 져무러시니 ᄂᆡ 집의 와셔 자미 엇더ᄒᆞ뇨? ᄂᆡ 집이 골 ᄀᆞ온ᄃᆡ 잇셔 십여 니(十餘里)ᄂᆞᆫ 되ᄂᆞ니라."

음관(蔭官)이 ᄯᆞ라 드러ᄀᆞ니 듁니모옥(竹籬茅屋)[16]이 쇼쇄(瀟灑)[17]ᄒᆞ여 일졈(一點) 진의(塵埃ㅣ)[18] 업더라.

庭經)≫을 받아 수련하여 전우치(田禹治)와 더불어 도술이 높았다고 함. 80여 세에 죽으니 시신이 가벼워서 마치 빈 옷만 있는 것 같았다 함.

11) 슬퍼하는 모양. 한탄하는 모양. 실심한 모양.

12) 조령(鳥嶺)의 남쪽인 경상도(慶尙道)를 이르는 말.

13) 경상남도 함양군(咸陽郡)·산청군(山淸郡)과 전라북도 남원시(南原市)과 전라남도 구례군(求禮郡) 사이에 있는 산.

14) 털의 빛깔이 검푸른 당나귀.

15) 달려 지나며.

16) 대나무로 울타리를 친 초가집.

빈쥬(賓主ㅣ)[19] 좌(座)를 뎡(定)ᄒ매 듀인(主人)이 ᄀ로ᄃᆡ,

"오릭 니별(離別)ᄒ엿다ᄀ 셔로 만나니 깃브믈 이긔지 못ᄒ노라."

음관(蔭官)이 ᄀ로ᄃᆡ,

"우리 언졔 친(親)ᄒ미 잇더냐?"

쥬인(主人)이 ᄀ로ᄃᆡ,

"쳥(請)컨ᄃᆡ 닉 얼굴을 ᄌ셔(仔細)히 보라."

음관(蔭官)이 오히려 ᄌ셔(仔細)히 모로거ᄂᆞᆯ 쥬인(主人)이 ᄀ로ᄃᆡ,

"나ᄂᆞᆫ 곳 녯젹 소[존]딕(尊宅)의서 밥 빌어먹던 징 도령(蔣都令)이로라."

음관(蔭官)이 ᄀ로ᄃᆡ,

"닉 일즉 동딕문(東大門) 밧긔셔 쟝 도령(蔣都令)이 쥬려 죽어 ᄡ르러닉여 오ᄂᆞᆫ 거슬[20] 목도(目睹)ᄒ엿거ᄂᆞᆯ 쥬인(主人)이 스스로 쟝 도령(蔣都令)이라 ᄒ미 니(理) 밧긘 듯ᄒ도다[21]."

쥬인(主人)이 ᄀ로ᄃᆡ,

"닉 그ᄶᅥ 주린 죽엄 되미[22] 곳 시히(尸解)[23]ᄒ여 신션(神仙)

---

17) 맑고 깨끗함.
18) 한 점의 티끌이.
19) 손님과 주인이.
20) (굶)주려 죽어 끌어내 오는 것을.
21) 이외(理外)인 듯하도다. 이치에 맞지 않는 듯하도다.

되미라. 그딕 말을 셰우고 탄식(歎息)ᄒᄂ 소릭를 닉 비록 죽어 누어시나 오히(려) 듯고 능(能)히 아라 지금(至今) 감격(感激)ᄒ여 ᄒ노라. 시히(尸解)ᄒ 후(後)로부터 팔년[녁](八域)의 쥬류(周遊)ᄒ여 텬ᄒ(天下)의 모든 신션(神仙)을 ᄯᅡ라 노더니, 이 명산(名山)을 ᄉᆞ랑ᄒ여 집을 짓고 사딕 구름을 ᄐᆞ고 ᄇᆞ람을 어거(馭車)[24] ᄒ여 어닉 곳딕 니르지[25] 못ᄒ리요? 마츰 그딕 이 산(山)을 지나ᄂᆞ 고(故)로 쳥(請)ᄒ여 녯 졍(情)을 펴노라."

ᄒ 번(番) 자고 니별(離別)ᄒᆞ실 아츰져녁 둙과 기장의 음식(飮食)이 졍결(精潔)[26]ᄒ고 가(可)히 먹엄즉ᄒ여[27] 연화계(煙火界)[28] 찬물(饌物)[29]이 예셔 ᄃᆞ르미 업더라[30].

---

22) 굶주려 죽은 주검이 됨이.
23) 몸만 남기고 혼백이 빠져나가서 신선이 되는 일.
24) 수레를 몲.
25) 어느 곳에 이르지.
26) 깨끗하고 조촐함.
27) 먹음직하여.
28) 불에 익힌 음식을 먹는 세상. 속세(俗世).
29) 찬수(饌需). 반찬거리가 되는 음식.
30) 이와 다름이 없더라.

제10화

구히쟝튱신손획보 救解獐忠臣孫獲報[1]

박공 핑년(朴公彭年)[2]이 화(禍) 본 후(後)의 ᄌ손(子孫)이 ᄃᆡ구(大邱)[3] 싸히 눈[뉴]낙(流落)ᄒ야 근난(艱難)ᄒ미[4] 심(甚)ᄒ더라.

집이 낙동강(洛東江)[5]을 님(臨)ᄒ엿더니, ᄀ을의 ᄆ을 스람을 모화 들마당의셔 벼를 두다릴ᄉᆡ, 홀연(忽然)이 ᄒ 놀이 ᄶᅱ여와[6] 어ᄌ러(이) ᄲᆞ힌 집동 ᄀ온ᄃᆡ 슘엇더니[7], 이윽고 ᄒ 산힝(山行)[8]ᄒᄂᆞ 스름이 통(銃)을 메고 타작(打作)[9] 마당의 와 ᄀ로ᄃᆡ,

---

1) 노루를 구해 풀어주고 충신의 후손이 보답을 받다
2) 박팽년(朴彭年, 1417~1456) : 조선조 세조 때 사육신(死六臣)의 한 사람. 자는 인수(仁叟), 호는 취금헌(醉琴軒), 본관은 순천(順天), 중림(仲林)의 아들. 시호는 충정(忠正).
3) 오늘날의 대구광역시.
4) 가난함이.
5) 강원도 태백시 함백산(咸白山)에서 발원하여 영남지방의 중앙 저지대를 통하여 남해로 흘러드는 강.
6) 한 마리의 노루가 뛰어와.
7) 어지러이 쌓인 짚단(짚뭇) 가운데 숨었더니.
8) 사냥.

"닉 앗ㄱ 놀늘 쪼츠니[10], 그 놀이 이리로 드러와시니 혹(或)
보왓ᄂ냐?"

혼딕, 박싱(朴生)이 ㄱ로딕,

"놀니 만일(萬一) 이리 와시면 냥반(兩班)이 엇지 사람의 조츠
오ᄂ 노로를 니(利)로이 녁여 곰초리요?"

ᄒ니 녑뷔(獵夫 |)[11] 두세 번(番) 차탄(嗟歎)ᄒ여 ㄱ로딕,

"놀이 이리로 오믈 진뎍(眞的)[12]히 보앗더니, 이졔 업스니[13]
고이(怪異)ᄒ다."

ᄒ고 이윽고 도라ㄱ더라.

녑뷔(獵夫 |) 근 후(後) 오히려 놀늘 곰초고 닉지 아니ᄒ거늘,
타작(打作)ᄒᄂ ᄉ롬들이 쯧ᄒ딕[14],

'박싱(朴生)이 반다시 놀늘 가져가랴 ᄒᄂㄱ?'

의심(疑心)ᄒ더니, 져녁 ᄢᅦ예 박싱(朴生)이 막딕로 집가리[15]
를 헤치고 노로다려 닐너 ㄱ로딕,

"시방(時方)[16]이야 가(可)히 ᄃ라날디어다."

---

9) 마당질. 바심. 곡식의 낱알을 떨어서 그 알을 거두는 일.

10) 내가 아까 노루를 쫓으니.

11) 원주(原註)에 "산힝(山行)ᄒᄂ 사름(사냥하는 사람)"이라고 하였음.

12) 사실 그대로 참되고 틀림없는 모양.

13) 이제 없으니.

14) 생각하되.

15) 짚단을 쌓아올린 더미.

16) 지금(只今).

ᄒ니 놀이 여러 번(番) 도라보아 사례(謝禮)ᄒᄂᆞᆫ 형상(形狀)처로[17) ᄒ고 드듸여 쒸여 가더라.

그 날 밤의 박싱(朴生)이 쑴을 쑤니, 흔 노인(老人)이 와 닐오듸,

"ᄂᆞᄂᆞᆫ 곳 그듸 살녀닌 놀니라[18). 덕(德)을 갑고져 ᄒᆞᄂᆞ니 낙동강(洛東江) ᄒ류(下流) 수십 니(四十里)를 흔(限)ᄒ여 닙안(立案)[19)을 닉면 가(可)히 만셕(萬石)군[20)이 되리라."

ᄒ니 박싱(朴生)이 ᄭᅢ매 그 말은 료료(了了)ᄒ나 허황(虛荒)이 녁여 의ᄉᆞ(意思)의 관념(觀念)티 아니ᄒ고 다시 자더니, 노인(老人)이 쏘 와 ᄀᆞ로듸,

"닉 그듸의 큰 은덕(恩德)을 갑호랴 ᄒ거든 엇지 그듸의게 허황(虛荒)흔 일을 ᄀᆞ르치미 이시리요? 닉일(來日) 아ᄎᆞᆷ의 반다시 관ᄀᆞ(官家)의 드러ᄀᆞ 입안(立案) 닉믈 쳥(請)ᄒ미 가(可)ᄒ다."

ᄒ거늘, 박싱(朴生)이 ᄌᆞᆷ을 ᄭᅢ여 쏘 오히려 밋지 아니ᄒ고 ᄌᆞᆷ을 쏘 드니, 쑴의 ᄒᄂᆞᆫ 말이 처음과 ᄀᆞᆺᄐᆞ여 더옥 근졀(懇切)ᄒ니, 박싱(朴生)이 드듸여 그 이튼날 관졍(官庭)의 드러ᄀᆞ 쳥(請)흔듸, 태쉬(太守丨) 크게 우셔 ᄀᆞ로듸,

---

17) 형상처럼.

18) 나는 곧 그대가 살려낸 노루입니다.

19) 조선시대에 관아(官衙)에서 어떠한 사실을 인증하던 문서. *안건(案件) 또는 안건을 정하는 일.

20) 만석꾼. 곡식 만 섬 가량을 거두어들일 만한 논밭을 가진 큰 부자를 비유적으로 이르는 말.

"네 병풍(病風)[21]혼 스름이냐? 되강(大江)을 입안(立案)호미 젼(前)의 듯지 못호던 고이(怪異)혼 말이로다."

박싱(朴生)이 ᄀ로되,

"민(民)도 쏘혼 밍낭(孟浪)[22]혼 줄을 아오나 이상(異常)혼 딩죄(徵兆ㅣ) 잇습기 사람의 우스믈[23] 피(避)티 아니호고 쳥(請)호ᄂ이다."

태쉬(太守ㅣ) 웃고 허락(許諾)호니, 어늬 곳으로브터 어늬 곳시 니르히[24] 스십 니(四十里) 짜히라.

닙안(立案)호고 도라왓더니, 열흘이 못호야 낙동강(洛東江) 물이 홀연(忽然)이 녯 슈도(水道)를 ᄇ리고 넙흐로[25] 큰 두던을[26] 미러 드란 되로 흘너ᄀ고[27], 강(江) 흐류(下流) 입안(立案) 닌 곳은 물이 변(變)호여 들이 된지라.

박싱(朴生)이 이에 됴혼 논과 됴혼 밧츨[28] 녯 강(江) 터에 긔경(起耕)호여 슈미(首尾)[29] 삼빅 년(三百年)의 오히려 다 긔경(起

---

21) 병에 시달림.
22) 보기에 생각하던 바와 달리 허망한 데가 있음.
23) 사람들의 웃음을.
24) 어느 곳으로부터 어느 곳에 이르도록.
25) 옆으로.
26) 두둑을. 둔덕을. '두둑'은 밭과 밭 사이의 경계를 이루는 두두룩한 곳. '둔덕'은 두두룩하게 언덕진 곳.
27) 밀어 다른 데로 흘러가고.
28) 좋은 논과 좋은 밭을.

耕)티 못ᄒ야 그 변지(邊地)의 곡식(穀食) 맛당티 아닌 곳은 밤을 시무니[30], 미년(每年)의 곡식(穀食) 츄슈(秋收)는 몃쳔 셕(千石)인 줄을 모로고, 밤 도지(賭地)[31]구 쏘흔 쳔 셕(千石)이나 되야, 밤 고직(庫直)[32]이구 미년(每年)의 쳬역(遞易)[33]ᄒ고 일년(一年)을 치고[34] 나면 고직(庫直)이구 쏘흔 슈빅 냥(數百兩)이나 어더먹으니, 되개(大槪) 박싱(朴生)의 부요(富饒)ᄒ미 녕남(嶺南)의 웃씀이 되야 이상(異常)흔 일노 뎐(傳)ᄒ야 니르더라.

---

29) 사물의 머리와 꼬리. 여기서는 낙동강 물길의 변화로 새로 생긴 땅 전체를 가리킴.

30) 그 변두리 땅에 곡식을 심기에 마땅치 않은 곳에는 밤을 심으니.

31) 세를 내고 남의 논밭을 경작함.

32) 창고지기.

33) 체개(遞改). 사람을 갈아들임. 교대하여 바꿈.

34) 치다꺼리하고.

제11화
사랑을 훔치려한 도둑 戀盜[1]

녜적의 두 션비 별시(別試)를 당(堂)ᄒ여 북한(北漢)졀의 ᄀᆞ 혼 ᄀᆞ지로 글 짓더니, 그 혼 ᄉᆞ름은 젹빈(赤貧)이로ᄃᆡ 오히려 의복(衣服)과 찬믈(饌物)이 졀등(絕等)ᄒ여 ᄌᆞ못 호귀(豪貴)[2]혼 집의 지난지라[3].

그 혼 사람이 고이(怪異)히 넉여 무러 여러 번(番) 무른 후(後)의 ᄃᆡ(對)ᄒ여 ᄀᆞ로ᄃᆡ,

"ᄂᆡ 안히 ᄌᆡ죄(才操ㅣ) 츌등(出衆)ᄒ여 젹슈(赤手)[4]로 경영(經營)ᄒ여 못홀 노르시 업고 질삼과[5] 핑임(烹飪)[6]ᄒᆞ미 됴션(朝鮮)의ᄂᆞᆫ 반ᄃᆞ시 둘이 업슬 고(故)로 지아비 공궤(供饋)[7]ᄒ기를 이

---

1) 언해본 원문에 제목이 없으므로 교역자가 적절히 붙였음.
2) 세력이 있고 귀함.
3) 능가한지라.
4) 맨손. 빈 손.
5) 길쌈과.
6) 음식을 삶고 지져서 만듦.

ᄀ치 ᄒᄂ니라.”

　그 사람이 드른 후(後) 원산(遠山)을 ᄇ라보며 줌줌코 말을 아니터니[8] 오라지 아냐 몬져[9] 파(罷)ᄒ여 도라ᄀ고, 그 ᄒᄂ흔 날ᄒ여[10] 파(罷)ᄒ여 도라와 무른 즉(則) 그 스름이 쳘ᄀ(撤家)[11]ᄒ여 먼니 ᄀ 향(向)흔 바를 아지 못ᄒ여, 기리[12] 셩식(聲息)이 막히연 지[13] 십 년(十年)이나 되고, 흔 사람은 즉시(卽時) 급뎨(及第)ᄒ여 벼스리 놉하[14] 관셔빅(關西伯)[15]을 ᄒ여 늬힝(內行)[16]을 잇ᄭ고 부임(赴任)ᄒ여 관셔(關西)[17] 지경(地境)의 밋지 못ᄒ여[18] 나지[19] 참(站)[20]의 드러 졈심(點心)ᄒ려 ᄒ더니, 길희

---

7) 음식을 마련하여 드림.
8) 잠자코 말을 아니 하더니.
9) 오래지 않아 먼저.
10) 그 하나는(한 사람은) 천천히.
11) 이사하기 위하여 온 가족을 데리고 살림살이를 걷어가지고 감.
12) 길이. 영영(永永).
13) 막힌 지.
14) 벼슬이 높아.
15) 조선시대 평안도 관찰사(平安道觀察使)를 달리 이르던 말. 평안감사(平安監司).
16) 예전에 여행길에 나선 부인네를 일컫던 말.
17) 평안도(平安道)를 달리 이르던 말.
18) 미치지(이르지) 못하여.
19) 낮에.
20) 역참(驛站). 예전에 부임하거나 출장 가는 관원이 역마(驛馬)를 바꿔 타거나 숙식을 하던 곳.

셔 ᄒᆡ[흰] ᄉ름이 튼 물 뇽(龍)ᄀᆞᆺ고 츄죵(騶從)[21]이 구름 ᄀᆞᆺ고 상ᄒᆞ(上下)의 복식(服色)이 휘황(輝煌)ᄒᆞ고, 긔세(氣勢ㅣ) 호건(豪健)ᄒᆞ거늘[22] 갓ᄀᆞ이 ᄀᆞ 슬펴본 즉(則) 이 녯날 북한(北漢)셔 동졉(同接)[23]ᄒᆞ던 션비라. 흔가지로 참(站)의 드러 흔연(欣然)이 ᄶᅥ나[난] 졍(情)을 펴고 감식(監司ㅣ) 무로ᄃᆡ,

"옛날 북한(北漢)셔 무ᄉ[슴] 일노 즈레[24] 졉(接)[25]을 파(罷)ᄒᆞ여 인(因)ᄒᆞ여 ᄉ름으로 ᄒᆞ야금 아지 못ᄒᆞ게 ᄒᆞ뇨?"

기인 왈(其人曰),

"그ᄶᅵ 그ᄃᆡ 스스로 이로[르]ᄃᆡ, 그ᄃᆡ의 안히 지조(才操)와 지혜(知慧ㅣ) 우리나라의 ᄒᆞ나히라 ᄒᆞ니, ᄂᆡ 그ᄶᅵ 듯고 졸연(猝然)이 흑심(黑心)이 (나)니 스스로 마음의 밍셰ᄒᆞ여 왈(曰),

'ᄂᆡ 능(能)히 이 스람의 안히를 앗지[26] 못ᄒᆞ면 세상(世上)의 ᄉ라 무엇ᄒᆞ리요?' ᄒᆞ고 그날노셔 계교(計巧)를 뎡(定)ᄒᆞ여 집을 바리고 식골노 ᄂᆞ려가 젹당(賊黨)[27]을 모화 부락(部落)이 일국(一國)의 편만(遍滿)[28]ᄒᆞ고 건졸(健卒)이 무슈(無數)ᄒᆞ니 이졔 싸

라(온) 군(軍)이 곰 ᄀᆞ트며 일희 ᄀᆞ트여[29] ᄒᆞᆫ 사람이 그듸 영(營) 속 빅 인(百人)을 당(當)티 못ᄒᆞᆯ 리 업스니 오늘 길혼 젼(全)혀 길희 즐너[30] 그듸 안해를 아ᅀᆞ랴 ᄒᆞ미니[31], 그듸 안해 비록 승 텬닙디(昇天入地)[32] ᄒᆞᆯ지라도 면(免)ᄒᆞ여 피(避)ᄒᆞᆯ 배 업스리니, 도빅(道伯)[33]의 형세(形勢ㅣ) ᄒᆞᆫ 당낭(螳螂)[34]의 폴 ᄀᆞ트니[35], 발 오[36] 말업시 밧드러 밧치라[37]."

감ᄉᆞ(監司ㅣ) 듯고 담(膽)이 써러뎌[38] ᄒᆞᆯ 바를 아지 못ᄒᆞ여 다만 ᄀᆞ로ᄃᆡ,

"드러ᄀᆞ 지어미더러 니르마."

ᄒᆞ고 인(因)ᄒᆞ여 안ᄒᆞ로 드러ᄀᆞ 긔ᄉᆡᆨ(氣色)이 참연(慘然)[39]ᄒᆞ니, 부인(夫人)이 고이(怪異)히 녁여 연고(緣故)를 무른ᄃᆡ, 목을 몌여

---

29) 곰 같으며 이리 같아서.

30) 길을 질러.

31) 그대의 아내를 (빼)앗으려 함이니.

32) 하늘로 오르고 땅으로 들어간다는 뜻으로, '자취를 감추고 없어짐'을 이르는 말.

33) 조선시대에 관찰사(觀察使)나 감사(監司)를 달리 이르던 말.

34) 버마제비.

35) 당랑의 팔 같으니. 당랑지부(螳螂之斧). 버마제비가 앞다리를 쳐들고 수레에 맞선다는 뜻으로, 약소한 자가 자신의 힘은 생각하지 않고 강적에게 반항하는 것을 이름.

36) 바로.

37) 말없이 받들어 바치라.

38) 낙담(落膽)하여. 너무 놀라서 간이 떨어지는 듯하여.

39) 슬프고 참혹한 모양.

말을 드러 사오나온 손이 와 겁틱[박](劫迫)[40] 호는 형상(形狀)을
베픈디 부인(夫人) 쇼왈(笑曰),

"영감(令監)이 비록 됴흔 방빅(方伯)이 되엿시나 맛춤내 졸댱
부(拙丈夫)를 면(免)티 못호더니, 이제 드르니 그 사람은 곳 디영
웅(大英雄)이라. 녀직(女子ㅣ) 나매 영웅(英雄)의 안해 되미 엇지
쾌(快)치 아니리요? 졍(政)히 내 원(願)의 마즈니[41] 엇지 죡(足)
히 놀나리오? 쳥(請)컨디 졈심(點心) 후(後)의 셔로 니별(離別)호
리라."

감시(監司ㅣ) 울어 왈(曰),

"그디 엇지 이런 말을 내느뇨[42]?"

부인(夫人)이 일변(一邊)으로 힝쟝(行裝)을 눈화 내여[43] 뻐 도
젹(盜賊)을 쓸와갈 거슬 다스리니, 감시(監司ㅣ) 나와 젹괴(賊魁)
다려 왈(曰),

"안해 그디를 죠차 가믈 원(願)호더라."

젹괴 왈(賊魁曰),

"그디 안히 분명(分明)히 그 피(避)호지 못홀 줄 아는 것도 디
개(大概) 또흔 일을 아는 연괴(緣故ㅣ)라."

---

40) 힘으로 협박(脅迫)함.
41) 내 소원에 맞으니.
42) 그대가 어찌 이런 말을 내는가(하는가)?
43) 나누어 내어.

인(因)호여 졔 쇼쇽(所屬)을 불너 왈(曰),

"닉힝(內行) 갈 マ매(駕馬) 임의 와 딕령(待令)호엿ᄂ냐?"

임의 딕령(待令)호므로뻐 딕(對)호니, 인(因)호여,

"안집의 드러マ 부인(夫人)을 뫼셔 닉라!"

도격(盜賊)의 시비(侍婢)와 교군(轎軍)이 부인(夫人)을 쳥(請)호여 マ마(駕馬)의 드리고, 젹괴(賊魁) 쏘혼 감스(監司)로 더부러 숀을 드러 니별(離別)호고 권마셩(勸馬聲) 혼 쇼릭의 쳔[편]연(翩然)44)이 달녀マ니, 다만 힝(行)호난 쯧글이45) 호늘의 가리와씰 분이라46).

방빅(方伯)이 부인(夫人)을 도격(盜賊)의게 아이고47) 비록 도임(到任)호고즈 호나 니인(吏人)48)을 딕(對)홀 낫치 없고49), 임의 스됴(辭朝)50)호엿는지라. 쏘혼 듕노(中路)로부터 즈레 도라오지 못홀 거시매 진퇴냥난(進退兩難)51)호여 졍스(情事ㅣ) 망극(罔極)호니52), 눈물이 비 오듯 호더니 두어 식경(食頃)53)이 지나

---

44) 가볍고 빠른 모양. 나는 모양.
45) 티끌이.
46) 하늘을 가렸을 뿐이라.
47) 앗기고. 빼앗기고.
48) 감영(監營)의 하급 관리. 아전.
49) 낯이(면목이) 없고.
50) 관직에 새로 임명된 사람이 부임하기에 앞서 임금에게 하직인사를 드리던 일.
51) 나아갈 수도 물러날 수도 없음.

매 부인(夫人) 앗ㄱ 안젓던 곳을 보아 의희(依稀)[54] 상상(想像)ㅎ고져[55] 닉졈(內店)[56]의 드러근 즉(則) 부인(夫人)이 올연(兀然)[57] 단정(端正)이 안즈 즈약(自若)[58]ㅎ거늘, 감시(監司ㅣ) 놀나 므러 왈(日),

"앗ㄱ 부인(夫人)이 눈으로 보는딕 도젹(盜賊)의 ㄱ마(駕馬)를 트고 가는 양(樣)을 보앗더니[59], 홀연(忽然) 여긔 잇스니 귀신(鬼神)이냐 스름이냐?"

부인 왈(夫人日),

"닉 엇지 도젹(盜賊)의게 핍박(逼迫)ㅎ믈 입어 ㄱ리요? 당쵸(當初)의 녕감(슈監)이 말을 니를 졔 만일(萬一) 닉 딕답(對答)이 즐겨 아닌는[60] 쯧이 이신 즉(則) 도젹(盜賊)의 쉬[귀] 담의 드하[61] 즉긱(即刻)의 의외(意外)예 변(變)이 늘 고(故)로 거즛 딕답(對答)ㅎ여 도젹(盜賊)으로 ㅎ여곰 미더 의심(疑心)치 아니케 ㅎ

---

52) 사정이(형편이) 어찌할 수 없는 지경에 이르렀으니.
53) 밥 한 끼를 먹을 정도의 시간.
54) 거의 비슷함. 어렴풋함.
55) 어렴풋이나마 상상해 보려고.
56) 주막(酒幕)이나 점막(店幕)의 안채.
57) 홀로 오뚝한 모양.
58) 큰일을 당해서도 놀라지 아니하고 보통 때처럼 침착한 모양.
59) 가마를 타고 가는 모습을 보았는데.
60) 즐겨 아니하는.
61) 원문에 '도둑의 귀가 담에 닿아(賊耳屬垣)'라고 되어 있음.

고, 인(因)ᄒ여 즉시(卽時) ᄒ 계교(計巧)를 싱각ᄒ여 ᄀ만이 아

모기란 종을[62] 달리여 ᄀ로디,

'너의 ᄌ싴(姿色)이 져만ᄒ디[63] 평싱(平生) 남의 종노롯ᄒ미

진실(眞實)노 곤(困)ᄒ지라. 도젹(盜賊)의 쟝쉬(將帥ㅣ) 큰 호걸(豪

傑)이니, 네 그 안히 된 즉(則) 일싱(一生) 의식(衣食)이 공후(公侯)

의 부인(夫人)과 다르미 업스리니, 네 만일(萬一) 니 딕신(代身)

의 힝(行)ᄒ여 굿게[64] 네 본싴(本色)을 그이면[65] 엇기 어려운 긔

틀이[66] 아니리오?'

(그 종이) 흔연(欣然)이 좃거늘 셩쟝(盛裝)으로 ᄭᅮ며니여 쎠

도젹(盜賊)의 가마(駕馬)의 너코[67], ᄂ는 병풍(屛風) 뒤히 숨엇다

ᄀ 도젹(盜賊)이 먼니 ᄀ기를 기드려 이졔야 비로쇼 나와시니,

이 ᄀᆺ치 임긔응변(臨機應變)[68]홀 모칙(謀策)[69]을 싱각지 못ᄒ량

이면[70] 엇지 용녈(庸劣)[71]ᄒ 겨집을 면(免)ᄒ리오?"

---

62) 가만히(살그머니) 아무개라는 종을.

63) 저만한데. 저 정도인데.

64) 굳게.

65) 기이면. 속이면. 숨기면.

66) 기틀이. 기회(機會)가.

67) 넣고.

68) 그때그때 처한 뜻밖의 일을 재빨리 그 자리에서 알맞게 대처하는 일.

69) 일을 처리하거나 모면(謀免)할 꾀.

70) 생각하지 못할 작시면. 생각하지 못할 것 같으면.

71) 변변하지 못함. 못나고 어리석음.

감시(監司ㅣ) 경각(頃刻) 스이의 돈연(頓然)[72]히 차악(嗟愕)[73] 호던 거슬 일코 환텬희지(歡天喜地)[74]호여 흔ㄱ지로 부임(赴任) 호니라.

---

72) 어찌할 겨를도 없이 급한 모양.
73) 슬픈 일을 당하여 몹시 놀람.
74) 매우 기뻐함.

❧ 교주편 ❧

제2부 단국대본 《육신전》 부대 자료

제1화

구히쟝튱신손획보 救解獐忠臣孫獲報

취금헌(醉琴軒) 박공(朴公)의 화(禍) 본 후(後)의 ᄌ손(子孫)이 대구(大邱) 싸히 뉴락(流落)ᄒ여 간난(艱難)ᄒ미 심(甚)흔지라.

집이 낙동강(洛東江)을 님(臨)ᄒ엿더니, 가을의 마춤 마을 사름을 모화 들마당의셔 벼를 두ᄃ릴ᄉᆡ, 홀연(忽然) 흔 놀니 쮜여 와 어ᄌ러이 싸힌 집동 가온ᄃᆡ 숨거늘, 이윽고 흔 산힝(山行)ᄒᄂᆞᆫ 사름이 총(銃)을 메고 타작(打作) 마당의 와 닐오ᄃᆡ,

"앗가 놀늘 ᄯ오차 오더니, 그 놀니 이리로 드러와시니 혹(或) 보앗ᄂᆞ냐?"

흔ᄃᆡ, 박싱(朴生)이 갈오ᄃᆡ,

"놀니 만일(萬一) 이리 와시면 냥반(兩班)이 엇지 놈[늠](이) ᄯ차오ᄂᆞᆫ 놀늘 이(利)로이 넉여 감초리오?"

흔ᄃᆡ 녑뷔(獵夫ㅣ) 두세 번(番) 차탄(嗟歎)ᄒ여 갈오ᄃᆡ,

"이리로 오믈 진뎍(眞的)히 보앗더니, 이졔 업스니 고이(怪異)타."

호고 이윽고 가더라.

녑뷔(獵夫ㅣ) 간 후(後) 오히려 놀늘 감초고 늬지 아니호니, 타작(打作)호는 사름들이 쯧호듸,

'박싱(朴生)이 반득시 놀늘 가져가랴는가?'

의심(疑心)호더니, 져녁 ᄯᅴ의 박싱(朴生)이 막듸로 집가리를 헤치고 노로ᄃᆞ려 일너 갈오듸,

"즉금(卽今)이야 네 가(可)히 다라날지어다."

놀니 여러 번(番) 도라보아 사례(謝禮)호는 형상(形狀)쳐로 호고 드듸여 쮜여 가더라.

그 날 밤의 박싱(朴生)이 쑴을 쑤니, 흔 노인(老人)이 와 갈오듸,

"나는 그듸 살닌 놀니라. 덕(德)을 갑고져 호ᄂᆞ니 낙동강(洛東江) 하류(下流) ᄉᆞ십 니(四十里)를 흔(限)호여 닙안(立案)을 늬면 가(可)히 만셕군(萬石君)이 되리라."

박싱(朴生)이 ᄭᆡ여오믹 그 말은 뇨료(了了)히 싱각호나 허황(虛荒)이 넉여 의ᄉᆞ(意思)의 관념(觀念)치 아니코 다시 자더니, 노인(老人)이 쏘 와 갈오듸,

"늬 그듸의 큰 은덕(恩德)을 갑흐랴 호거든 엇지 그듸의게 허황(虛荒)흔 일을 가ᄅᆞ치미 이시리오? 늬일(來日) 아참의 반득시 관가(官家)의 드러가 닙안(立案) 늬미 가(可)호다."

호거늘, 박싱(朴生)이 쑴을 ᄭᆡ여 쏘 오히려 밋지 아니호고 쏘 쑴을 드니, 쑴의 호는 말이 처엄과 갓흐여 더욱 간졀(懇切)호거늘,

박싱(朴生)이 드듸여 그 잇튼날 관청(官廳)의 드러가 청(請)흔듸,
틱쉬(太守ㅣ) 크게 우셔 갈오듸,

"네 병풍(病風)흔 사름이냐? 듸강(大江)을 닙안(立案)흐미 젼(前)의 듯지 못흔 말이로다."

박싱(朴生)이 갈오듸,

"민(民)도 쏘흔 밍낭(孟浪)흔 줄 아나 이샹(異常)흔 증죄(徵兆ㅣ) 잇기 사름의 우슨물 피(避)치 아니크[코] 청(請)흐ᄂ이다."
흔듸 태쉬(太守ㅣ) 웃고 허락(許諾)흐니, 어ᄂ 곳으로브터 어ᄂ 곳의 니ᄅ히 ᄉ십 니(四十里) 짜히 닙안(立案)흐고 도라왓더니, 열흘이 못흐야 낙동강(洛東江) 물이 홀연(忽然)이 슈도(水道)를 ᄇ리고 녑흐로 큰 두던의 미러 다른 듸로 흘너가고, 강(江) 하슈(下水) 닙안(立案)흔 듸ᄂ 물이 변(變)흐야 들이 된지라.

박싱(朴生)이 이에 조흔 밧과 조흔 논을 녯 강(江) 터히 긔경(起耕)흐여 슈미(首尾) 삼빅 년(三百年)의 오히려 다 긔경(起耕)치 못흐고 그 변지(邊地)의 곡식(穀食)이 맛당치 못흔 곳은 밤을 심으니, 미년(每年)의 곡식(穀食) 츄(수)(秋收)ᄂ 몃 쳔 석(千石)인 줄 모ᄅ고, 밤 도지(賭地)가 쏘흔 쳔 셕(千石)이나 되여, 밤 고직(庫直)이가 쳬역(遞易)흐고 일년(一年)을 치고 나면 고직(庫直)이가 슈빅 냥(數百兩)식 어더먹으니, 대개(大概) 박싱(朴生)의 유여(有餘)흐미 영남(嶺南)의 읏듬이 되여 이샹(異常)흔 일노 뎐(傳)흐여 니ᄅ더라.

제2화

혼궁환니몽시됴 婚窮鰥異夢示兆[1]

히풍군(海豊君) 뎡효쥰(鄭孝俊)[2]이 〈십삼셰(四十三歲)예 세 번
(番) 샹쳐(喪妻)ᄒ여 다만 셰 ᄯᆞᆯ이 잇고 흔 아들이 업ᄂᆞᆫ디라.

일ᄉᆡᆼ(一生) 궁유(窮儒)로 진〈(進士)를 ᄒ고 집이 젹빈(赤貧)흔
디 녕양위(寧陽尉)[3]가 그 증죈(曾祖ㄴ)[4] 고(故)로 본(本)집 봉〈
(奉祀)ᄒᄂᆞᆫ 밧 단종디왕(端宗大王)[5] 봉〈(奉祀)와 현덕왕후(顯德王

<hr>

1) 가난한 홀아비와 혼인하여 이상한 꿈의 조짐을 보이다
2) 정효준(鄭孝俊, 1577~1665) : 조선조 현종 때의 문신. 자는 효우(孝于), 호
   는 낙만(樂晩), 본관은 해주(海州), 흠(欽)의 아들. 1656년 해풍군(海豊君)에
   봉해짐. 시호는 제순(齊順).
3) 조선조 제5대 임금 문종(文宗)의 사위인 정종(鄭悰, ?~1461). 정종의 본관
   은 해주(海州), 충경(忠敬)의 아들. 1450년(세종32) 문종의 딸 경혜공주(敬惠
   公主)와 혼인하여 영양위(寧陽尉)에 봉해짐. 시호는 헌민(獻愍).
4) 실제 영양위 정종은 정효준의 5대조인 현조(玄祖)임.
5) 조선조 제6대 임금인 이홍위(李弘暐, 1441~1457). 재위 1452~1455. 문종
   의 아들, 어머니는 현덕왕후 권씨, 비는 정순왕후(定順王后) 송씨(宋氏).
   1457년 숙부인 수양대군(首陽大君)에게 왕위를 빼앗기고 노산군(魯山君)으
   로 강봉(降封), 강원도 영월(寧越)에 유배되었다가 피살됨. 숙종24년(1698년)
   복위됨. 능은 영월에 있는 장릉(莊陵).

后)[6] 봉᷼(奉祀)와 ᄉᆞ릉왕후(思陵王后)[7] 봉᷼(奉祀)를 다 ᄒᆞᄂᆞᆫ 고
(故)로 향화(香火)[8]를 니우지[9] 못ᄒᆞ여 미양(每樣) 졔᷼(祭祀)를
당(當)ᄒᆞᆫ 즉(則) 쳔신만고(千辛萬苦)[10]ᄒᆞ여도 ᄒᆞᆫ 잔(盞) 슐을 판득
(辦得)[11]키 어려온지라.

집에 이셔 위루[로](慰勞)ᄒᆞᆯ 길이 업셔 날마다 이웃 니 병᷼
(李兵使) 진경(眞卿)[12]의 집의 가 쟝긔(將棋)[13] 두기로 소일(消日)
ᄒᆞ니, 진경(眞卿)은 판셔(判書) 쥰민(俊民)[14]의 손ᄌᆞ(孫子ㅣ)라.

그ᄢᅵ예 진경(眞卿)이 바야흐로 당하(堂下)[15] 무변(武弁)[16]이

---

6) 현덕왕후(顯德王后, 1418~1441) : 조선조 제5대 임금인 문종의 비. 화산부
   원군(花山府院君) 권전(權專)의 딸.

7) 사릉왕후(思陵王后) : 조선조 제6대 임금인 단종의 비. 판돈녕부사(判敦寧
   府事) 송현수(宋玹壽)의 딸. 정순왕후(定順王后).

8) 향을 태운다는 뜻에서 제사(祭祀)를 일컫는 말.

9) 잇지.

10) 온갖 고생. 온갖 고생을 함.

11) 형편에 따라 이리저리 잘 처리하여 얻음.

12) 이진경(李眞卿, 1576~1642) : 조선조 인조 때의 무신. 자는 희안(希顔), 본
    관은 전의(全義), 종훈(從訓)의 아들.

13) 두 편이 각각 16짝씩 모두 32짝의 말을, 가로 10줄, 세로 9줄의 직선이 수
    직으로 만나게 그려진 판 위에 벌여 놓고, 말을 번갈아 가며 한 번씩 두어서
    승부를 가리는 민속놀이.

14) 이준민(李俊民, 1524~1590) : 조선조 선조 때의 문신. 자는 자수(子修), 호
    는 신암(新菴), 본관은 전의(全義), 공량(公亮)의 아들, 조식(曺植)의 생질. 시
    호는 효익(孝翼).

15) 조선시대 벼슬을 분류하는 한 가지로, 정3품 하(下) 이하의 품계에 해당하
    는 벼슬을 통틀어 이르는 말. 문관은 통훈대부 이하 종구품의 장사랑까지, 무
    관은 어모장군 이하 종구품의 전력부위까지임.

라. 홀노 히풍(海豊)[17]이 니 병수(李兵使)로 더브러 쟝긔(將棋)를 두더니 홀연(忽然)이 말이 싱각지 아니ᄒ고 뉘가 식이ᄃ시[18] 공연(空然)이 입으로 나와 니 병수(李兵使)의 즈(字)[19]를 불너 갈오디,

"늬 흔 말이 이시니 그디 드를다[20]?"

병시 왈(兵使ㅣ曰),

"그디와 나 스이 못 드를 말이 이시리오? 이르라[21]."

히풍 왈(海豊曰),

"늬 스가(私家) 봉수(奉祀)분아니라[22] 겸(兼)ᄒ여 나라 봉수(奉祀)를 ᄒᄂᆫ디, 오십(五十)이 다흔 나히[23] 목금(目今) 안히가 업셔 아들인들 어디로셔 나리오? 절수(絕祀)ᄒ기 반듯ᄒ니[24] 엇지 불샹치 아니리오? 그디 곳 아니면 가(可)히 입을 열 곳이 업스니, 그디 능(能)히 날을 불샹이 넉이거든 날노 사회를 삼으미[25]

---

16) 무관(武官).
17) 해풍부원군이 된 정효준.
18) 누가 시키듯이.
19) 예전에 성인(成人)이 된 사람의 이름 대신 부르도록 새로 지어주던 이름.
20) 내게 한 가지 말할 것이 있는데 그대가 듣겠는가?
21) 이르라. 말하라.
22) 봉사뿐만 아니라.
23) 50세가 다 된 나이에.
24) 틀림없으니.
25) 나를 불쌍히 여기거든 나를 사위로 삼음이.

엇더ᄒᆞ뇨?"

병ᄉᆡ(兵使ㅣ) 발연변ᄉᆡᆨ(勃然變色)[26] 왈(日),

"그ᄃᆡ 말이 뎡말이냐? 희롱(戲弄)이냐? 그ᄃᆡ 나히 ᄉᆞ십(四十)이 넘고 ᄂᆡ ᄯᆞᆯ의 나흔 겨유 십뉵 세(十六歲)니 그 당(當)치 아니미 엇더ᄒᆞ뇨? ᄂᆡ 그ᄃᆡ가 이런 못된 말 ᄒᆞᆯ 쥴 ᄉᆡᆼ각지 못ᄒᆞ엿노라."

ᄒᆡ풍(海豊)이 무류[료](無聊)히 물너와 일노붓터[27] 장긔(將棋)ᄅᆞᆯ 두라 단니지 아니ᄒᆞ더라.

그 후(後) 병ᄉᆡ(兵使ㅣ) 사랑(舍廊)의셔 자더니 ᄭᅮᆷ의 나리[라]히[28] 어가(御駕)로 강님(降臨)ᄒᆞ샤 시위(侍衛) 소ᄅᆡ 은은(殷殷)[29] ᄒᆞᆫ지라. 병ᄉᆡ(兵使ㅣ) 황황(遑遑)[30]이 ᄲᆞᆯ히 나려 업듸ᄃᆡ[31], 져무신 님군이[32] ᄃᆡ쳥(大廳)의 올나안ᄌᆞ 하교(下敎)ᄒᆞ샤 왈(日),

"네가 이웃집 뎡효쥰(鄭孝俊)을 아ᄂᆞ냐?"

병ᄉᆡ(兵使ㅣ) ᄃᆡ왈(對日),

"그러ᄒᆞ와이다."

ᄯᅩ 하교 왈(下敎日),

26) 왈칵 성을 내어 얼굴빛이 달라짐.
27) 이로부터. 이때부터.
28) 나라님이. 임금님이.
29) 멀리서 들려오는 대포, 우레, 차 따위의 소리가 요란하고 힘참.
30) 마음이 급하여 허둥지둥하는 모양.
31) 땅에 내려 엎드렸는데.
32) 젊으신 임금이.

"네 뎡효쥰(鄭孝俊)으로 녀셔(女婿)를 삼으라."

병시(兵使ㅣ) 딕왈(對曰),

"셩교(聖敎) 아릭 엇지 위월(違越)[33] ᄒ리잇고마는 다만 효쥰(孝俊)의 나히 신(臣)의 쏠과 샹젹(相適)[34]지 안ᄉ오니 졀박(切迫)ᄒ여이다."

쏘 하교 왈(下敎曰),

"나히 만코 젹으문 조곰도 방ᄒᆡ(妨害)롭지 아니ᄒ니 슈(須)히 뎡(定)ᄒ라."

ᄒ시고 즉시(卽時) 회가(回駕)ᄒ시니, 병시(兵使ㅣ) 잠을 ᄭᆡ니 쑴 속 일이 녁녁(歷歷)히 분명(分明)ᄒᆫ지라. 심듕(心中)의 당황의혹(唐慌疑惑)ᄒ여 안흐로 드러가니, 그 부인(夫人)이 쏘 잠을 ᄭᆡ여 왈(曰),

"밤이 깁흔딕 엇진 일노 드러왓ᄂᆞ뇨?"

병시 왈(兵使ㅣ曰),

"고이(怪異)ᄒᆫ 쑴이 이셔 이리 경경(耿耿)[35]ᄒ여 드러왓노라."

부인 왈(夫人曰),

"늬 쏘흔 고이(怪異)ᄒᆫ 쑴이 이셔라."

ᄒ고 셔로 딕(對)ᄒ여 쑴 말을 ᄒ니 일호(一毫) 다ᄅᆞ미 업ᄉ니

---

33) 위반(違反)함. 어김.
34) 양쪽이 서로 거의 비슷함.
35) 마음에 잊혀지지 않는 모양. *불빛이 깜빡이는 모양.

병시 왈(兵使ㅣ曰),

　"일이 우연(偶然)치 아니니[36] 실(實)노 민망(憫惘)ᄒ도다."

　부인 왈(夫人曰),

　"ᄭᅮ이 본듸 허황(虛荒)ᄒ 거시니 엇지 가(可)히 이 혼인(婚姻)을 ᄒ리오?"

ᄒ더니, 십여 일(十餘日)의 병시(兵使ㅣ) ᄭᅮᆷ의 젼(前)과 갓ᄒ여[37] 옥식(玉色)[38]이 ᄌᆞ못 깃거 아니샤[39] 하교 왈(下敎曰),

　"젼(前)의 분부(分付)ᄒ 일이 잇거늘 엇지 시힝(施行)치 아니ᄒ느뇨?"

　병시 왈(兵使ㅣ曰),

　"맛당이 샹냥(商量)ᄒ여 뎡(定)ᄒ리이다."

　이날 밤 ᄭᅮᆷ이 늬외(內外ㅣ) 쏘 갓ᄒ니 병시 왈(兵使ㅣ曰),

　"ᄒ 번(番)도 고이(怪異)ᄒ듸 두 번(番) 이러ᄒ니 이거시 하늘이니[40] 만일(萬一) 좃지 아닌 즉(則) 큰 홰(禍ㅣ) 이실가 ᄒ노라."

　부인 왈(夫人曰),

　"ᄭᅮᆷ은 실(實)노 이샹(異常)ᄒ거니와 일인 즉(則) 미이[41] 듕난

---

36) 않으니.
37) 같아서.
38) 임금의 안색(顔色). *옥빛.
39) 자못 즐거워하지 않으셔서.
40) 이것이 하늘의 뜻이니.
41) 매우. 몹시.

(重難)타.”

ㅎ여 셔로 결단(決斷)치 못ㅎ는지라.

　병시(兵使ㅣ) 일노브터 의구(疑懼)ㅎ미 교듕[튱](交衝)[42]ㅎ여 침식(寢食)이 불안(不安)ㅎ더라.

　오리지 아냐[43] 또 쑴의 디개(大駕ㅣ) 니림(來臨)ㅎ샤 왈(曰),

　“닉 너를 복(福)이 잇고 희(害ㅣ) 업는 일을 권(勸)ㅎ여든[44] 네 죵시(終始) 닉 명(命)을 좃지 아니니[45] 닉 장찻(將次ㅅ) 네 집의 화(禍)를 니리(리)라.”

ㅎ시고 긔식(氣色)이 엄여(嚴厲)[46]ㅎ시거늘, 병시(兵使ㅣ) 황공디왈(惶恐對曰),

　“맛당이 셩교(聖敎)[47]디로 ㅎ리이다.”

　샹왈(上曰),

　“오날은 반드시 안집의 드러갈 도리(道理ㅣ) 업스니[48] 쥬인(主人)의 쳐(妻)를 브로 이리 잡아니라.”

ㅎ샤 형판(刑板)[49] 우희 업지르고[50] 하고 왈(下敎曰),

---

42) 뻔질나게 오가며 서로 마주침.

43) 오래지 않아(서).

44) 권하였거든.

45) 내 명을 좇지 아니하니.

46) 성격이나 행동이 철저하고 까다로움.

47) 임금의 말씀.

48) 원문에는 “오늘은 반드시 안방에 들어갈 필요가 없으니(今日則不必入內
　 矣)”라고 하였음.

"네 지아비 닉 말노 완뎡(完定)[51] 호여논되, 네 홀노 닉 영(令)을 좃지 아니문 엇지뇨?"

부인(夫人)이 오히려 지란(至難)[52] 흔 빗치여놀, 드듸여 형벌(刑罰) 슈 기(數箇)를 쓰니 부인(夫人)이 황겁(惶怯)[53] 호여 왈(曰),

"샹교(上敎)되로 호리이다."

흔되, 되개(大駕 |) 회가(回駕) 호시미 병식(兵使 |) 쏘흔 숨을 씨니 놀난 쌈이 살의 져젓더라[54].

급(急)히 안의 드러가니 부인(夫人)이 무릅흘 만지며 알코[55] 닐오되,

"만일(萬一) 그 혼인(婚姻)을 뎡(定)치 아니면 반드시 큰 홰(禍 |) 이실 거시니 닉일(來日)은 스쥬단즛(四柱單子)[56]를 쳥(請)호고 길일(吉日)을 틱(擇)호미 가(可)호니라."

병식(兵使 |) 히풍(海豊)을 쳥(請)호여 즉시(卽時) 왓거놀 병식 왈(兵使 | 曰),

---

49) 예전에 죄인에게 곤장을 칠 때 엎드리게 하던 널빤지.

50) 엎지르고. 엎고.

51) 완전히 결정함.

52) 지극히 어려움. 몹시 난처함.

53) 겁이 나서 얼떨떨함.

54) 놀라서 흘린 땀이 살에 젖어 있었다.

55) 무릎을 만지며 앓고.

56) 사주(四柱). 사성(四星). 주단(柱單). 혼인이 정해진 뒤 신랑 집에서 신부 집으로 신랑의 사주를 적어서 보내는 종이.

"엇지 그리 오릭 불닉(不來)호더뇨?"

힉풍 왈(海豊曰),

"져덕[57] 망발(妄發)호여스믹 붓그러 못 왓노라."

병시 왈(兵使ㅣ曰),

"닉 요스이 반복(反復)호여 넉이[58] 싱각호니 나곳[59] 아니면 그딕 궁(窮)호 거슬 불샹이 넉이 리[60] 업슨디라. 닉 비록 쌀의 평싱(平生)을 그릇치나 그딕의게 결혼(結婚)호려 결단(決斷)호엿노라."

호고 스쥬(四柱)를 밧고 길일(吉日)을 틱(擇)호여 기드릴식, 이 날 쳐직(處子ㅣ) 쑴의 뎡 진스(鄭進士) 화(化)호여 뇽(龍)이 되어 담 틈으로서 쳐즈(處子)를 향(向)호여 그 삿기를 바드라[61] 호거놀 치마 복[62]으로 뇽(龍)의 삿기를 바드니, 그 삿기 다스시라[63].

쑴죽호는딕[64] 그 듕(中) 호나히 목이 브러져 죽으니 실(實)노 고이(怪異)호 일이라 호니, 그 부뫼(父母ㅣ) 듯고 모음의 긔이(奇

---

57) 저적. 접때. 지난번에.
58) 익히.
59) 나곧. 나만.
60) 불쌍히 여길 이(가).
61) 그 새끼를 받으라.
62) 폭(幅).
63) 그 새끼가 다섯이라.
64) 꼼작하는데. 꿈틀거리는데.

異)히 넉엿더니 밋 혼인(婚姻)ᄒ여 뎡문(鄭門)의 드러가미 순(順)으로 오ᄌᆞ(五子)를 싱(生)ᄒ니, 댱ᄌᆞ(長子)ᄂᆞᆫ 익(楹)[65]이오, 츠ᄌᆞ(次子)ᄂᆞᆫ 셕(晳)[66]이오, 삼ᄌᆞ(三子)ᄂᆞᆫ 박(樸)[67]이오, ᄉᆞᄌᆞ(四子)ᄂᆞᆫ 역[젹](槓)[68]이니, 댱셩(長成)하미 문득 등제(登第)거지[69] ᄒ여 익(楹)은 판셔(判書)[70]되고, 박(樸)은 듸ᄉᆞ간(大司諫)[71]이오, 남은 아들은 혹(或) 옥당(玉堂)[72]도 되고 혹(或) 낭ᄉᆞ(郎舍)[73]도 ᄒ야, 그 댱손(長孫) 듕휘(重徽ㅣ)[74] 그 조부모(祖父母) 싱시(生時)의 등과(登科)ᄒ여 녀셔(女婿) 오빈(吳䎙)[75]이 쏘 등제(登第)ᄒ여 참

---

65) 정익(鄭楹, 1617~1683) : 조선조 숙종 때의 문신. 자는 자제(子濟), 호는 욱헌(旭軒), 본관은 해주, 효준의 둘째아들. 벼슬이 형조판서에 이름.

66) 정석(鄭晳, 1619~1677) : 조선조 숙종 때의 문신. 자는 백야(白也), 호는 악남(岳南), 본관은 해주, 효준의 셋째아들. 벼슬이 공조참판에 이름.

67) 정박(鄭樸, 1621~1692) : 조선조 숙종 때의 문신. 자는 자문(子文), 본관은 해주, 효준의 넷째아들. 대사간을 역임함.

68) 정적(鄭槓, 1635~1672) : 조선조 현종 때의 문신. 자는 계직(季直), 본관은 해주, 효준의 막내아들. 사헌부 장령을 역임함.

69) 등제까지. 과거급제까지.

70) 조선시대 육조(六曹)의 정2품 으뜸벼슬.

71) 조선시대 사간원(司諫院)의 정3품 으뜸벼슬.

72) 조선시대 홍문관(弘文館)을 달리 이르던 말.

73) 고려시대 간관(諫官) 벼슬을 이르던 말. 조선시대 사간원의 정6품 벼슬인 정언(正言)을 달리 부르던 말.

74) 정중휘(鄭重徽, 1631~1698) : 조선조 숙종 때의 문신. 자는 신백(愼伯), 호는 돈곡(敦谷), 본관은 해주, 식(植)의 아들. 해흥군(海興君)에 봉해짐.

75) 오빈(吳䎙, 1602~1685) : 조선조 숙종 때의 문신. 자는 빈우(賓羽), 호는 농재(聾齋), 본관은 해주(海州), 사겸(思謙)의 아들. 시호는 숙헌(肅憲).

의(參議)[76] 거지 ᄒ고, 히풍(海豊)이 향년(享年)을 구십여(九十餘)를 ᄒ고, 오ᄌ(五子)의 등과(登科)홈과 겸(兼)ᄒ여 공신(功臣) 승습(承襲)[77]으로 히풍군(海豊君)을 봉(封)ᄒ고, 늬외졔손(內外諸孫)[78]을 니로 혜지 못ᄒᄂ지라[79].

다슷지 아들이 셔댱(書狀)[80]으로 연경(燕京)[81]의 갓다가 긱ᄉ(客死)ᄒ여 부모(父母) 싱젼(生前)의 참경(慘景)[82]을 씨치니, 과연(果然) 뇽(龍)의 샷기 목 브러져 죽으물 응(應)ᄒ니라.

부인(夫人)이 히풍(海豊)으로 더브러 ᄉ십 년(四十年) 동쥬(同裯)[83]ᄒ고 히풍(海豊)이[의] 여[압]셔[84] 삼ᄉ 년(三四年) 몬져 샹ᄉ(喪事) 나니, 병ᄉ(兵使)의 몽듕(夢中) 쥬샹(主上)은 곳 단죵ᄃ왕(端宗大王) 신영(神靈)이시니, 그 ᄉ당(祠堂)이 뎡가(鄭家)의 집의 계시물 위(爲)ᄒ샤 신영(神靈)을 뵈야 가만이 도으시미 이러틋 쇼쇼(昭昭)[85]ᄒ더라.

---

76) 조선시대 육조에 딸린 정3품 벼슬.
77) 아버지의 봉작(封爵)을 이어받음.
78) 친손자와 외손자.
79) 이루 헤아리지 못하는지라.
80) 서장관(書狀官). 조선시대 외국에 보내는 사신을 따라 보내던 임시 벼슬.
81) 중국 명나라와 청나라의 도읍지였던 북경(北京).
82) 끔찍하고 비참한 광경.
83) 동거(同居)함. 동침(同寢)함.
84) 한문본에는 "해풍보다 3년 앞서(先海豊三年)"라고 하였음.
85) 사리(事理)가 밝고 또렷함.

히풍(海豐)이 바야흐로 궁도(窮途)의 이실 제 그 친구(親舊)의 집의 갓더니, 츙청도(忠淸道) 잇는 슐시(術士ㅣ) 슐업(術業)이 신통(神通)ㅎ야 스쥬(四柱) 보이느 니[86] 딕청(大廳)이 좁도록 모닷거늘[87] 슐시(術士ㅣ) 미쳐 슈응(酬應)치 못ㅎ는딕, 쥬인(主人)이 히풍(海豐)다려,

"그딕는 어이 신슈(身數)를 뵈디 아니ㅎ는다?"

히풍 왈(海豐曰),

"나의 궁(窮)흔 신쉬(身數ㅣ) 임의 판이 낫시니[88] 다시 무러 무엇ㅎ리오?"

슐시(術士ㅣ) 어도록[89] 히풍(海豐)의 얼굴을 보고 스쥬(四柱) 보기를 쳥(請)ㅎ거늘 히즁[풍] 왈(海豐曰),

"늬 궁(窮)흔 팔즈(八字) 이러ㅎ여 셰샹(世上)이 다 브리니[90] 사름의게 질졍(質定)[91]ㅎ기를 번거히[92] ㅎ리오?"

슐시(術士ㅣ) 스쥬(四柱)를 구지 쳥(請)ㅎ여 보고 침음냥구(沈吟良久)[93] 후(後) 왈(曰),

---

86) 사주를 보는 사람들이.
87) 모여 있거늘.
88) 판국(局)이 났으니. '판국'은 일이 벌어진 사태의 형편이나 국면.
89) 얼마나. 얼마만큼.
90) 다 버렸는데.
91) 갈피를 잡아서 분명하게 정함.
92) 번거롭게.
93) 속으로 깊이 생각한 지 오랜 뒤.

"흉(凶)ᄒ고 흉(凶)ᄒ다. 늬 싱늬(生來)예 처음 보앗노라."

히풍(海豊)이 왈(曰),

"흉(凶)ᄒ다 말이 흉악(凶惡)ᄒ다 말이냐?"

슐ᄉ 왈(術士ㅣ曰),

"됴타 말이니[94], 즉금(卽今) 비록 샹쳐(喪妻)를 ᄒ여시나 불구(不久)의 장가드러 몃십 년(十年)을 히로(偕老)ᄒᆯ 거시오. 즉금(卽今) 비록 무ᄌ(無子)ᄒ나 직샹(宰相) 명ᄉ(名士ㅣ) 슬하(膝下)의 가득ᄒ여 그 말으믈 이로 혜지 못ᄒᆯ 거시오[95]. 즉금(卽今) 비록 궁한(窮寒)ᄒ나 위(位)[96]는 아경(亞卿)[97]의 밋고[98], 슈(壽)는 빅(百)을 ᄇ라볼 거시니, 이 듕(中)의 만당(滿堂)ᄒ신 손님이 엇지 이 복녁(福力)의 방불(彷彿)ᄒ 니나 이시리오?[99]"

ᄒ더니, 그 후(後) 일이 셰셰(細細)히 그 말과 갓치 되니라.

히풍(海豊)이 초취(初娶)[100]ᄒᆯ 쩌의 숨의 동늬연(同牢宴)[101] 쟈리의 드러가니, 안집의 비치(配置)ᄒ 거시 뇨연(了然)[102]ᄒ되 소

---

94) 좋다는 말이니.
95) 그 많음을 이루 헤아리지(세지) 못할 것이오.
96) 지위(地位). 벼슬자리.
97) 조선시대 종2품 벼슬을 이르던 말.
98) 미치고. 이르고. 도달하고.
99) 비슷한 사람이나 있으리오?
100) 처음 장가감.
101) 전통 혼례에서, 신랑과 신부가 교배(交拜)를 마치고 술잔을 서로 나누는 잔치.

위(所謂) 쳐즈(處子)는 그림즈도 업는지라.

쌔미 심(甚)히 괴이(怪異)ᄒ더니, 직취(再娶)[103] 씌 숨의 쏘 초취(初娶) 덕[104] 숨꾸던 집의 니ᄅ니 소위(所謂) 쳐즈(處子) 겨유 두어 셜[살]은 먹은 어린 아히(兒孩)러니, 밋 삼취(三娶)[105] 숨의 쏘 초취(初娶) 집의 니ᄅ니 소의[위](所謂) 쳐지(處子ㅣ) 나히 십여 셰(十餘歲)는 되엿더니 밋 니 부인(李夫人)을 빙(聘)ᄒ미 안집이 과연(果然) 세 번(番) 숨꾸던 집이오, 쳐즈(處子)의 얼골이 과연(果然) 숨쇽의 아히(兒孩)와 갓흐니 젼졍(前程)[106]이 과연(果然) 어긔지[107] 아니ᄒ도다.

---

102) 또렷한 모양. 분명한 모양.
103) 아내를 여읜 뒤에 두 번째 장가감.
104) 처음 장가갈 적.
105) 세 번째 장가감.
106) 앞길. 앞으로 가야 할 길.
107) 어긋나지.

제3화

고튱신이인뉴셔 顧忠臣異人遺書

셩 승지(成承旨) 삼문(三問)의 누의 이셔 당혼(當婚)ᄒ여시ᄃᆡ 간난(艱難)ᄒ여 혼인(婚姻) 지닐 길히 업ᄂᆞᆫ지라. 그 ᄃᆡ인(大人) 승(勝)이 황ᄒᆡ도(黃海道)의 가 츄로(推奴)ᄒ여 혼슈(婚需)를 출히랴 ᄒᆞᆫᄃᆡ 삼문 왈(三問曰),

"츄로(推奴)ᄒᆞᄂᆞᆫ 길히 ᄉᆞ부(士夫)의 ᄒᆞᆯ ᄇᆡ 아니라."

ᄒᆞ니, 그 ᄃᆡ인(大人)이 ᄒᆞᄃᆡ,

"이 길히 아니면 자슈(藉手)ᄒᆞᆯ 곳이 업ᄉᆞ니 ᄂᆡ 일ᄒᆞᆯ 막지 못ᄒ리라."

삼문(三問)이 ᄃᆡ힝(代行)ᄒᆞᆷ믈 쳥(請)ᄒᆞ여 일마 일종(一馬一從)으로 길 난 지 누일(屢日)만의 ᄒᆞᆯ난 날이 져물고 슌막이 먼지라. ᄇᆞ야ᄒᆞ로 민망(憫惘)ᄒᆞ더니, 홀연(忽然) 혼 놈이 뒤흘 ᄯᅡ라 고(告)ᄒᆞ여 왈(曰),

"만일(萬一) 산듕(山中) 길노 가면 삼십 니(三十里)를 어더 촌졈(村店)의 다ᄃᆞᆺ기 쉬오니, 소인(小人)이 쳥(請)컨ᄃᆡ 젼도(前導)

ᄒ리이다."

삼문(三問)이 즐겨 조차 미미(亹亹)히 산듕(山中)을 넘어 점점(漸漸) 깁흔 곳으로 드러가니, 되로(大路)의 가기ᄂᆞᆫ 임의 졀원(絕遠)ᄒᆞᆫ지라.

삼문(三問)의 ᄯᅳᆺ의,

'도젹(盜賊)의 무리 유인(誘引)ᄒᆞ여 드러온가?'

ᄒᆞ되 형셰(形勢ㅣ) ᄒᆞᆯ일업셔 마지 못ᄒᆞ여 ᄯᅡ라가더니, 한 뫼흘 넘은 즉(則) ᄆᆞ을이 이여[셔] 너ᄅᆞ고, 그 가온ᄃᆡ 큰 기와집이 잇ᄂᆞᆫ지라.

그 놈이 삼문(三問)을 문(門) 알픠 셰우고 드러가 쥬인(主人)의게 고(告)ᄒᆞ여 즉시(卽時) 브ᄅᆞ거늘 드러가니, 팔십여 셰(八十餘歲) 노인(老人)이 이셔 교위[의](交椅)예 ᄂᆞ려 마즐ᄉᆡ 녜뫼(禮貌ㅣ) ᄌᆞ못 거만(倨慢)ᄒᆞ여 후ᄉᆡᆼ(後生)으로 ᄃᆡ졉(待接)ᄒᆞ니, 삼문(三問)이 쳐엄의 그 샹뫼(相貌ㅣ) 괴위(魁偉)ᄒᆞᄆᆞᆯ 놀나더니, 밋 말을 졉(接)ᄒᆞᄆᆡ 삼교(三敎)ᄅᆞᆯ 널니 통(通)ᄒᆞ고 만니(萬理)ᄅᆞᆯ 능(能)히 아ᄂᆞᆫ지라.

삼문(三問)이 젹[쳑]연(惕然)ᄒᆞ여 망양지탄(望洋之嘆)이 잇더니 듀옹 왈(主翁曰),

"그ᄃᆡ 이번 길히 무ᄉᆞ[슴] 일을 위(爲)ᄒᆞ여 어ᄂᆞ 곳으로 가ᄂᆞᆫ다?"

삼문(三問)이 연고(緣故)ᄅᆞᆯ 고(告)ᄒᆞᆫᄃᆡ 듀옹 왈(主翁曰),

"독셔(讀書) 쇼년(少年)이 이 길히 이시미 맛당치 아니ᄒ도다."

공 왈(公曰),

"모로ᄂ 거시 아니로딕 마지 못ᄒ미라."

듀옹 왈(主翁曰),

"쁠 바 혼슈(婚需)ᄂ 노한(老漢)의 집의셔 츌혀줄 거시라. 모름즉이 일노조차 도라갈디어다."

공(公)이 그 말을 듯고 더옥 도젹(盜賊)의 금젼(金錢)이 만코 의긔(義氣ㅣ) 잇ᄂ 놈인가 의심(疑心)ᄒ여 구지 ᄉ양(辭讓)혼대

듀옹 왈(主翁曰),

"그러ᄒ면 밧지 아니ᄒ여도 희(害)롭지 아니ᄒ거니와 죵의 곳의 가기ᄂ 결단(決斷)코 가(可)티 아니ᄒ니 바로 동(東)으로 도라가미 가(可)ᄒ니라. 이거시 노부(老夫)의 ᄉ랑ᄒᄂ 쯧이로다."

공 왈(公曰),

"공경(恭敬)ᄒ여 가ᄅ치믈 바드리라."

셕반(夕飯) 후(後) 불을 혀고 글발을[1] (의논)홀ᄉ 더옥 미미(亹亹)ᄒ야 마디아니ᄒ니, 삼문(三問)이 졈졈(漸漸) 의심(疑心)을 풀고 도(道) 잇ᄂ 어룬인가 ᄒ야 왈(曰),

"쟝인(丈人)의 국냥(局量)과 식견(識見)으로 엇디ᄒ야 궁산(窮山)의 죵노(終老)를 ᄒᄂ다?"

---

1) 글을. 문장(文章)을.

듀옹(主翁)이 왈(曰),

"노믈(老物)이 디쳬 심(甚)히 한미(寒微)ㅎ니 셰샹(世上)의 쓰이기를 엇디 ㅂ라리오?"

인(因)ㅎ여,

"밤이 깁허시니 낭져(廊底)의 가 자고 잘 도라갈디어다. 새벽 쎠날 젹 곳쳐 보디 못ㅎ리라."

ㅎ고 인(因)ㅎ야 작별(作別)ㅎ고 왓더니, 이튼날 새벽의 노옹(老翁)의 말을 (의)디(依支)ㅎ고 동(東)으로 도라갈식, 물 우희 스스로 싱각ㅎ되,

'노옹(老翁)이 날을 인도(引導)ㅎ미 유리(有理)ㅎ니, 내 즈려 도라가미 해(害)롭디 아니ㅎ되 혼슈(婚需)를 장츳(將次ㅅ) 엇디 츌히리오?'

ᄆᆞᆷ의 민망(憫惘)ㅎ더니, 밋 집의 밋츠미 샹하닉외(上下內外1) ㅂ야흐로 혼구(婚具)를 셩비(盛備)ㅎ며 긔식(氣色)이 ᄌᆞ못 흔흔(欣欣)ㅎ거늘, 고이(怪異)ㅎ여 무른되, 그 되인(大人)이 흔 장(張) 편디(便紙)를 닉여 보여 왈(曰),

"이거시 네 편지(便紙)라.

'쳐음 공(貢) 바든 거시 오빅 냥(五百兩)이 되미 몬져 보닉여 혼슈(婚需)를 츌히게 ㅎ고, 맛당이 니어 슈습(收拾)ㅎ야 쳔쳔이 도ᄅᆞ가렷노라.'

ㅎ엿는 고(故)로 그 돈으로 목금(目今) 혼슈(婚需)를 경영(經營)ㅎ

노라.”

흔딕, 공(公)이 그 편지(便紙)를 즈셔(仔細)히 보니 필적(筆跡)과 즈획(字劃)이 완연(宛然)이 늬 손으로 난 것 갓흐여 조곰도 드란 거시 업거늘, 공(公)이 이에 놀나 비로소 노옹(老翁)이 신인(神人)인 줄 미덧더니, 밋 오신(五臣)으로 더브러 샹왕(上王)을 회복(回復)흐기를 쇠흘식, 공(公)이 그 딕인(大人)긔 술와 왈(曰),

　“이 일의 의리(義理)는 반드시 그곳 노인(老人)의게 질졍(質定)흔 후(後)에야 가(可)히 결단(決斷)흘 거시니, 그쩍 갓던 죵이 능(能)히 그 길흘 분변(分辨)흐리라.”

흐고 즉시(卽時) 그 죵을 불너 편지(便紙)를 뎐(傳)흘 쯧으로 니른딕 죵이 왈(曰),

　“그 길히 눈 가온딕 이시니 편지(便紙) 젼(傳)흐기 무어시 어려오리오?”

흐거늘 즉시(卽時) 편지(便紙)를 뼈 든든이 봉(封)흐여 죵의 옷깃 속의 너허 보닉니, 죵이 드딕여 이젼(以前) 갓던 마을을 다드른 즉(則) 뽁과 쒜양이 무셩(茂盛)흔 곳의 기와집은 혼젹(痕迹) 업고, 다만 보니 노인(老人)의 옛 터히 새로 세운 돌비(碑)가 잇거늘, 죵이 약간(若干) 글즈를 아는 고(故)로 비(碑) 알릐 나아가 쁜 거슬 본 즉(則) 붉은 글즈로 크게 뼈 갈오딕,

　‘만고유명(萬古留名)흐고, 쳔츄(千秋)의 혈식(血食)흘 거시니, 일의 가부(可否)야 날드려 무러 무엇흐리오?’

죵이 그 열여슷 글즈를 벗겨 가지고 도라와 공(公)의게 고(告)
훈딕, 공(公)이 딕인(大人)긔 엿즈와 왈(曰),

"신인(神人)이 임의 날을 허(許)호여시니 다시 무슨 즈져(趑趄)
호리오?"

호고 드딕여 이에 의논(議論)을 뎡(定)호니라.

❧ 교주편 ❦

제3부 국민대본 《동패낙송》 소재 자료

제1화

염한亽명기도셕 念寒士名妓逃席[1]

안평대군(安平大君)[2] 글시가 텬하(天下)의 읏듬이라.

하루는 쳥직(廳直)이가[3] 드러와 고(告)ㅎ여 골오딕,

"동닉 녀항(閭巷) 사룸 최가(崔哥)가 뵈옵기룰 쳥(請)ㅎ나이다."

대군(大君)이 즉시(卽時) 불러드리니 모침(貌寢)[4]ㅎ고 의폐(衣弊)[5]ㅎ 일 한시(一寒士ㅣ)라[6]. 대군(大君)이 골오딕,

"그딕가 엇디 와 날을 춫난고?"

ㅎ니 최싱(崔生)이 딕왈(對曰),

"즈기[갸](自家)[7] 글시가 세샹(世上)의 일홈 나니 흔 번(番) 보

---

1) 가난한 선비를 마음에 두고 이름난 기생이 술자리에서 슬그머니 달아나다
2) 안평대군(安平大君) : 조선조의 왕족으로 이름은 용(瑢, 1418~1453), 자는
   청지(淸之), 호는 비해당(匪懈堂)·낭간거사(琅玕居士)·매죽헌(梅竹軒), 세
   종의 3남.
3) 청지기가. '청지기'는 양반집에서 잡일을 맡아보거나 시중을 들던 사람.
4) 됨됨이가 활발하지 못함.
5) 옷이 해어짐.
6) 한 가난한 선비였다.

기를 원(願)ᄒ여 감(敢)히 청(請)ᄒᄂ이다.”

대군(大君)이 시쟈(侍者)로 ᄒ야곰 고비[8]의 곳친[9] 바 각체(各體) 글시를 가져와 뵌대 최싱(崔生)이 글오ᄃᆡ,

“ᄌ가(自家) 글시를 닉(益)이 보와시나 이졔 와 청(請)ᄒᄂ 배 대개(大概) 외람(猥濫)이 붓 운동(運動) ᄒ시ᄂ 슈법(手法)을 보고져 ᄒ니이다.”

대군(大君)이 먹을 굴고 됴희를[10] 펴 두어 쟝(張)을 휘쇄(揮灑)[11]ᄒ니 최싱(崔生)이 글오ᄃᆡ,

“과연(果然) 보비로이[12] 귀경하엿ᄂ이다.[13]”

대군(大君)이 최싱(崔生)ᄃ려 닐러 글오ᄃᆡ,

“그ᄃᆡ 가(可)히 내 글시 보기를 청(請)ᄒ니 반ᄃᆞ시 글시를 아ᄂ 재(者ㅣ)니 시험(試驗)ᄒ야 날을 위(爲)ᄒ야 글시를 쓰라.”

ᄒᆞᆫ대 최싱(崔生)이 명(命)을 바다 두어 댱(張)을 뻐 드리니 대군(大君)이 보기를 ᄆᆞᆾ매[14] 놀라 스스로 일흔 ᄃᆞᆺ하여[15] 글오ᄃᆡ,

---

7) 자기(自己)의 높임말. 여기서는 상대방인 안평대군을 가리킴.

8) 고비(*高飛). 편지꽂이.

9) 꽂힌. 꽂혀 있는.

10) 종이를.

11) 휘호(揮毫). 붓을 휘둘러 글씨를 쓰거나 그림을 그리는 일.

12) 보배롭게. 귀하고 소중한 가치가 있게.

13) 구경하였습니다.

14) 보기를 마치매.

15) 스스로를 잃은 듯하여. 자실(自失)하여. 얼이 빠져서.

"그딕 글시 놉하 닉 우히[16] 수층(數層)이나 오르니[17] 셰간(世間)의 이러툿ᄒ 신필(神筆)이 이시나 지금(至今)토록 일홈을 듯디 못ᄒ미 진실(眞實)로 고이(怪異)ᄒ도다."

최싱(崔生)이 글오딕,

"쇼싱(小生)이 십칠 셰(十七歲)의 비로소 글즈를 닉이와[18] 임의 놉흔 격됴(格調)의 드러시나 스스로 싱각ᄒ여 글오딕,

'안평대군(安平大君)이 왕실(王室)의 공즈(公子)로셔 글시가 텬하(天下)의 일홈나니, 닉 글시 ᄒ 번(番) 셰상(世上)의 난 즉(則) 반ᄃ시 그 일홈을 ᄀ리울 거시니, 닉 이미 쳔(賤)ᄒ 사름으로셔 엇디 감(敢)히 이를 ᄒ리오?'

ᄒ고 드되여 밍셰ᄒ야 ᄆ음의 부슬 손의 잡디 아니ᄒ와습더니[19] 이졔 즈가(自家) 하교(下敎)를 밧즈와 파계(破戒)를 ᄒ고 벗ᄂ이다."

대군(大君)이 글오딕,

"그딕 쁜 바 글시를 ᄀ초와[20] 집안의 뎐(傳)ᄒ 보빅를 삼고져 ᄒ니 모름죽이 머물고 갈디어다."

최싱(崔生)이 글오딕,

---

16) 그대의 글씨 (수준이) 높아 내 위에.

17) 오르니. 올랐으니.

18) 글자를 익혀서.

19) 붓을 손에 잡지 아니하였더니.

20) 감추어. 간직하여.

"쇼싱(小生)의 쇼집(素執)[21]이 잇스오니, 결단(決斷)코 가(可)히 슈젹(手迹)[22]으로 ᄒᆞ여금 사름의 눈의 뵈디 아니ᄒᆞ려 하ᄂᆞ니이다."

ᄒᆞ고 드듸여 글시를 쁘즈니[23] 대군(大君)이 글오디,

"모름즉이 그디 일로브터 원원(源源)[24]이 와 ᄎᆞ즐디어다[25]."

최싱(崔生)이 하딕(下直)고 간 후(後) 여러 히 되드록 셩식(聲息)이 업ᄂᆞᆫ디라.

그째 평양부(平壤府)의 ᄒᆞᆫ 일홈난 기싱(妓生)이 이시니, 지조(才操)와 얼굴이 졀등(絶等)하게 아름답고, 나히[26] ᄇᆞ야흐로 십칠 셰(十七歲)로디 눈의 가(可)ᄒᆞᆫ 사름이 업셔[27] 오히려 경인(經人)[28]을 못ᄒᆞᆫ디라.

방빅(方伯)이 형셰(形勢)와 위엄(威嚴)을 뻐 만단(萬端)을 죵유(慫誘)ᄒᆞ나[29] ᄒᆞᆫ글갓티[30] 낙낙(落落)[31]ᄒᆞ니 ᄆᆞ춤내 홀 일이 업

---

21) 평소의 고집(固執).
22) 손수 쓴 글씨나 그린 그림.
23) 찢으니.
24) 근원이 깊어서 끊임이 없음.
25) 와서 찾을지어다. 찾아올지어다.
26) 나이가.
27) 눈에 드는 사람이 없어서.
28) 다른 사람을 겪음.
29) 여러 가지로 달래고 꼬드겼으나.
30) 한결같이.

는다라. 대군(大君)이 듯고 ᄯᅳᆺ의 하되[32],

　'나의 풍치(風采)와 기예(技藝)와 지위(地位 l) 거의 이 기싱(妓生)을 가(可)히 동(動)ᄒ리라.'

하고 이에 나라히 품(稟)[33]ᄒ야 글오되,

　"관셔(關西)[34]의 누되(樓臺)와 물식(物色)[35]이 가(可)히 ᄒᆫ 번(番) 보왐즉하오니 신(臣)이 원(願)컨대 됴애(朝野 l)[36] 청평(淸平)ᄒᆫ ᄶᅢ를 미처 목욕정ᄉ(沐浴呈辭)[37] 일홈을 비러 쟝ᄎᆺ(將次人) 가보고져 ᄒ와 감(敢)히 고(告)ᄒ나이다."

　샹(上)이 글오샤되,

　"됴타!"

ᄒ시고 됴신(道臣)[38]의게 분부(分付)ᄒ샤,

　"ᄒ야곰[39] 발녜(拔禮)[40]ᄒ야 지공(支供)[41]ᄒ라."

---

31) 남과 서로 어울리지 않음. *여기저기 떨어져 있음. 큰 소나무의 가지 따위가 아래로 축축 늘어져 있음.

32) 대군이 듣고 속으로 생각하기를.

33) 웃어른이나 상사에게 어떤 일의 가부나 의견 따위를 글이나 말로 물음.

34) 평안도 지역을 달리 이르는 말.

35) 산천물색(山川物色). 자연의 경치. *물건의 빛깔. 어떤 일의 까닭이나 형편.

36) 조정(朝廷)과 민간(民間)이.

37) 임금의 은혜를 입어 말미나 휴가(休暇)를 얻는 글을 올림.

38) 조선시대 관찰사(觀察使)를 달리 이르던 말.

39) (평안도 관찰사로) 하여금.

40) 예의(禮義)를 벗어 던짐. 예의에 구속되지 않음.

41) 필요한 물품이나 음식 따위를 대접함.

하시니, 대군(大君)이 힝긔(行期)[42]를 졈복(占卜)ᄒᆞ여 ᄌᆡ명(再明)[43]의 맛당이 발(發)ᄒᆞ려 ᄒᆞ더니, 최ᄉᆡᆼ(崔生)이 홀연(忽然) 와 뵈거ᄂᆞᆯ 대군(大君)이 ᄀᆞᆯ오ᄃᆡ,

"엇디 그리 젹연(寂然)이 오래 오디 아니ᄒᆞ더ᄂᆞ뇨?"

ᄃᆡ(對)ᄒᆞ야 ᄀᆞᆯ오ᄃᆡ,

"한 쳔(賤)ᄒᆞᆫ 죵젹(蹤迹)이 감(敢)히 ᄌᆞ죠 귀문(貴門)의 발뵈디[44] 못ᄒᆞ옵더니 이졔 듯ᄌᆞ오니 ᄌᆞ가(自家)셔 오샤 쟝ᄎᆺ(將次ㅅ) 관셔(關西) 힝ᄎᆞ(行次)를 ᄒᆞ신다 ᄒᆞ오매 쇼ᄉᆡᆼ(小生)도 ᄯᆞᄒᆞᆫ ᄒᆞᆫ 번(番) 녕[연]광뎡(練光亭)[45] 보올 원(願)이 잇삽더니 감(敢)히 뒤히 좃기를 쳥(請)ᄒᆞᄂᆞ이다."

대군(大君)이 크게 깃거 ᄀᆞᆯ오ᄃᆡ,

"그ᄃᆡ 긔솔(騎率)[46]과 반젼(盤纏)[47]은 맛당이 ᄂᆡ 힝듕(行中)[48]으로브터 ᄎᆡᆨ응(責應)[49]ᄒᆞ리니 그ᄃᆡᄂᆞᆫ 모롬즉이 단신(單身)으로ᄡᅧ 오라."

42) 길 떠날 시기.

43) 다음다음날.

44) 발뵈지. 발보이지. '발보이다'는 재주를 남에게 자랑하느라고 일부러 드러내 보이는 것을 말함.

45) 평양 대동강(大同江) 가에 있는 정자.

46) 말이나 소를 타고 종을 거느린 것을 이르는 말.

47) 노자(路資). 먼 길을 가고 오는 데 드는 돈.

48) 동행하는 모든 사람.

49) 책임지고 물품을 내어줌.

최싱(崔生)이 굴오디,

"쳔인(賤人)이 일싱(一生)의 것기를 닉엿느니[50] 엇디 감(敢)히 귀(貴)흔 힝츠(行次)의 폐(弊)를 기치리잇가?[51] 발뎡(發程)흐시는 날의 니르러 다만 후진(後塵)[52]을 싸라 져녁 참(站)[53]의 흔 번(番)식 뵈리이다."

최싱(崔生)이 패샹(浿上)[54]의 니르러 주막(酒幕)의 의탁(依託)한디라.

이째 관셔빅(關西伯)이 대군(大君)을 경상(境上)[55]의 영후(迎候)[56]흐고 일영(一營)[57]의 긔구(器具)와 위의(威儀)를 다흐여 뻐 밧들시 큰 잔치를 년광뎡(練光亭) 우히 베플고, 슈령(守令)은 구름 갓티 모히고, 군단(軍團)[58]은 젼도(前導)[59]흐며, 병쟝(屏帳)[60]의 화신[식](華飾)[61]흠과 싱쇼(笙簫)[62]의 휜쳔(喧天)[63]흠과

---

50) 익혔나니. 익혔는데.
51) 끼치겠습니까?
52) 사람이나 거마(車馬)가 지나간 뒤에 일어나는 먼지.
53) 일을 하다가 일정하게 잠시 쉬는 동안.
54) 대동강 가.
55) 국경(國境)이나 경계(境界)의 근처.
56) 미리 마중을 나가서 기다림.
57) 감영(監營) 전체. 여기서는 평안 감영을 가리킴.
58) 군사들의 무리.
59) 앞길을 인도함.
60) 병풍(屏風)과 휘장(揮帳).
61) 화려한 장식.

쥬찬(酒饌)의 풍비(豊備)[64]ᄒ미 결울하여[65] 긔록(記錄)디 못ᄒ러라.

최싱(崔生)이 ᄯ흔 나아가 말셕(末席)의 참예(參預)ᄒ엿더니, 그 기싱(妓生)이 거문고를 안고 가운데를 당(當)ᄒ여 안즈매 어엿븐 ᄌ질(資質)과 긔이(奇異)ᄒᆫ 틱되(態度ㅣ) 무르녹고 고아 사름의게 ᄲᅳ이ᄂᆞᆫ디라[66]. 머리를 숙이고 눈썹을 거두워 다만 자리 압만 보거늘, 대군(大君)이 쥬벽(主壁)[67]ᄒ야 안자 나로슬[68] 다듬고 담쇼ᄌ약(談笑自若)[69]ᄒ고 신치(神采)[70]를 과요(誇耀)[71]ᄒ여 그 기싱(妓生)의게 눈을 쓰스디[72], 그 기싱(妓生)은 즐겨 ᄒᆫ 번(番)도 눈을 두[드]로디[73] 아니ᄒ니 만좌(滿座ㅣ) 흥(興)이 업더라.

---

62) 생황(笙簧)과 퉁소.

63) 소리가 하늘을 진동시킴.

64) 풍성(豊盛)하게 갖춤.

65) 겨를하여. 틈타서. 때나 기회를 얻어서.

66) 사람에게 쏘이는지라. 사람들을 쏘는지라.

67) 여러 사람을 좌우 양 옆으로 앉히고, 그 가운데를 차지하여 앉는 주장되는 자리, 또는 그 자리에 앉은 사람. *방문에서 정면으로 바라보이는 벽. 사당에 모신 여러 위패 중에서 주장되는 위패.

68) 나룻을. 수염(鬚髥)을.

69) 근심이나 놀라운 일을 당하였을 때도 보통 때와 같이 웃고 이야기함.

70) 신선 같은 풍채.

71) 뽐냄. 자랑함.

72) 눈길을 쏟되. 주목(注目)하되.

73) 들지. 쳐들지.

최싱(崔生)이 통인(通引)[74]을 불러 그 기싱(妓生) 안은 거문고를 가져오라 ᄒ여 무릅 우희 노코 손으로 문무현(文武絃)[75]을 ᄐ니[76] 미처 그 소ᄅᆡ를 일오디 못ᄒ여[77] 그 기싱(妓生)이 잠간(暫間) 츄파(秋波)[78]를 구을리며[79] 져기[80] 옥치(玉齒)를 열고 몸을 번득이며[81] 거름을 옴겨[82] 최싱(崔生)의 겻히 나아가 안자 글오ᄃᆡ,

"원(願)컨대 셔방(書房)님은 ᄒᆞᆫ 곡됴(曲調)를 ᄐ쇼셔. 쇼인(小人)이 맛당이 노래로써 화답(和答)ᄒ리이다."

ᄒᆞᆫ대, 최싱(崔生)이 조차니[83] 거문고 소ᄅᆡ와 노래 곡되(曲調ㅣ) 다 졀되(絕調ㅣ)러라.

기싱(妓生)이 쏘 최싱(崔生)ᄃ려 닐러 글오ᄃᆡ,

"쇼인(小人)이 맛당이 쏘ᄒᆞᆫ 거문고를 타올 거시니[84] 셔방(書

---

74) 지인(知印). 조선시대 지방 수령의 심부름을 하던 구실아치.
75) 거문고에서 제1현인 문현과 제6현인 무현을 아울러 일컫는 말.
76) 타니. 연주(演奏)하니.
77) 이루지 못하여.
78) 이성의 관심을 끌기 위하여 은근히 보내는 눈길. *가을의 잔잔한 물결.
79) 굴리며.
80) 적이. 좀. 약간(若干).
81) 번드치며. 한 번에 뒤집으며.
82) 걸음을 옮겨.
83) 좇으니. 따르니.
84) 거문고를 탈 것이니. 거문고를 연주할 것이니.

房)님은 ᄯᅩ 맛당이 노래로써 화답(和答)ᄒᆞ쇼셔."

최ᄉᆡᆼ(崔生)이 ᄯᅩ 조ᄎᆞᆫ대[85] 거문고 청아(淸雅)ᄒᆞ고 노래 표일(飄逸)[86]ᄒᆞ니 ᄉᆞ좨동ᄉᆡᆨ(四座ㅣ動色)ᄒᆞᄂᆞᆫ디라.

그 기ᄉᆡᆼ(妓生)이 좌샹(座上)의 잇ᄂᆞᆫ 사름을 살피디 아니ᄒᆞ고 다만 두 눈을 최ᄉᆡᆼ(崔生)의게 ᄲᅩ다[87] 깃브믈 이긔디 못ᄒᆞ거늘, 대군(大君)이 무ᄉᆡᆨ(無色)하미 이에 극(極)ᄒᆞᆫ디라.

만좨(滿座ㅣ) 드듸여 한 말도 업스니, 최ᄉᆡᆼ(崔生)이 좌듕(座中)의 광경(光景)을 술피고 병탈(病頉)[88]ᄒᆞ고 물려 니러나니[89] 대군(大君)이 즐겨 머므ᄅᆞᆮ디 아니ᄒᆞᄂᆞᆫ디라[90].

최ᄉᆡᆼ(崔生)이 계유 누(樓)희 ᄂᆞ린 후(後)의 그 기ᄉᆡᆼ(妓生)이 대군(大君)긔와 다못[91] 도빅(道伯)의게 청(請)ᄒᆞ야 글오ᄃᆡ,

"쇼인(小人)이 이 셩연(盛宴)을 뫼셔 몬져 가기를 청(請)ᄒᆞ오미 죄(罪ㅣ) 만ᄉᆞ무셕(萬死無惜)[92]ᄒᆞ오나 쇼인(小人)이 본ᄃᆡ 급(急)ᄒᆞᆫ 흉복통(胸腹痛)[93]이 잇ᄉᆞᆸ더니 실(實)로 ᄎᆞᆷ아 견ᄃᆡ기 어렵ᄉᆞᆸ기

---

85) 또 좇으니까. 또 따르니까.
86) 성품이나 기상 따위가 뛰어나게 훌륭함.
87) 쏟아.
88) 병을 핑계 댐.
89) 한문본에는 "먼저 일어나니(先起)"로 되어 있음.
90) 머무르라고 아니하는지라.
91) 더불어. 함께.
92) 만 번 죽어도 아까울 것이 없음.
93) 가슴과 배가 아픈 병.

감(敢)히 물러 도라가믈 쳥(請)ᄒᆞᄂᆞ이다.”

한대, 대군(大君)과 도빅(道伯)이 갈亽록 더욱 패흥(敗興)⁹⁴⁾ᄒᆞ여 머물러⁹⁵⁾ 유익(有益)ᄒᆞ미 업ᄂᆞᆫ고로 즉시(卽時) 허락(許諾)ᄒᆞ고, 즉시(卽時) 하인(下人)으로 하여금,

“그 기ᄉᆡᆼ(妓生)의 간 곳을 살펴 알라.”

ᄒᆞᆫ 즉(則) 바로 슛막 문(門)으로 도라 최ᄉᆡᆼ(崔生)의 머므ᄂᆞᆫ 곳을 ᄎᆞ자 드러가니, 최ᄉᆡᆼ(崔生)이 놀라 ᄀᆞᆯ오ᄃᆡ,

“네 엇디 잔치 파(罷)ᄒᆞ기를 기ᄃᆞ리디 아니ᄒᆞ고 즈레 물러 왓ᄂᆞᆫ다?”

기ᄉᆡᆼ(妓生)이 ᄀᆞᆯ오ᄃᆡ,

“쇼인(小人)이 엇디 셔방(書房)님을 ᄯᅩ로디⁹⁶⁾ 아니ᄒᆞ리잇가? 쇼인(小人)이 셰상(世上)의 난 디 열닐곱의⁹⁷⁾ 지원(至願)⁹⁸⁾이 오직 ᄒᆞᆫ 졀ᄌᆡ(絕才)⁹⁹⁾를 어더 디긔(知己)¹⁰⁰⁾예 ᄧᆨ을 삼고져 ᄒᆞᄂᆞᆫ고(故)로 공후 대인(公侯大人)¹⁰¹⁾을 우원¹⁰²⁾ ᄆᆞ음의 걸리이디¹⁰³⁾

---

94) 흥이 깨어짐.

95) (기생을) 머무르게 하여.

96) 따르지.

97) 세상에 태어난 지 17년에.

98) 지극한 바람. 간절한 소원.

99) 아주 뛰어난 재주. 또는 그 재주를 가진 사람.

100) 지기지우(知己之友). 자기의 속마음을 참되게 알아주는 친구.

101) 벼슬이나 덕이 높은 사람.

102) 원(元). 원래(元來). 원래(原來). 본디.

아니ᄒ더니, 셔방(書房)님 ᄌ죄(才操ㅣ) 이러틋 ᄒ시니 원(願)컨대 금야(今夜)로부터 몸을 허(許)ᄒ야 쇼인(小人)의 평싱(平生)을 뼈 못고져104) ᄒ노이다."

최싱(崔生)이 골오ᄃ,

"내 남ᄌ(男子)로 너 ᄀᄐᆫ 졀색(絶色)을 보고 엇디 능(能)히 ᄆ옴이 업오리오마ᄂ105) 쏘흔 반드시 대군(大君)의 ᄂ려오신 본(本)ᄯᆺ을 알 거시니 이제 대군(大君)긔 미미(邁邁)106)ᄒ면 귀공자(貴公子)의 무ᄉ(無色)ᄒ미 맛당이 엇더ᄒᆯ가 보며, 내 쳔(賤)ᄒᆫ 사ᄅᆷ으로뼈 너를 갓가이 ᄒᆫ 즉(則) 죄(罪)를 도망(逃亡)ᄒᆯ 배 없스니 네 모름즉이 ᄲᆯ리 가고 ᄲᆯ리 가라. 내 처음은 숫막의 머므러 자고져 ᄒ엿더니 네 연고(緣故)로뼈 오늘날로뼈 길흘 ᄯ나디 아니티 못ᄒ니라."

ᄒ고 말을 파(罷)ᄒ매 바로 대동강(大同江) 빈의 올라 듕화(中和)107) ᄯᅡ히 다ᄃ라 자고 그 후(後)로브터 최싱(崔生)의 자최 다시 셰샹(世上)의 들리디 아니ᄒ니라.

---

103) 마음에 걸어두지. 괘념(掛念)하지.
104) 평생으로써 마치고자. 평생을 마치려고.
105) 마음이 없으리오마는.
106) 업신여기는 모양. *지나가는 모양.
107) 평안남도 최남단에 있는 고을.

제2화

고튱신이인뉴셔 顧忠臣異人遺書

셩 슝지(成承旨) 삼문(三問)이 누의 이셔 당혼(當婚)ᄒ여시듸 가난ᄒ여 디낼 길이 업ᄂᆞᆫ디라. 그 대인(大人) 슝(勝)이 황히도(黃海道)의 가 츄로(推奴)ᄒ여 혼슈(婚需)를 출히랴 ᄒᆞᆫ대 삼문(三問)이 글오듸,

"츄로(推奴)ᄒᄂᆞᆫ 길이 ᄉᆞ부(士夫)의 홀 배 아니라."

ᄒ니, 그 대인(大人)이 ᄒᆞ듸,

"이 길히 아니면 쟈슈(藉手)홀 곳이 업ᄉᆞ니 내 길흘 막디 못ᄒ리라."

삼문(三問)이 듸힝(代行)ᄒᆞ믈 쳥(請)ᄒᆞ야 일마 일동(一馬一僮)으로 길흘 난 디 여러 날의 ᄒᆞᄅᆞᄂᆞᆫ 날이 져믈고 슛막이 먼디라. ᄇᆞ야흐로 민망(憫惘)ᄒ여 ᄒᆞ더니, 홀연(忽然) ᄒᆞᆫ 놈이 뒤흘 ᄯᆞ라 고(告)ᄒ여 글오듸,

"만일(萬一) 산듕(山中) 길로 가면 가(可)히 삼십 니(三十里)를

어더 촌졈(村店)의 다둣기가 쉬으니, 쇼인(小人)이 쳥(請)컨대 젼도(前導)ᄒ리이다.”

삼문(三問)이 즐겨 조차 미미(亹亹)히 산(山)을 넘어 졈졈(漸漸) 깁흔 곳으로 드러가니, 대로(大路)의 가기는 임의 졀원(絶遠)ᄒ더라.

삼문(三問)이 쯧의,

‘도적(盜賊)의 무리 유인(誘引)ᄒ야 드려오민가?’

ᄒ디 형세(形勢ㅣ) 홀일업서 마디 못ᄒ야 ᄯᆞ라가더니, 흔 뫼흘 넘은 즉(則) ᄆᆞ올이 이셔 너르고, 그 가온대 큰 기와집이 잇ᄂᆞᆫ 다라.

그 놈이 삼문(三問)을 문(門) 알픠 셰우고 드러가 쥬인(主人)의게 고(告)하여 즉시(卽時) 브르거늘 드러가니, 팔십여 셰(八十餘歲) 노인(老人)이 이셔 도위[교의](交椅)예 ᄂᆞ려 마즐ᄉᆡ 녜뫼(禮貌ㅣ) ᄌᆞ못 거만(倨慢)ᄒ여 후싱(後生)으로써 디졉(待接)ᄒ니, 삼문(三問)이 처음의 그 샹뫼(相貌ㅣ) 괴위(魁偉)ᄒᄆᆞᆯ 놀라더니, 밋 말을 졉(接)ᄒ매 삼도(三道)를 널리 통(通)ᄒ고 만리(萬理)를 깁히 아ᄂᆞᆫ다라.

삼문(三問)이 쳠[쳑]연(惕然)ᄒ야 망양지탄(望洋之嘆)이 잇더니 쥬옹(主翁)이 굴오디,

“그디 이번 길히 므슴 일을 위(爲)ᄒ야 어ᄂᆞ 곳을 가ᄂᆞᆫ다?”

삼문(三問)이 연고(緣故)를 고(告)흔대 쥬옹(主翁)이 굴오디,

“독셔(讀書) 쇼년(少年)이 이 길히 이시미 맛당티 아니ᄒ도다.”

삼문(三問)이 글오ᄃᆡ,

“모ᄅᆞᄂᆞᆫ 거시 아니로ᄃᆡ 마디 못ᄒ미로다.”

쥬옹(主翁)이 글오ᄃᆡ,

“ᄡᆞᆯ 바 혼슈(婚需)ᄂᆞᆫ 노한(老漢)의 집의셔 출혀줄 거시니 모ᄅᆞᆷ즉이 일로조차 도라갈디어다.”

삼문(三問)이 그 말을 듯고 더욱 도적(盜賊)이 금젼(金錢)이 만코 의기(義氣１) 잇ᄂᆞᆫ 놈인가 의심(疑心)ᄒ여 구디 ᄉᆞ양(辭讓)ᄒᆞᆫ대 쥬옹(主翁)이 글오ᄃᆡ,

“그러ᄒᆞ면 밧디 아니ᄒ야도 해(害)롭디 아니ᄒ거니와 죵의 곳의 가기ᄂᆞᆫ 결단(決斷)코 가(可)티 아니ᄒ니 바로 동(東)으로 도라가미 맛당ᄒ니라. 이거시 노부(老夫)의 서ᄅᆞ ᄉᆞ랑ᄒᆞᆫ 쯧이로라.”

삼문(三問)이 글오ᄃᆡ,

“공경(恭敬)ᄒ야 ᄀᆞᄅᆞ치믈 바드리라.”

셕반(夕飯) 후(後)의 불을 혀고 글말ᄒᆞᆯ시 더욱 미미(亹亹)ᄒ여 마디아니ᄒ니, 삼문(三問)이 졈졈(漸漸) 의심(疑心)을 풀고 도(道) 잇ᄂᆞᆫ 어룬인가 ᄒ여 글오ᄃᆡ,

“쟝인(丈人)이 국냥(局量)과 식견(識見)으로 엇디ᄒ여 궁산(窮山)의 죵노(終老)ᄅᆞᆯ ᄒᆞᆫ다?”

쥬옹(主翁)이 글오ᄃᆡ,

"노물(老物)이 지체 심(甚)히 한미(寒微)ㅎ니 셰샹(世上)의 쓰이기를 어이 브라리오?"

인(因)ㅎ야 글오듸,

"밤이 임의 깁허시니 낭뎌(廊底)의 가 자고 잘 도라갈디어다. 새배 써날 졔 고텨 보디 못ㅎ리라."

하고 인(因)하야 작별(作別)ㅎ고 나왓더니, 이튿날 새벽의 노옹(老翁)의 말을 의지(依支)하여 동(東)으로 도라갈시, 물 우희셔 스스로 싱각ㅎ여 글오듸,

'노옹(老翁)이 날을 인도(引導)ㅎ미 유리(有理)ㅎ니, 내 즈레 도라가미 해(害)롭디 아니ㅎ듸 혼구(婚具)룰 쟝춧(將次ㅅ) 엇디 출히리오?'

ᄆ음의 민망(憫惘)ㅎ여 ㅎ더니, 밋 집의 밋츠매 샹하늬외(上下內外ㅣ) 브야흐로 혼구(婚具)룰 셩(盛)히 ᄀ츠와 긔ᄉ(氣色)이 ᄌ못 흔흔(欣欣)ㅎ거늘, 고이(怪異)ㅎ여 무른대, 그 대인(大人)이 흔 댱(張) 편지(便紙)룰 내야 뵈여 글오듸,

"이거시 네 편지(便紙)라.

'처음 공(貢) 바든 거시 오빅 냥(五百兩)이 되니 몬져 보내여 혼슈(婚需)룰 출히게 ㅎ고, 맛당이 니어 슈습(收拾)ㅎ여 쳔쳔이 도라가얀노라.'

ㅎ엿는 고(故)로 그 돈을 목금(目今) 혼슈(婚需)룰 경영(經營)ㅎ노라."

호대, 삼문(三問)이 그 편지(便紙)룰 자시(仔細]) 보니 필젹(筆跡)과 자획(字劃)이 완연(宛然)이 내 손으로 난 것 갓트여 조금도 다른 거시 업거늘, 삼문(三問)이 이에 크게 놀라 비로소 노옹(老翁)이 신인(神人)인 줄 미덧더라.

밋 오신(五臣)으로 더브러 샹왕(上王)을 회복(回復)호기를 쐬홀시, 삼문(三問)이 그 대인(大人)긔 술와 글오딕,

"이 일의 의리(義理)는 반드시 그곳 노인(老人)의게 질졍(質定)호 후(後)야 가(可)히 결단(決斷)홀 거시니, 그째 갓던 죵은 그 길홀 능(能)히 분변(分辨)ᄒ리라."

호고 즉시(卽時) 그 죵을 불러 편지(便紙) 뎐(傳)홀 뜻을 니른대 죵이 글오딕,

"그 길이 눈 가운데 이시니 편지(便紙) 뎐(傳)ᄒ기 므어시 어려오리오?"

하거늘 즉시(卽時) 편지(便紙)를 뻐 든든이 봉(封)ᄒ여 죵의 옷깃 속의 녀허 보내니, 죵이 드듸여 이젼(以前) 갓던 ᄆ을의 다드란 즉(則) 뿍과 쎠양이 무셩(茂盛)호 곳의 기와집은 흔젹(痕迹)이 업고, 다만 보니 노인(老人) 옛 터히 새로 셰온 돌비(碑)가 잇거늘, 죵이 냑간(若干) 글ᄌ를 아는 고(故)로 비(碑) 알픠 나아가 쓴 거슬 본 즉(則) 붉은 글ᄌ로 크게 뻐 글오딕,

'만고(萬古)의 유명(留名)ᄒ고, 쳔츄(千秋)의 혈식(血食)홀 거시니, 일의 가부(可否)야 날드려 무러 무엇ᄒ리오?'

종이 그 열여슷 글즈를 벗겨 가지고 도라와 삼문(三問)의게
고(告)흔디, 삼문(三問)이 대인(大人)긔 엿즈와 글오디,

  "신인(神人)이 임의 날을 허(許)흐여시니 다시 므슴 즈져(趑趄)
흐리오?"

흐고 드듸여 이에 의논(議論)을 뎡(定)하니라.

제3화

긔장가췌셔졸현 器匠家贅婿猝顯[1]

연산됴(燕山朝)[2]의 혼 명시(名士ㅣ) 교리(校理)[3]로셔 망명(亡命)ᄒ야 지향(指向) 업시 둔니다가 보셩(寶城)[4] ᄯᅡ히 니르러 혼 촌(村) 압흘 디날식 목이 심(甚)히 ᄆᆞᄅᆞ더니[5], 한 겨집아히가 물을 깃거늘 명시(名士ㅣ) 우물ᄀᆞ의 니르러 물 먹기를 쳥(請)혼대, 그 녀익(女兒ㅣ) 물을 박의 ᄯᅳ고 버들닙홀[흘] 훌터[6] 물의 씌여 주거늘 명시(名士ㅣ) 글오디,

"내 갈(渴)ᄒ기 심(甚)ᄒ여 먹기 급(急)ᄒ거늘 엇디 닙흘 씌여 주ᄂᆞ다?"

그 녀익(女兒ㅣ) 글오디,

---

1) 고리 백정 집의 사위가 갑자기 출세하다

2) 조선조 제10대 임금이었던 연산군(燕山君) 때에.

3) 조선시대 홍문관(弘文館)의 정5품 벼슬.

4) 전라남도에 있는 고을.

5) 매우 목이 말랐는데.

6) 훑어.

"먼리 힝(行)ㅎ야 목이 갈(渴)홀 제 급(急)히 물을 먹은 즉(則) 샹(傷)키 쉬오매 내 닙흘 씌오믄 닙흘 헤디고 먹을 스이 됴금 더듸여 샹(傷)ㅎ믈 면(免)코져 ㅎ미로라."

명식(名士ㅣ) 혜식(慧識)[7]을 긔특(奇特)이 너겨 녀♀(女兒)룰 쓸아 그 집을 드러간 즉(則) 버들그릇 민두는[8] 쟝슈(匠師)[9]의 집이라.

남녀(男女) 서ᄅ 됴화ㅎ야[10] 드듸여 그 사회 되니[11] 경화(京華) 귀골(貴骨)이 돌연(突然)이 버들그릇 민둘 길히 업서[12] 다만 게으른 줌만 자니, 뉴긔쟝(柳器匠)의 부쳬(夫妻ㅣ) 심(甚)히 믜워ㅎ여 굴오듸,

"뎌 사회 밥 잘 먹고 줌만 자니 쟝ᄎ(將次ㅅ) 어듸 쓰리오?" ㅎ고 밥을 만히 담아 주디 아니ㅎ니, 그 겨집이 불샹히 너겨 미양(每樣) 누른밥을[13] ᄀ만이 더 담아 주어 정의(情誼)만 서ᄅ 됴터니, 여러 히 디나매 됴뎡(朝廷)이 쳥명(淸明)ㅎ고 군현(群賢)이 휘진[회집](會集)[14]홀식, 그 명슈(名士)롤 다시 교리(校理)롤

---

7) 슬기로운 식견(識見).
8) 버들그릇[유기(柳器)] 만드는.
9) 공장(工匠). 전문적으로 물건을 만드는 사람.
10) 서로 좋아하여.
11) 드디어 그 집의 사위가 되니.
12) 버들그릇을 만들 길이 없어서.
13) 누룽지를.
14) 여러 어진 이들이 한곳에 많이 모여듦.

졔슈(除授)[15]ᄒ고 팔도(八道)의 힝관(行關)[16]ᄒ니 각읍(各邑)이 괘방(掛榜)[17]ᄒ야 찻ᄂᆞᆫ디라.

그 명시(名士ㅣ) 댱시(場市)[18]의 갓다가 그 방(榜)을 보고 심듕(心中)의 경희(驚喜)ᄒ야 도라오니, 그ᄯᅢ 마츰 삭일(朔日)[19]을 당(當)ᄒ여 뉴긔쟝(柳器匠)이가 관가(官家)의 버들그ᄅᆞᆺ슬[20] 바티기를 당(當)ᄒ니[21] 명시(名士ㅣ) 뉴긔쟝(柳器匠)의게 쳥(請)ᄒ야 글오ᄃᆡ,

"ᄂᆡ일(來日)은 내 맛당이 그ᄅᆞᆺ슬 갓다가 관가(官家)의 밧ᄐᆞ리라."

ᄒ니 뉴긔쟝(柳器匠)이 글오ᄃᆡ,

"내 믜양(每樣) 손조[22] 가도 잘 밧ᄐᆞ기 쉽디 못ᄒ거든 사회 ᄀᆞᆺ티 미렬[련]ᄒᆫ 거시 엇디 가 밧틸가본다[23]?"

ᄒᆫ대 명시(名士ㅣ) 구디[24] 쳥(請)ᄒᆫ대 뉴긔쟝(柳器匠)이 체(妻ㅣ) 글오ᄃᆡ,

---

15) 추천에 의하지 않고 임금이 직접 관리를 임명하는 일.
16) 관아(官衙) 사이에 공문을 보내는 일.
17) 방(榜)을 내걺. 방을 붙임.
18) 시장(市場). 저잣거리.
19) 음력으로 매월 초하룻날.
20) 버들그릇[유기(柳器)]을.
21) 바치기를 당하니. 바칠 때가 되니.
22) 손수.
23) 어찌 가서 바칠까보냐?
24) 굳이.

"흔 번(番) 시험(試驗)ㅎ미 해(害)롭디 아니타."

ㅎ거늘, 이에 허(許)ㅎ니 명식(名士ㅣ) 평양닙(平涼笠)25)을 쓰고 버들그릇슬 지고 관가(官家)의 드러간 즉(則) 그 원(員)이 마춤 명수(名士)의 젼일(前日) 문하(門下) 무변(武弁)이라. 명식(名士ㅣ) 섬26) 알픠 나아가 크게 소릐ㅎ여 굴오듸,

"아무27) 촌(村) 뉴긔쟝(柳器匠)이가 삭례(朔例)28) 바티는 그릇슬 드리느이다."

ㅎ대, 그 원(員)이 눈을 써 노[느]리 미러[바라]보니29) 곳 됴뎡(朝廷)의셔 춧는 아무 교리(校理)오, 즈갸(自家)의 증젼(曾前)30) 셤기던 명수(名士)라.

창황(蒼黃)이 섬의 느려 마자31) 동헌(東軒)32)의 올려 굴오듸,

"어느 곳의 탁젹(託迹)33)ㅎ야 겨시다가 이 모양을 ㅎ야 가지고 와 겨시니잇가? 됴뎡(朝廷)이 붓야흐로 나으리를 교리(校理)로 졔슈(除授)ㅎ셔 팔도(八道)의 너비 춫즈시니34), 쳥(請)컨대 급

---

25) 패랭이. 댓개비로 엮어 만든 갓.
26) 섬돌.
27) 아무.
28) 음력 매월 초하루마다 정례(定例)로.
29) 한문본에는 "내려 바라보니(下視)"라고 하였음.
30) 증왕(曾往). 일찍이. 지난날.
31) 섬돌에 내려 맞아서.
32) 조선시대 지방 고을의 수령이 공무를 처리하던 곳.
33) 몸을 의탁함.

(急)히 샹경(上京)ᄒ쇼셔."

명ᄉᆡ(名士ㅣ) 답왈(答曰),

"죄(罪)ᄅᆞᆯ 짓고 구챠(苟且)히 사라 뉴긔쟝(柳器匠)의 집의 감초여 그 ᄯᆞᆯ의게 탁신(託身)ᄒᆞ여 디내더니 오늘날이 이시ᄆᆞᆯ 쯧ᄒᆞ디 아녓노라."

태쉬(太守ㅣ) 그 명ᄉ(名士) 본읍(本邑)의 잇ᄂᆞᆫ 쯧으로 감영(監營)의 보(報)ᄒᆞ고 인(因)ᄒᆞ야,

"힝니(行李)ᄅᆞᆯ 출혀 아듕(衙中)으로셔 바로 샹경(上京)ᄒ쇼셔."

청(請)ᄒᆞᆫ대 명ᄉᆡ(名士ㅣ) ᄀᆞᆯ오ᄃᆡ,

"다년(多年) 쥬긱(主客)의 졍(情)에 ᄯᅩ 조강(糟糠)의 의(義)[35]ᄅᆞᆯ 겸(兼)ᄒᆞ야시니 아마도 그 집의 도라가 고별(告別)ᄒᆞ게 ᄒᆞ여시니, 내 시방(時方) 가니 그ᄃᆡ ᄂᆡ일(來日) 나와 작별(作別)ᄒᆞᄆᆡ 가(可)ᄒᆞ다."

ᄒᆞ고 드ᄃᆡ여 그 원(員)의 주ᄂᆞᆫ 새 의복(衣服)을 아니 닙고 도로 그 모양(模樣)으로 나와 뉴긔쟝(柳器匠)이ᄃᆞ려 닐러 ᄀᆞᆯ오ᄃᆡ,

"그릇ᄉᆞᆫ 무ᄉᆞ(無事)히 밧텻노라."

ᄒᆞ니 뉴긔쟝(柳器匠)이 ᄀᆞᆯ오ᄃᆡ,

"'소르개 쳔년(千年) 사라 꿩 ᄒᆞ나 잡ᄂᆞᆫ다[36]' ᄒᆞ니, 우리 사회

---

34) 팔도에 널리 찾으시니.

35) 조강지처(糟糠之妻)의 의리(義理). 고생을 함께 한 아내를 버릴 수 없는 의리.

36) '솔개가 천 년을 살면 꿩 한 마리를 잡는다'는 속담.

그릇 잘 밧틴 일이 진실(眞實)로 이샹(異常)흔 일이로다."

흐고,

"오늘 져녁은 밥을 잘 담아 먹이라."

니르더라.

붉는 날 명시(名士ㅣ) 일즉이 니러나 쓸을 쓰니 뉴긔쟝(柳器匠)이 쏘 굴오딕,

"우리 사회 어리고37) 게으르므로써 어졔 그릇슬 잘 밧티고, 오늘 쏘 일즉 쓸을 쓰니 닉일(來日)은 히가 셔(西)흐로 돗게 흐엿고[돋겠도다]."

흐거눌 명시(名士ㅣ) 명셕을 쓸 가온대 편대38) 뉴긔쟝(柳器匠)이 굴오딕,

"이는 우엔 일고39)?"

명시(名士ㅣ) 굴오딕,

"본관(本官) 안젼(案前)40)이 맛당이 힝ᄎᆞ(行次)흐실 고(故)로 기드리는 일이로다."

뉴긔쟝(柳器匠)이 굴오딕,

"본관(本官) 안젼(案前)이 엇디 뉴긔쟝(柳器匠)의 집의 나오실

---

37) 어리석고.

38) 명석을 뜰 가운데 펴니까.

39) 이는 웬일인가?

40) 하급 관리가 관원을 높여 이르던 말.

니(理ㅣ) 이시리오? 사회 진실(眞實)로 병(病)들고 밋쳐 이런 말을 ᄒ니, 어졔 뉴긔(柳器)도 응당(應當) 밋치믈 인(因)ᄒ야 듕도(中途)의 ᄇ린가 보다."

ᄒ대 명싀(名士ㅣ) 글오ᄃᆡ,

"내 엇디 헛(虛ㅅ)말을 ᄒ리오?"

이윽고 본관(本官) 공방 아젼(工房衙前)이 돗츨 ᄭ이고[41] 추창(趨蹌)[42]ᄒ야 드러오니, 뉴긔쟝(柳器匠)의 부쳬(夫妻ㅣ) 놀라 도망(逃亡)ᄒ야 숨거늘, 태쉬(太守ㅣ) 드러와 명ᄉ(名士)로 더브러 돗츨 ᄂᆞ화 안자[43] 명ᄉ(名士)의게 쳥(請)ᄒ야 글오ᄃᆡ,

"원(願)컨대 수씨(嫂氏)[44] 뵈옵기를 쳥(請)ᄒᄂ이다."

명싀(名士ㅣ) 뉴긔쟝(柳器匠)의 ᄯᆞᆯ을 나오라 ᄒ대, 형차(荊釵)[45] 포군(布裙)[46]으로 얼굴을 ᄀ다듬고[47] 나와 원(員)의게 절ᄒ야 뵌대, 안싀(顔色)은 슈삽(羞澁)[48]지 아니코 거지(擧止)[49]는 서어(鉏鋙)[50]ᄒ미 업더라.

---

41) 돗자리를 끼고.
42) 예법에 맞추어 제 허리를 굽히고 빨리 걸어감.
43) 돗자리를 나누어 앉아.
44) 형제의 아내. 여기서는 형수(兄嫂)의 뜻임.
45) 싸리나무로 만든 비녀. 주로 가난한 집 여자들이 사용하였음.
46) 삼베로 만든 치마.
47) 가다듬고.
48) 몹시 수줍어하고 부끄러워함.
49) 행동거지(行動擧止). 몸을 움직여 하는 모든 짓.

태슈(太守ㅣ) 글오듸,

"이 명亽(名士)긔셔 수뻐(嫂氏) 집의 탁젹(託迹)ᄒ고 수뻐(嫂氏)의 지셩(至誠)으로 부호(扶護)[51]ᄒ시믈 힘 닙어 오늘날이 이시니 이 명亽(名士)를 위(爲)ᄒ야 티샤(致謝)ᄒ믈 이긔디 못ᄒᄂ이다."

그 지어미 듸(對)ᄒ야 글오듸,

"지쳔(至賤)ᄒ 몸이 외람(猥濫)이[52] 군ᄌ(君子)의 건줄[즐](巾櫛)을 밧드러시나[53] 젼연(全然) 이려러듯시[54] 귀(貴)ᄒ신 줄을 슬피디 못ᄒ야 듸졉(待接)ᄒ고 쥬션(周旋)ᄒ미 거만(倨慢)ᄒ고 무례(無禮)ᄒ미 만하[55] 흔갓 무흔(無限)ᄒ 신고(辛苦)만 기쳐시니[56] 죄(罪ㅣ) 만코 붓그럽기를 결을티 못ᄒ니[57], 엇디 치샤(致謝)ᄒ시믈 당(當)ᄒ며 ᄒ물며 이 쳔(賤)ᄒ 겨집을 외람(猥濫)이 수슉(嫂叔)[58]이라 일ᄏ라시니 황숑(惶悚)ᄒ여 손복(損福)[59]ᄒ게 ᄒ얏ᄂ이다."

---

50) 저어(齟齬). 익숙하지 아니하여 조금 서먹함. *틀어져서 어긋남.

51) 도와서 보호함.

52) 분수에 넘치게.

53) '건즐'은 수건과 빗. 또는 세수하고 머리 빗는 일을 말함. '건즐을 받들다'는 여자가 남의 아내나 첩이 됨을 겸손하게 이르는 말임.

54) 이렇듯이.

55) 많아.

56) 고생스러움만 끼쳤으니.

57) 죄가 많아 부끄러워할 겨를도 없는데.

58) 형제의 아내와 남편의 형제를 아울러 이르는 말.

59) 복의 일부 또는 전부를 잃음.

태쉬(太守 l) 뉴긔쟝(柳器匠)이 부체(夫妻)를 츳자 쥬육(酒肉)을 먹이고 주문(藉問)[60] 호더라.

이윽호여 닌읍(隣邑) 슈령(守令)들은 일산(日傘)[61]을 나보겨 오고[62], 순영(巡營)[63]의셔는 비쟝(裨將)[64]을 보내여 문후(問候) 호고, 각 역(各驛)의 물들이 일시(一時)의 딕령(待令)호고, 궤유 (饋遺)[65] 호는 짐바리 낙역(絡繹)[66]히 문(門)의 ᄀ득호더라.

명시(名士 l) 본읍(本邑) 원(員)ᄃ려 닐러 굴오딕,

"뎌 지어미 비록 쳔인(賤人)이나 임의 내 몸의 비절[필](配匹) 흔[의] 일홈을 비럿고[67] 여러 히 서ᄅ 의지(依支)호여 내게 졍 셩(精誠)을 극진(極盡)이 호여시니 이제 가(可)히 쩌ᄅ치고[68] 가 디 못홀 거시라. 원(願)컨대 그딕는 흔 삿갓가마[69]를 ᄀ초와[70]

---

60) 위문(慰問)함. 위로(慰勞)함.

61) 햇빛을 가리기 위해 한데에다 설치하는 양산(陽傘).

62) 나부끼며 오고.

63) 감영(監營).

64) 막객(幕客). 조선시대 감사(監司)·유수(留守)·병사(兵使)·수사(水使)·견 외 사신(使臣)을 따라다니며 일을 돕던 무관 벼슬.

65) 궤송(饋送). 물품을 보냄.

66) 왕래(往來)가 끊임이 없음.

67) 한문본에 "이미 한 몸의 이름을 빌렸고(旣假齊體之名)"라고 하였음.

68) 떨어뜨리고.

69) 초교(草轎). 초상(初喪) 중에 상제가 타던 가마. 가마의 가장자리에 흰 휘장 을 두르고 위에 큰 삿갓을 씌웠음.

70) 갖추어.

호여금 날을 뽈와 셔울의 득달(得達)케 호라."

호니 본쉬(本倅ㅣ)[71] 그 힝츠(行次)를 출히디 명스(名士) 부인(夫人)의 예(禮)셔 감(減)티 아니코 날을 졈복(占卜)호여 발졍(發程)호니, 젼후(前後)의 호위(護衛)호는 셩(盛)흔 위의(威儀ㅣ) 궁향(窮鄕)[72]의 빗나더라.

믿 명시(名士ㅣ) 샹경(上京)호여 슉비(肅拜)[73]호고 등디(登對)[74]호매 샹(上)이 젼(前)의 어디 가셔 쥬졉(住接)[75]호던 형샹(形狀)을 무르시니, 명시(名士ㅣ) 시말(始末)을 ㄱ초 알외대, 샹(上)이 차탄(嗟歎)호야 글오샤디,

"이 지어미 네게 효로(效勞)[76]호미 이러틋호니 네 가(可)히 쳔쳡(賤妾)으로 디졉(待接)디 못홀 거시니 내 특별(特別)이 추부인(次夫人)[77]을 명(命)호노라."

호시니 그 지어미 죵신(終身)트록 영귀(榮貴)[78]호다 니르더라.

---

71) 본관사또가.

72) 궁촌(窮村). 외딴 시골.

73) 사은숙배(謝恩肅拜). 임금의 은혜에 대하여 감사히 여겨 경건(敬虔)하게 절함.

74) 어전에 나아가 임금을 직접 대함.

75) 한때 머물러 삶.

76) 힘들인 보람.

77) 버금가는 부인. 부인에 준하는 예우를 받는 관인의 첩.

78) 지체가 높고 귀함.

제4화

지이동음관긔우 智異洞蔭官奇遇

경ᄉ(京師)의 녜 걸렁이 댱 도령(蔣都令)이란 재(者ㅣ) 이시니, 흔 음관(蔭官)이 불샹이 너겨 두터이 밥을 주니, 걸렁이 인(因)ᄒ야 ᄌ조 ᄃ니더니, 그ᄢ 뎐우치(田禹治ㅣ) 평ᄉᆼ(平生)의 개[기]장 음[윤]셰평(尹世平)이와 댱 도령(蔣都令)을 무셔워ᄒᄂ더라.

댱 도령(蔣都令)을 길히셔 만난 즉(則) 창황(蒼黃)이 절을 ᄒ니, 가(可)히 댱 도령(蔣都令)이 녜ᄉ(例事) 걸렁이 아닌 줄 알리러라.

ᄒᆞᆯᄂᄂ 음관(蔭官)이 동대문(東大門)을 나가러니, 사름이 주려 죽은 거슬 ᄊ르러내여 오거늘 그 얼골을 보니 곳 걸렁이 댱 도령(蔣都令)이라. 음관(蔭官)이 츄연(惆然)ᄒ야 탄식(歎息)ᄒ기를 오래 ᄒ고 갓더니, 그 후(後)의 음관(蔭官)이 녕남(嶺南)을 갈ᄉᆡ 지이산(智異山) 동구(洞口)를 디나다가 길히 흔 쇼년(少年)을 만나니, 쳥녀(靑驢)를 ᄐ고 들려 디나며 ᄆ 우희셔 음관(蔭官)의게 읍(揖)ᄒ야 굴오ᄃᆡ,

“산(山)이 깁고 날이 져므러시니 내 집의 와 자미 엇더ᄒᆞᆫ? 내 집이 골 가운데 이셔 예셔 십여 리(十餘里)는 되ᄂᆞ니라.”

음관(蔭官)이 ᄯᅡ라 드러가니 듁니(竹籬)와 모옥(茅屋)이 쇼쇄(瀟灑)ᄒᆞ여 진애(塵埃)가 업ᄂᆞᆫ디라.

빈쥬(賓主ㅣ) 좌(座)를 뎡(定)ᄒᆞ매 쥬인(主人)이 굴오듸,

“오래 니별(離別)ᄒᆞ엿다가 서ᄅᆞ 만나니 깃브믈 이긔디 못ᄒᆞ노라.”

음관(蔭官)이 굴오듸,

“우리 언제 친(親)ᄒᆞ미 잇ᄂᆞ냐?”

쥬인(主人)이 굴오듸,

“쳥(請)컨대 내 얼골을 ᄌᆞ셔(仔細)히 보라.”

음관(蔭官)이 오히려 모ᄅᆞ거늘 쥬인(主人)이 굴오듸,

“나ᄂᆞᆫ 곳 녯적 존퇵(尊宅)의셔 밥 빌어먹던 댱 도령(蔣都令)이로라.”

음관(蔭官)이 굴오듸,

“내 일즉 동대문(東大門)긔셔 댱 도령(蔣都令)이 주려 죽어 ᄭᅵ으러내여 오ᄂᆞᆫ 거슬 목도(目睹)ᄒᆞ엿거늘 쥬인(主人)이 스ᄉᆞ로 댱 도령(蔣都令)이라 ᄒᆞ미 니(理) 밧긴 듯ᄒᆞ도다.”

쥬인(主人)이 굴오듸,

“내 그째 주린 죽엄 되미 곳 시희(尸解)하여 신션(神仙)이 되미라. 그듸 믈을 셰이고 탄식(歎息)ᄒᆞᄂᆞᆫ 소릭를 내 비록 죽어 누

어시나 오히려 듯고 능(能)히 아라 지금(至今) 감격(感激)ᄒ여 ᄒ
노라. 시히(尸解)ᄒ 후(後)로브터 팔년[녁](八域)의 쥬류(周遊)ᄒ
여 텬하(天下)의 모든 신션(神仙)을 ᄯ라 노러니, 이 명산(名山)
을 ᄉ랑ᄒ여 집을 짓고 사되 금[구름]을 ᄐ고 ᄇ람을 어거(馭車)
ᄒ여 어ᄂ 곳의 니ᄅ디 못ᄒ리오? 마ᄎ 그되가 이 산(山)을 디
나ᄂ 고(故)로 쳥(請)ᄒ여 녯 졍(情)을 펴노라."

흔 번(番) 자고 니별(離別)ᄒᆯ시 아ᄎᆷ져녁 도리[닭]과 기장의
음식(飮食)이 졍결(精潔)ᄒ고 가(可)히 먹엄즉ᄒ여 년화계(煙火界)
찬물(饌物)이 예셔 다를 거시 업더라.

제5화
사악승의ᄉ덕덕 死惡僧義士積德[1]

홍 부쟝(洪部將)[2]은 고양(高陽)[3] 사름이라.

호반(虎班) 과거(科擧)[4] 보라 가던 길히 보니 가[젼]라도(全羅
道) 완악(頑惡)[5]혼 중이 청암[엄] 찰방(靑巖察訪)[6] 닉힝(內行)[7]을
겁박(劫迫)[8]ᄒ야 가마를 아사[9] 뫼골[10]로 올라가니, 역 하인(驛

---

1) 못된 중을 죽여 의로운 선비가 덕을 쌓다
2) 홍수(洪脩,?~?) : 조선조 중종 때의 무신. 본관은 풍산(豊山), 우전(禹甸)의
   아들, 이상(履祥)·난상(鸞祥)·봉상(鳳祥)의 아버지. 충무위부사직(忠武衛副
   司直)을 역임함.
3) 전라남도 고흥(高興)의 옛 이름.
4) 무과(武科)를 달리 이르던 말.
5) 성질이 억세게 고집스럽고 사나움.
6) 전라남도 나주(羅州)에 있었던 청엄역(靑嚴驛)의 일을 맡아보던 종6품 문관
   벼슬.
7) 여행길에 오른 부녀자.
8) 으르고 협박(脅迫)함.
9) (빼)앗아.
10) 묏골. 산골.

下人)이 즁놈의 용력(勇力)을 무셔이 너겨 감(敢)히 알프로 나아
오디[11] 못ᄒᄂᆫ디라.

　즁놈이 올라가며 가마 댱(帳)[12]을 드러 헷티고[13] 드미러 보
와[14] ᄀᆞᆯ오듸,

　"얼골이 어엿브도다!"
하니 그 부인(婦人)이 우ᄂᆞᆫ 소리 심(甚)히 쳐졀(悽絕)[15] ᄒᆞᆫ디라.

　홍 부쟝(洪部將)이 통분(痛憤)ᄒᆞᆷ믈 이긔디 못ᄒᆞ야 쟝ᄎᆞ(將次ㅅ)
즁놈으로 더브러 싸호고져 ᄒᆞᆫ대[16], 동힝(同行)ᄒᆞᄂᆞᆫ 거지(擧子ㅣ)
다 ᄀᆞᆯ오듸,

　"브졀업시[17] 죽으미 유익(有益)ᄒᆞ미 업ᄂᆞᆫ디라."
ᄒᆞ니 부쟝(部將)이 ᄀᆞᆯ오듸,

　"죽을디언뎡 이 형상(形狀)을 보고 엇디 괄연(恝然)ᄒᆞ리오?"[18]
ᄒᆞ고 이에 졍[젼]녕(箭翎)대를 잇(글)고[19] 저 즁놈의 알프로 나

---

11) 앞으로 나서지.

12) 가마 문에 둘러친 휘장.

13) 들어 헤치고.

14) 디밀어 보며. 들이밀어 보며.

15) 몹시 처참(悽慘)함.

16) 싸우려고 하는데.

17) 부질없이. 대수롭지 아니하거나 쓸모가 없이.

18) 한문본에는 "차라리 죽을지언정 어찌 차마 이렇듯 업신여기는 꼴을 보겠소
(寧死豈忍見此恝然耶)?"라고 하였음. '괄연'은 업신여기는 모양.

19) '전령대'는 깃이 달린 화살. 한문본에는 "이에 육량전을 이끌고(乃携六兩
箭)"라고 하였음.

아가 크게 꾸지저 굴오듸,

  "이 즁놈아, 이 즁놈아! 빅일지하(白日之下)의[20] 무례(無禮)ᄒ
믈 엇디 이러트시 ᄒᄂᄂ[다][21]?"

ᄒᄃᆡ 즁놈이 흘긔여보와 굴오듸,

  "이 아희(兒孩ㅣ) 네 집의셔 졋 먹으미 죡(足)ᄒ거든 엇디 남
남(喃喃)[22]이 불긴(不緊)ᄒ[23] 말을 ᄒᄂᄂ다?"

  부쟝(部將)이 꾸짓ᄂ 소ᄅᆡᄅᆞᆯ 더욱 놉힌대, 즁놈이 이에 가마
ᄅᆞᆯ 평디(平地)의 ᄂᄂ리와노코[24] 부쟝(部將)을 향(向)ᄒ야 ᄂᄂ려오
며 굴오듸,

  "이 아희(兒孩)ᄅᆞᆯ 쎠쏭을 누이리라[25]."

ᄒ고 바회로 인연(因緣)ᄒ야[26] ᄂᄂ려오랴 할 졔, 부쟝(部將)이 바
회 아래로브터 즁의 니마ᄅᆞᆯ ᄎ니 즁이 ᄯᅡ희 것구러지ᄂ디라.

  부쟝(部將)이 발로써 즁놈의 목을 드듸고 졍[젼]녕(箭翎)대로
힘을 다ᄒ여 즁놈을 ᄯᆞ리니 즁놈이 즉시(卽時) 죽은디라.

  이에 쳥암[엄](靑嚴) 관하인(官下人)[27]들의 도망(逃亡)ᄒ여 숨

---

20) 환한 대낮에.
21) 이렇듯이 하느냐?
22) 재잘거리는 모양.
23) 쓸 데 없는.
24) 평지에 내려놓고.
25) 뼈똥을 누게(싸게) 하리라.
26) 바위를 타고.
27) 관예(官隷). 관아에 딸린 종.

은 놈을 불러 ᄒ여금 가마를 뫼셔 가라 ᄒ니, 부인(婦人)이 가마 안히셔 울며 일빅 번(一百番) 절ᄒ여 복복칭은(僕僕稱恩)[28] ᄒ더라.

부쟝(部將)의 손(孫)은 곳 모당(慕堂)[29]이니 빅ᄌ쳔손(百子千孫)[30]이오, 디디(代代)로 지샹(宰相)이 나니, 사름이 뼈 ᄒ디[31] 완악(頑惡)ᄒ 즁을 죽이고 부인(婦人)을 구(救)ᄒ 남은 경ᄉ(慶事)ㅣ라 ᄒ더라.

---

28) 귀찮을 정도로 번거롭게 은혜를 입었다고 일컬음.

29) 한문본에는 "홍수의 아들은 곧 모당(洪之子卽慕堂)"이라고 하였음. '모당'은 조선조 광해군 때의 문신인 홍이상(洪履祥, 1549~1615)을 가리킴. 홍이상의 자는 군서(君瑞)·원례(元禮), 호는 모당(慕堂), 본관은 풍산(豊山), 수(修)의 아들. 시호는 문경(文敬).

30) 자손이 번성함을 이르는 말.

31) 사람들이 그 일로써(일을 가지고) 생각하기를.

제6화
제션고효ㅈ견위 祭先考孝子遺衣[1]

셔 약봉(徐藥峯)[2] 긔일(忌日)의 그 아들이 꿈을 꾸니 약봉(藥峯)이 와 교위[의](交椅)[3] 우희 안자 그 아들드려 닐러 글오딕,

"밧긔 내 벗 아모 령공(令公)[4]이 와시니 네 마자 드리라."
흔대 그 아들이 그대로 ᄒᆞ니 약봉(藥峯)이 또 아들드려 닐러 글오딕,

"아모 판셔(判書ㅣ) 또 문(門) 밧긔 와시니 네 나가 뫼셔 오라."
ᄒᆞ거늘 그 아들이 또 그대로 ᄒᆞ엿더니 ᄀᆞ장 오랜 후(後) 약봉(藥峯)이 또 아들드려 닐러 글오딕,

"문외(門外)예 또 벗이 와시니 쳥(請)ᄒᆞ야 오라."

---

1) 선친의 제사를 지내고 효자가 옷을 보내다
2) 서성(徐渻, 1558~1631) : 조선조 인조 때의 문신. 자는 현기(玄紀), 호는 약봉(藥峯), 본관은 달성(達城), 해(嶰)의 아들. 벼슬이 판중추부사(判中樞府事)에 이르렀고, 영의정에 추증됨. 시호는 충숙(忠肅).
3) 제사를 지낼 때 신주(神主)를 모시는, 다리가 긴 의자. *의자.
4) 영감(令監). 정3품과 종2품의 벼슬아치를 이르던 말.

(ᄒ)거늘 그 아들이 문외(門外)예 나가 긱(客)의게 드러가기를
청(請)흔대 긱(客)이 빈축(嚬蹙)[5]흐여 글오듸,

"내 의복(衣服)이 히여지고 더러우니 드러가기 붓그럽다."
흔대 그 아들이 긱(客)의 말로 약봉(藥峯)긔 고(告)흔대 약봉(藥
峯)이 글오듸,

"옷 더러운 거시 방해(妨害)롭디 아니흐다."
하고 근청(懇請)흐여 불러 네 사름이 흔 가지로 교위[의](交椅)
우희 안자 제믈(祭物)을 눗눗치[6] 먹은 후(後) 파(罷)흐여 가더라.

이후(以後)의 약봉(藥峯) 아들이 최후(最後) 마자드리던 존쟝
(尊丈)[7]의 아들과 흔가지로 동관(同官)[8]을 흐엿더니 약봉(藥峯)
아들이 무러 글오듸,

"션존댱(先尊丈)[9] 별셰(別世)흐실 째 습념(襲殮)[10]의 쓰온 의
복(衣服)이 므슴 의복(衣服)잇다[11]?"
흔대 그 벗이 울며 글오듸,

"션인(先人)[12]이 션쳔(宣川)[13] 귀향가셔서 임진난듕(壬辰亂中)

---

5) 눈살을 찌푸리고 얼굴을 찡그림. 남을 비난하거나 미워함.
6) 낱낱이.
7) 자기 아버지와 벗으로 사귀는 사람을 높여 이르는 말.
8) 한 관아에서 일하는 같은 등급의 관리나 벼슬아치.
9) 돌아가신 남의 부모를 일컫는 말.
10) 염습(斂襲). 시신(屍身)을 씻긴 뒤 수의(壽衣)를 갈아입히고 염포(殮布)로
　　묶는 일.
11) 무슨 의복인가?

의 상시(喪事ㅣ) 나시니 뎍소(謫所)[14]의 당난(當亂)ᄒ야 념귀(殮具ㅣ)[15] 망도(罔措)[16]ᄒ야 다만 샹시(常時) 닙으시던 폐루(弊褸)[17]ᄒᆫ 의복(衣服)을 쁜 고(故)로 이 일이 죵신지통(終身至痛)[18]이 되더니, 그딕 엇디ᄒ야 의복(衣服) 말을 뭇는다?"

약봉(藥峯) 아들이 골오딕,

"내 이샹(異常)ᄒᆫ 숨이 잇ᄂ니 뎌즈음긔[19] 우리 션인(先人) 졔ᄉ(祭祀)날 션인(先人) 졍녁(精力)이 샹시(常時)와 ᄀᆺᄌ오셔[20] 샹시(常時)의 벗님 세 분을 쳥(請)ᄒ야 드리시니, 션존댱(仙尊丈)긔셔 거기 참예(參預)ᄒ신디라. 처음은 의복(衣服)이 폐루(弊褸)ᄒ여라 ᄒ시더니 나죵 강쳥(强請)ᄒ여 드러오셔 졔물(祭物)을 ᄒᆫ가지로 잡ᄉᆞᆸ고 가셔시니, 그딕 내 말을 허탄(虛誕)이 너기디 말고 새로 관딕(冠帶)[21]를 지어 션존댱(仙尊丈) 산소(山所) 알픽 가 쇼화(燒火)[22]ᄒ미 가(可)ᄒ다."

---

12) 선친(先親).

13) 평안북도에 있는 고을.

14) 귀양간 곳.

15) 염습(斂襲)에 필요한 기구.

16) 망지소조(罔知所措). 너무 당황하거나 급하여 어찌할 줄을 모르고 갈팡질팡함.

17) (옷이) 해져서 남루(襤褸)함.

18) 죽을 때까지 매우 고통스러움.

19) 저번에.

20) 같으셔서.

21) 관디. 옛날 벼슬아치들의 공복(公服).

  그 사름이 그대로 ᄒᆞ엿더니 수일 후(數日後) 약봉(藥峯) 아들
쑴의 동관(同官)의 부친(父親)이 와 닐러 글오ᄃᆡ,

  "그ᄃᆡ ᄒᆞᆫ 말을 인연(因緣)ᄒᆞ야 더러운 오술 구원(九原)[23]의 밧
고아 닙으니[24] 감힝(感幸)[25]호믈 이긔디 못ᄒᆞ노라."
ᄒᆞ고 ᄯᅩ 그 아들의게 현몽(現夢)ᄒᆞ야 티샤(致謝)ᄒᆞ더라.

---

22) 불에 태우거나 사름.
23) 구천(九泉). 황천(黃泉). 저승.
24) 바꾸어 입었으니. 갈아입었으니.
25) 고맙고 다행스러움. 다행스럽게 느낌.

제7화

차일념상좌폐[패]단 蹉一念上座敗丹

남궁두(南宮斗)ᄂᆞᆫ 함열(咸悅)사ᄅᆞᆷ이라. 위인(爲人)이 강녀(剛厲)ᄒᆞ야 사ᄅᆞᆷ으로 더브러 ᄃᆞ토기ᄅᆞᆯ 됴화ᄒᆞ니, 사ᄅᆞᆷ이 다 피(避)ᄒᆞ더라.

진ᄉᆞ(進士)로 태ᄒᆞᆨ(太學)의 거ᄌᆡ(居齋)ᄒᆞᆯ시 샹(常)해 쳔리마(千里馬)ᄅᆞᆯ 두고 어두울 ᄶᆡ면 ᄐᆞ고 남(南)으로 싀골의 ᄂᆞ려ᄀᆞ 그 ᄉᆞ랑ᄒᆞᄂᆞᆫ 쳡(妾)을 보고 새벽이면 다시 셔울로 올라오더니, 일일(一日)은 쳡(妾)의 집을 ᄇᆞ라보고 오더니 창(窓) 틈으로 여어보니, 쳡(妾)이 제 외딜(外姪)을 ᄃᆞ리고 자거ᄂᆞᆯ 뒤(ᅪㅣ) ᄃᆞᄃᆡ여 활을 ᄃᆞ릐여[1] 창(窓)틈으로 ᄡᅩ아 죽이고 거젹의 두 죽엄을 ᄡᅡ 여튼 굴헝의 녀코 그 집의 니ᄅᆞ디 아니ᄒᆞ고 왓더니, 외딜(外姪)의 집의셔 죽엄을 엇고 ᄀᆞᆯ오ᄃᆡ,

"본ᄅᆡ(本來) 외딜(外姪)을 믜워ᄒᆞ여 무고(無辜)히 죽이고 그 자

1) 당기어.

최를 ㄱ리오고져 ㅎ야 그 첩(妾)조차 죽이다.”

ㅎ고 관가(官家)의 청(請)ㅎ야 두(斗)를 태흑(太學)의 가 잡아 관가(官家)로 올식, 두(斗)는 본듸 부재(富者ㅣ)라. 그 안해 두(斗)의 잡히야 오믈 듯고 쥬찬(酒饌)을 셩(盛)히 ㄱᆽ초와 가지고 초로(草露) 드리의 와 마자 먹일식, 슈호(守護)ㅎ는 재(者ㅣ) 쏘흔 다 취(醉)흔다라. 체(妻ㅣ) 틈을 타 민 거슬 글러 ㅎ여금 도망(逃亡)ㅎ라 ㅎ니, 뒤(斗ㅣ) 드듸여 대둔산듕(大芚山中)의 드러가 반년(半年)을 숨엇더니, 쑴의 사름이 고(告)ㅎ여 ᄀᆯ오듸,

“관ᄎᆡ(官差ㅣ) 이졔 니ᄅᆞ니 샐리 가라.”

ㅎ거늘 씨여 ᄯᅩ ᄃᆞ라나니 관ᄎᆡ(官差ㅣ) 조차 잡디 못ㅎ니라.

드듸여 머리를 싹고 중이 되어 부셕ᄉᆞ(浮石寺)로 향(向)홀식 졀의 다닷디 못ㅎ여 길ᄒᆡ셔 흔 즁을 만나니, 그 즁이 흘긔여 두(斗)를 보와 ᄀᆯ오듸,

“가(可)히 앗갑다! 됴흔 사름이 즁이 되엿도다. 그러하나 느즌 거시 흔(恨)이로다!”

ᄯᅩ ᄀᆯ오듸,

“올 ᄍᆡ예 ᄯᅩ 두 사름을 죽엿도다!”

뒤(斗ㅣ) 그 말을 신긔(神奇)히 너겨 졀ㅎ고 청(請)ㅎ야 ᄀᆯ오듸,

“원(願)컨대 션ᄉᆞ(禪師)는 날을 신슐(神術)을 가ᄅᆞ치라.”

즁이 ᄀᆯ오듸,

“내 아는 거시 업스니 엇지 그듸를 ᄀᆞᄅᆞ치리오?”

뒤(斗ㅣ) 구디 쳥(請)흔대 즁이 굴오듸,

"나는 진실(眞實)로 범상(凡常)흔 즁이어니와 내 신싀(神師ㅣ) 치샹산즁(雉裳山中)의 이셔 날을 용렬(庸劣)흔 직조(才操)라 흐고, 다만 샹(相) 보는 흔 직조(才操)를 ᄀᆞᄅᆞ티기의 이쁜 아는디라. 그듸 신슐(神術)을 비호고져 흘딘대 내 스싱[승]을 츠자 뵈오라."

뒤(斗ㅣ) 치샹산(雉裳山)의 가니 치샹산(雉裳山)이 깁도 아니 흐고 크도 아니흐나 두로 츳기를 세 히를 디내여 돌과 남글 다 셰듸 즁이라 흐는 거슨 업는디라. 뒤(斗ㅣ) 츳다가 못흐야 쎠 흐듸,

'부셕(浮石)의 즁이 날을 속엿다.'

흐고 장츳(將次ㅅ) 산(山)을 나올싀 홀연(忽然) 보니 복셩화 삐 흘러 간슈(澗水)의 이셔 사름이 갓 먹은 거시라.

뒤(斗ㅣ) 놀라고 깃거 쎠 흐듸[2],

'이 복셩화 삐 필연(必然) 먹은 사름이 이시리라.'

흐여 간슈(澗水)를 년(沿)흐야 간슈(澗水) 근원(根源)으로 드르니[3] 져근 수풀이 잇거늘 수풀을 헤티고 드러간 즉(則) 골이 이셔 휜츨흐고 쒸로 덥흔 흔 암즛(庵子)의 흔 즁이 무롭흘 셰오고 안자 두(斗)를 보듸 본 톄 아닛는디라.

---

2) 놀랍고 기뻐서 생각하기를.

3) 달리니.

뒤(斗 ｜) 무수(無數)히 절ᄒᆞ고,

"신통(神通)ᄒᆞᆫ 슐(術)을 비화지라."

ᄒᆞᆫ대 ᄯᅩ 드른 톄 아니ᄒᆞ고 여러 번(番)

"비화지라."

ᄒᆞ니 그 즁이,

"아ᄆᆞ 것도 모ᄅᆞ노라."

ᄒᆞ다가 ᄯᅩ 꾸지저 글오ᄃᆡ,

"뫼 가온대 깁히 잇ᄂᆞᆫ 놈이 무어슬 알리오? 오신 손님이 이
래도록 곤(困)히 보채니, 이런 밍낭(孟浪)ᄒᆞᆫ 일이 어ᄃᆡ 이시리
오?"

이러ᄐᆞᆺ ᄒᆞ기를 사흘이 디나매 그 즁이 비로소 글오ᄃᆡ,

"그ᄃᆡ ᄯᅳᆺ이 심(甚)히 근졀(懇切)ᄒᆞ니 비록 ᄀᆞᄅᆞ첨 즉ᄒᆞᄃᆡ, 그
ᄃᆡ 지죄(才操 ｜) 용녈(庸劣)ᄒᆞ여 씌치게 ᄒᆞᆯ 길 업ᄉᆞ니라만 죽게
아닛ᄂᆞᆫ 슐(術)로 ᄀᆞᄅᆞ치려니와 밥 먹기를 ᄭᅳᆫ허야 ᄒᆞᆯ 거시니 능
(能)히 ᄭᅳᆫᄒᆞᆯ가 보냐?"

뒤(斗 ｜) 딕답(對答)ᄒᆞᄃᆡ,

"므어시 어려오리잇가?"

그러나 뒤(斗 ｜) 본딕 만히 먹어 돌연(猝然)이 졀닙(絕粒)ᄒᆞ기
어려온다라. 그 즁이 ᄀᆞᄅᆞ쳐 첫날은 아춤져녁의 각(各) 다숩식
먹게 ᄒᆞ고 두어 날 후(後)ᄂᆞᆫ 일죵(日中)ᄒᆞ게 ᄒᆞ고, ᄯᅩ 두어 날 후
(後)ᄂᆞᆫ 죽(粥)으로 딕(代)ᄒᆞ고, ᄯᅩ 두어 날 후(後)ᄂᆞᆫ 아조 ᄭᅳᆫ허도

비 곱프디 아니혼더라.

"줌을 아니 잔 후(後) 홀 거시니 아니 잘가 보냐?"

뒤(斗ㅣ) [뒤(對)]호뒤,

"그리호오리이다."

즉시(卽時) 구디 안자 자디 아니키를 스나흘을 호니 몸이 기우러지고 머리 무거워 견뒤디 못홀러니 두어 날을 견뒤니 비로소 조으름이 업는더라.

그 즁이 져기 깃버 글오뒤,

"네 심녁(心力)이 능(能)히 이럿툿하니 족(足)히 상재[좨](上座ㅣ) 되리로다."

인(因)호야 황졍경(黃庭經)을 내야 글오뒤,

"만 번(萬番)을 닑으라."

만 번(萬番)을 닑으니, 그 즁이 늬외단(內外丹) 비결(秘訣)ㄹ 주어 호여곰 힘뼈 공부(工夫)호기를 두어 둘을 호니 일만(一萬) 싱각이 업서지고 몸과 쎄 졈졈(漸漸) 가븨압더니, 쏘 열 둘 만의 홀연(忽然)이 입 안 웃니무음으로셔 흔 죠고만 구슬이 쎠러지는더라. 가셔 그 즁을 뵈야 글오뒤,

"이 므슴 샹셰(祥瑞ㅣ)니잇고?"

그 즁이 글오뒤,

"이는 참동(參同)(의) 니른 바 큰 기장발 가튼 거시니, 이 구슬이 는 즉(則) 아홉 번(番) 구울리기 마디 아닌더라. 다만 쳔쳔이

길러 째를 기드리고 삼가 조급(躁急)흔 의스(意思)를 내디 말라.”
흔 돌 남죽ᄒ여 뒤(斗ㅣ) 홀연(忽然) 싱각ᄒ되,

　‘내 임의 신션(神仙)되기는 판단(判斷)ᄒ엿거니와 다만 어느
째 빅일승텬(白日昇天)홀고? 극(極)히 답답ᄒ다.’
ᄒ더니 홀연(忽然) 구규(九竅)의 불이 급(急)히 픠여올라 귀와 눈
과 코와 입의 다 피 흐르고 혼졀(昏絶)ᄒ야 싸히 것구러지니, 그
즁이 보고 놀나 글오되,

　“내 일을 그릇 민드도다, 내 일을 그릇 민드도다!”
하고 급(急)히 단약(丹藥)으로써 목굼긔 부어 씌여 흔 보람이 디
난 후(後) 겨유 능(能)히 말ᄒ는디라. 그 즁이 글오되,

　“늬 간[강](講)ᄒ는 법(法)이 물과 불이 고른 후(後)의 ᄀ(可)히
능(能)히 이루는디라. 그런 고(故)로 조(躁)흔 ᄆᆞ음을 먹디 말라
ᄒ엿더니 네 듯디 아니ᄒ엿도다. 대범(大凡) 조(躁)ᄒ면 불이 동
(動)ᄒ고 불이 동(動)ᄒ면 물이 츙각[격](衝激)ᄒ는디라. 이러므
로 네 일념(一念)이 조동(躁動)ᄒ매 불이 나 피 흐르도다. 그러나
네 스스로 션분(仙分)이 업서 이러ᄐᆞᆺ하니 흔(恨)흘 거시 업거니
와 다만 내 일을 크게 그릇티도다.”

　뒤(斗ㅣ) 무로되,

　“졔ᄌᆞ(弟子ㅣ) 일념(一念)이 차착(差錯)ᄒ여 션도(仙道)를 엇디
못ᄒ니, 이 진실(眞實)로 내 타시어니와 다만 스싱님을 그릇친
죄[거]시 무어시니잇고?”

즁이 굴오디,

"내 평싱(平生) 젼말(顚末)을 네 득도(得道)ᄒᆞ기를 기드려 고(告)ᄒᆞ랴 ᄒᆞ엿더니, 네 이제 스스로 그릇쳐시니 여긔 머무러 유익(有益)ᄒᆞ미 업ᄂᆞᆫ디라. 맛당이 내여 보낼 거시니, 일로조차 다시 보디 못ᄒᆞᆯ 고(故)로 너드려 니ᄅᆞᄂᆞ니 삼가 세샹(世上)의 뎐(傳)티 말라. 나ᄂᆞᆫ 본디 경샹도(慶尙道) 안동(安東) 사ᄅᆞᆷ이라. 숑신죵(宋神宗) 희령 이 년(熙寧二年)의 나 열네 설[살]의 홀연(忽然)이 만신 창질(滿身瘡疾)을 어더 죽기를 비러도 죽디 못ᄒᆞ고 ᄯᅩ 답답ᄒᆞ야 견디디 못ᄒᆞᄂᆞᆫ디라. 부모(父母)긔 근쳥(懇請)ᄒᆞ야 산듕(山中)의 메여 ᄇᆞ리니, 비록 심(甚)히 알프나 ᄯᅩᄒᆞᆫ 심(甚)히 주렷ᄂᆞᆫ디라. 누은 겻히 풀이 이셔 일홈은 아디 못ᄒᆞ디 줄기와 닙히 연(軟)ᄒᆞ고 보드라운디라. 손을 들히여 홀터 먹으니 인(因)ᄒᆞ여 ᄇᆡ골픈 줄을 씌돗디 못ᄒᆞᄂᆞᆫ디라. ᄯᅩ 밍회(猛虎ㅣ)와 혀흐로 그 창쳐(瘡處)를 할트니 알픈 긔운(氣運)이 골슈(骨髓)의 드러가거늘, 내 범드려 닐러 굴오디,

'엇디ᄒᆞ야 날을 샐리 먹디 아니ᄒᆞ고 알히기를 이래도록 ᄒᆞᄂᆞᆫ다?'

할기를 더욱 심(甚)히 ᄒᆞ여 왼 몸을 다 할거늘, 본 즉(則) 창질(瘡疾) 싹지 다 써러젓ᄂᆞᆫ디라. 일로조차 인(因)ᄒᆞ야 완합(完合)ᄒᆞ야 ᄒᆞᆫ 열흘 후(後)의 몸과 슬히 희기 눈 ᄀᆞᆺᄐᆞᆫ디라.

ᄯᅩ 날마다 겻히 풀을 먹으니 몸이 능(能)히 움즉이더니 잠간

(暫間) 오랜 즉(則) 쏘 늘내여 것기를 잘ᄒ더니 더욱 오랜 즉(則)
지졀(支節)이 표표(飄飄)ᄒ여 들리이고져 ᄒ거늘 몸을 움죽여 ᄂ
ᄂ 형상(形狀)을 지으니 자연(自然) ᄂ라가ᄂ디라. 드듸여 늘기
를 닉이니 졈졈(漸漸) 늘매 더욱 먼리 가ᄂ디라. ᄒᄅᄂ 튀빅산
(太白山) 쑥다기의 ᄂ려셔니, 즁이 이셔 날을 보고 흔연(欣然)이
마자 잇그러 집의 드러가 신션(神仙)의 디계[직조(才操)]를 ᄀᄅ
치니 대개(大概) 텬디(天地) ᄉ이의 두로 신션(神仙)이 이시되 홀
로 우리 동방(東方)의 업ᄂ디라. 그러나 법(法)의 맛당이 팔빅
션인(八百仙人)이 날디라. 그런 고(故)로 젼일(前日) 쟝 도ᄉᆡ(張道
士ㅣ) 옥인(玉印)으로써 의샹대ᄉ(義湘大師)를 주어 동방(東方)의
신션(神仙)을 ᄀᄋᆷ알게 ᄒ니 의샹대ᄉᆡ(義湘大師ㅣ) 드듸여 동방
(東方)을 맛다 몃 ᄒᆡ를 디나여 나 만나던 태빅순(太白山) 듕을 어
더 그 인(印)을 뎐(傳)ᄒ여 동방(東方)을 ᄀᄋᆷ알게 ᄒ고 의샹대ᄉ
(義湘大師)ᄂ 하늘의 올라가고, 태빅산(太白山)의 즁이 쏘 내게
뎐(傳)ᄒ고 하늘의 올라가더니, 나ᄂ 연분(緣分)이 더듸여 팔빅
년 ᄂᆡ(八百年內)의 흔 사름도 젼도(傳道)ᄒ 리를 엇디 못ᄒ여 셰
샹(世上)의 머므러 이째ᄀᆞ디 하늘의 오ᄅ디 못ᄒᆞ엿다가 이졔 비
로소 너를 만나니 심녁(心力)이 ᄌᆞ못 됴흔디라. 그 셩도(成道)ᄒ
기를 기ᄃᆞ려 쟝춧(將次ㅅ) 뎐(傳)ᄒ고 가랴 ᄒ더니, 네 쏘 이러ᄒ
니 아디 못게라. 일로조차 몃 ᄒᆡ 만의 능(能)히 뎐(傳)ᄒᆞᆯ 사름을
어드리오? 이 니른바 '내 일을 그릇하다' 말이로다."

뒤(斗ㅣ) 즁의 비꼽 아래 오히려[상(常)히] 막은 구움이 이샤 믈 무른딕 즁이 굴오딕,

"이거시 곳 내 단방(丹方)ᄒᆞ는 굼구라. 네 보고져 혼 즉(則) 맛당이 뵐 거시니 모롬죽이 놀라디 말라."

ᄒᆞ고 즉시(卽時) 그 구움을 쌔히니, 금(金)빗티 소사나 황연(晃然)지[이] 집의 ᄀᆞ득ᄒᆞ여 심(甚)히 무셔온디라. 즁이 다시 막거눌, 뒤(斗ㅣ) 쏘 무러 굴오딕,

"스싱님이 여긔 겨시니 ᄒᆞ는 일이 므슴 일이는?"

즁이 굴오딕,

"다른 일이 업서 미년(每年) 정월(正月) 초(初)ᄒᆞᄅᆞ날 모든 신션(神仙)이 상뎨(上帝)긔 됴회(朝會)ᄒᆞ니, 초 이일(初二日)은 동방 신션(東方神仙)이 다 와 내게 됴회(朝會)ᄒᆞ니, 동방 지경(東方地境)은 이 나의 맛든 짜힌 고(故)로 모든 신션(神仙)이 그 직분(職分)을 닷그미딕, 나는 인간(人間)이 더러워 됴회(朝會) 밧기 어려운 고(故)로 미양(每樣) 하늘의 올나가 됴회(朝會)를 밧고 도라오더니, 닉년(來年)이 이제 머디 아니ᄒᆞ고 너를 위(爲)ᄒᆞ여 예셔 됴회(朝會)를 바다 관광(觀光)을 시길 거시니, 네 아직 머므러 잇다가 보고 가라."

정월(正月) 초이일(初二日)의 미처는 평명(平明)의 혼 치식(彩色)이 등(燈)이 스스로 나모 섯히 걸리더니, 이윽ᄒᆞ야 년(連)ᄒᆞ여 ᄎᆞ례(次例)로 와 걸이기를 몃 쳔만(千萬)인 줄 아디 못ᄒᆞᄂᆞᆫ디

라. 공듕(空中)으로브터 션악(仙樂)이 은은(隱隱)ㅎ여 금광(金光)이 찰난(燦爛)ㅎ고 샹셔(祥瑞)의 안개 일쳔(一千) 겹이 동구(洞口)의 미만(彌漫)ㅎ엿ᄂ듸, 모든 신션(神仙)이 난봉(鸞鳳)을 멍에ㅎ고 귀룡(龜龍)을 트며, 혹(或) 년화보젼[련](蓮花寶輦)도 트, 패옥(佩玉)이 당당(瑭瑭)[4]ㅎ고, 관면(冠冕)이 휘황(輝煌)ㅎ야 텬일(天日)이 보이ᄂ디라.

녀션(餘仙)은 다 운무(雲霧) 치마와 구쟝(九章)으로 옥졀(玉節)이 징징(琤琤)ㅎ야 ᄂ려오고, 그 남아 텬뇽(天龍) 귀왕(龜王)이 동방(東方)의 미인 쟈(者)ᄂ 아니 니ᄅ노 니 업서 쳔틱만상(千態萬象)이 긔긔괴괴(奇奇怪怪)ㅎ디라. 즁과 안자 졀을 밧고 신션(神仙) 듕(中) 댱[직]위(職位ㅣ) 놉고 체통(體統)이 듕(重)흔 쟈(者)ᄂ 혹(或) 거슈(擧手)ㅎ며 혹(或) 몸도 굽히며, ᄀ장 놉흔 쟈(者)ᄂ 당(堂)의도 ᄂ리며, 녀션(餘仙)은 존비(尊卑)를 의논(議論)티 아니ㅎ고 몸을 니러 마자 좌(座)를 뎡(定)ㅎ매 녜뫼(禮貌ㅣ) 엄슉(嚴肅)ㅎ여 범안(凡眼)의 놀라운디라. 그 슈작(酬酢)ㅎᄂ 바ᄂ 다 아디 못흘러라.

이윽ㅎ여 등(燈) ㅎ나히 나모(南一)로브터 올라가더니 년(連)ㅎ야 올라가 슈유(須臾)의 다ㅎ고, 모든 신션(神仙)도 ᄎ례(次例)로 하딕(下直)ㅎ고 올라가니, 위의(威儀)와 거동(擧動)이 올 적과

혼가지라.

뒤(斗ㅣ) 쟝춧(將次ㅅ) 산(山)을 날식[5] 무러 굴오듸,

"뎨직(弟子ㅣ) 일로조차 맛당이 혼 가지도 일우미 업스리잇가?"

즁이 굴오듸,

"네 셰샹(世上)의 니르러 나의 경계(警戒)를 힘뼈 힝(行)혼 즉(則) 가(可)히 팔빅 년(八百年)을 사라 쳔디(天地)의 신션(神仙)이 될 거시니, 만일(萬一) 공부(工夫)ᄒ기를 마디아닌 즉(則) 후텬(後天) 긔운(氣運)이 션텬(先天) 긔운(氣運)을 니어 샹승(上昇)ᄒ기를 가(可)히 긔양[약](期約)ᄒ리라."

니별(離別)을 님(臨)ᄒ여 두(斗)ᄃ려 닐러 굴오듸,

"네 팔직(八字ㅣ) 맛당이 ᄌ식(子息) 둘이 이실 거슬 내 젼도(傳道)ᄒ기 위급(危急)ᄒ여 강잉(强仍)ᄒ여 너를 ᄀᄅ쳐시니 길 일우디 못ᄒ미 맛당ᄒ도다. 그러나 처음의 너를 ᄀᄅ칠 째 먹이던 단약(丹藥)이 졍슈(精水) 굼글 막아시니, 만일(萬一) 다시 여디 아니혼 즉(則) 싱휵(生育)을 못ᄒ리라."

ᄒ고 드듸여 단약(丹藥)을 내야 ᄒ여곰 먹으라 ᄒ야 굴오듸,

"이 약(藥)을 먹은 즉(則) 졍혈(精血)이 열리리라."

뒤(斗ㅣ) 도라가 그 집을 ᄎᄌ니, 그 쳐(妻)는 죽언 디 오래고

---

5) 산을 나가면서.

듕간(中間)의 왜란(倭亂)을 디내여 집과 뎐답(田畓)이 탕연(蕩然)
ᄒᆞ야 자최 업ᄂᆞᆫ디라.

이에 빅셩(百姓)의 ᄯᅩᆯ의게 댱가드려 과연(果然) 두 ᄯᅩᆯ을 나흐
니라.

사름이 혹(或) 무러 ᄀᆞᆯ오ᄃᆡ,

"오히려 능(能)히 도(道)를 닥ᄂᆞᆫ가?"

뒤(ᅱᅵ) ᄀᆞᆯ오ᄃᆡ,

"다 니졋다."

ᄒᆞ고 그 침식긔거(寢食起居)와 기욕[욕]범졀(嗜慾凡節)이 녜(ᄉᆞ)
(例事) ᄉᆞ름의셔 다ᄅᆞ미 업ᄉᆞᄃᆡ 나히 빅셰(百歲)의 갓가오ᄃᆡ 오
히려 아히(兒孩) 얼골 갓더라.

제8화
의쌍님명기슈홍 依雙林名妓守紅[1]

노 옥계 진(盧玉溪禛)[2]이 쇼고가빈(少孤家貧)[3]ᄒ여 남원(南原)[4] ᄯᅡ히 살식, 나히 큰 총각(總角)의 니ᄅᆞᄃᆡ 댱가드디 못ᄒ고[5] 믓 누의[6] 이셔 과시(過時)ᄐ록 혼인(婚姻)ᄒ디 못ᄒ엿더니, 마춤 그 당슉(堂叔)[7] 무변(武弁)이 션쳔(宣川)[8] 부ᄉᆞ(府使)[9]ᄅᆞᆯ ᄒ

---

1) 절에 의탁하여 명기가 절개를 지키다 '쌍림'은 석가모니가 열반(涅槃)한 곳으로, 절을 가리킨다. '수홍(守紅)'은 여인의 팔뚝 등에 꾀꼬리 피[앵혈(鶯血)]나 단사를 먹여 붉게 변한 도마뱀 으깬 것[수궁사(守宮砂)]으로 자자(刺字)한 붉은 점을 지킨다는 뜻으로, 수절(守節)과 같은 뜻임.
2) 노진(盧禛, 1518~1578) : 조선조 선조 때의 문신. 자는 자응(子膺), 호는 옥계(玉溪), 본관은 풍천(豊川), 숙동(叔仝)의 증손, 우명(友明)의 아들. 시호는 문효(文孝).
3) 젊어서 아버지를 잃어 집이 가난함.
4) 전라북도에 있는 고을.
5) 나이가 다 자란 총각에 이르렀으나 장가들지 못하고.
6) 맏누이동생. 큰 여동생.
7) 종숙(從叔). 아버지의 사촌형제. 5촌 아저씨.
8) 평안북도에 있는 고을.
9) 조선시대 지방 수령인 정3품 대도호부사(大都護府使)와 종3품 도호부사(都

엿거늘, 옥계(玉溪)의 모친(母親)이 ᄒᆞ여금,

"누의 혼슈(婚需)를 션쳔(宣川) 고을의 가 비러보라."

ᄒᆞᆫ대 옥계(玉溪ㅣ) 간신(艱辛)이 ᄂᆞ려가 션쳔(宣川) 관문(官門) 밧
긔 다ᄃᆞ르니, 아ᄒᆡ 기싱(兒孩妓生)이 이셔 마자 닐러 ᄀᆞᆯ오ᄃᆡ,

"힝ᄎᆞ(行次ㅣ) 어드로브터 오시ᄂᆞ니잇고?"

옥계(玉溪ㅣ) 그 쥬슈(主倅ㅣ)[10] 당딜(堂姪)이 되믈 니ᄅᆞ니 기
싱(妓生)이 ᄀᆞᆯ오ᄃᆡ,

"쇼인(小人)의 집이 관문(官門) 밧 몃 재 집이오니[11] 힝ᄎᆞ(行次
ㅣ) 반ᄃᆞ시 (사쳐[12]를) 쇼인(小人)의 집의 뎡(定)ᄒᆞ쇼셔."

옥계(玉溪ㅣ) 허락(許諾)ᄒᆞ고 도라[드러]가 쥬슈(主倅)를 본 후
(後) 밧겻[13] 햐쳐(下處)[14]로 나온대, 그 기싱(妓生)이 스스로 침
셕(枕席)[15]의 뫼시기를 쳥(請)ᄒᆞᆫ대 그 졍회(情懷ㅣ)[16] 관흡(款
洽)[17]ᄒᆞ더라.

기싱(妓生)이 온 연유(緣由)를 뭇거늘, 혼구(婚具) 빌라 오므로

護府使)를 아울러 이르던 말.
10) 본관사또의. 주수(主倅)는 자기가 사는 고을의 수령을 가리키던 말.
11) 관문 밖 몇 째 집이오니.
12) 나그네가 길을 가다가 묵는 일. 또는 그 집.
13) 바깥.
14) '사처'의 잘못.
15) 침석(寢席). 잠자리.
16) 생각하는 마음이. 정과 회포(懷抱)가.
17) 정이 두터움.

디답(對答)ᄒ니, 기싱(妓生)이 글오ᄃᆡ,

"쇼인(小人)이 ᄉ또(使道) 슈단(手段)이 심(甚)히 ᄀᆞᄂ신 줄을[18] 그윽이 아오니 지친(至親)이시나 반드시 그 넉넉이 구급(救急)ᄒ기를 밋기[19] 어려우리라. 쇼인(小人)이 도령쥬(都슈主)[20] 골샹(骨相)을 보ᄋ니 맛당이 크게 귀(貴)ᄒ실 거시오니 엇디 가(可)히 스스로 걸틱(乞駄)[21]ᄒ라 온 손이 되시리잇가? 쇼인(小人)이 젹공(積功)[22]을 드려 모화 둔[23] 은ᄌ(銀子)가 이시니, 그 쉬(數ㅣ) 오빅 냥(五百兩)이 되ᄂ디라. 이를 가져 도라가시면[24] 넉넉이 혼구(婚具)를 출힐 거시니, 그 남아ᄂ[25] ᄯᅩ 맛당이 싱니(生利)[26]의 ᄌ뢰(資賴)[27]ᄒ시리니 이곳으로셔 바로 도라가시고 반ᄃ시 귀긔(歸期)[28]를 관가(官家)의 고(告)티 마ᄅᆞ쇼셔."

옥계(玉溪ㅣ) 글오ᄃᆡ,

---

18) 가ᄂ신 줄을. 좀스러우신 것을.

19) 맺기.

20) '도령님'을 한자를 빌어 표기한 것.

21) 염치를 돌아보지 않고 남의 짐바리를 달라고 구걸하는 일.

22) 많은 힘을 들여 애를 씀.

23) 애를 써서 모아 둔.

24) 이를 가지고 돌아가시면.

25) 그 나머지는.

26) 생활에 필요한 물자나 방법. *이익을 냄.

27) 밑천으로 삼음.

28) 돌아가거나 돌아오기로 약속한 때.

"거취(去就)[29]의 이러틋시 표홀(飄忽)[30]ᄒ면 엇디 당슉(堂叔)
긔 슈즁을 만나디 아니ᄒ리오?"

기ᄉᆡᆼ(妓生)이 글오듸,

"이 짜히 머무시기 여러 날이 되면 불과(不過) 사ᄅᆞᆷ의 목구멍
아래 긔운(氣運)을 기ᄃᆞ리며 사ᄅᆞᆷ의 미쳡(眉睫)[31] ᄉᆞ이의 ᄉᆞᆨ
(辭色)[32]만 슬펴 겨유 도라가시ᄂᆞᆫ 힝장(行裝)의 수십 냥(數十兩)
을 어드실 ᄲᅮᆫ이오[33], 골육간(骨肉間) 염냥(炎凉)[34] 보기ᄂᆞᆫ 늠의
게 업슈이 너김 밧ᄂᆞ니의셔 심(甚)ᄒᆞ미 잇ᄂᆞ니[35], 오늘 새벽의
바로 호연(忽然)이 도라가시ᄂᆞᆫ 것만 ᄀᆞᆺ디 못ᄒᆞ다."
ᄒᆞ고 즉시(卽時) 니러나 밤새도록 힝장(行裝)을 다ᄉᆞ려 서ᄅᆞ 보
내여 글오듸,

"도령쥬(都令主)의 발신(發身)[36]ᄒᆞ시기 십 년(十年) 안히 나디
아니홀 거시니, 쇼인(小人)이 맛당이 몸을 조히 ᄒᆞ고 ᄠᅳᆮ을 딕희

---

29) 사람이 어디로 가거나 다니거나 하는 움직임. *어떤 사건이나 문제에 대하
여 밝히는 태도.
30) 홀연히 나타났다 사라지는 모양이 빠름.
31) 눈썹과 속눈썹이라는 뜻으로 사람의 얼굴이나 매우 가까운 것을 이름.
32) 거절하는 얼굴빛. *말과 얼굴빛.
33) 얻으실 뿐이오.
34) 세력이 좋은 편을 헤아리는 기회주의적인 태도. *더위와 서늘함. 선악을 분
별하는 슬기.
35) 남에게 업신여김 받는 것보다 심함이 있으니.
36) 천하거나 가난한 처지를 벗어나 앞길이 훤히 트임.

여[37] 써 도령쥬(都슈主)의 벼슬이 이 도(道)의 ᄒᆞ여 오시기를 기ᄃᆞ릴디니 만나뵈올 긔약(期約)이 이 ᄒᆞᆫ 도리[로](條路)의[38] 잇ᄂᆞᆫ디라."

ᄒᆞ고 니별(離別)을 님(臨)ᄒᆞ매 심(甚)히 척척(慽慽)[39]ᄒᆞᆫ 빗츨 짓디 아니ᄒᆞ더라.

옥계(玉溪ㅣ) 가ᄇᆞ야온 보비를 싯고[40] 셔울 길로 도르오더니, 이튼날 아ᄎᆞᆷ의 쥬쉬(主倅ㅣ) 브른 즉(則) (임의) 가 쫄을 길히 업스니[41], 그 ᄒᆡᆼ젹(行蹟)이 광망(狂妄)[42]ᄒᆞᆯ를 ᄭᅮ지즈나 안흐로 그 돈을 ᄲᅢ이디[43] 아니ᄒᆞᆯ믈 ᄀᆞ만이 깃거ᄒᆞ니라.

옥계(玉溪ㅣ) 집의 도라가 가져온 은(銀)으로써 누의를 혼인(婚姻)ᄒᆞ고 안해를 취(娶)ᄒᆞ고 겸(兼)ᄒᆞ여 의식(衣食)을 조심(操心)[44]ᄒᆞᆷ이 업서 글의 ᄯᅳᆺ을 젼일(專一)[45]이 ᄒᆞ여 불수년(不數年)[46]의 과거(科擧)를 ᄒᆞᆫ다라.

---

37) 몸을 깨끗이 하고 뜻을 지켜.
38) 이 한 가닥의 길에.
39) 슬프고 시름겨운 모양.
40) 가벼운 보배[경보(輕寶)]를 싣고.
41) 이미 떠나가서 따라갈 길이 없으니.
42) 미친 사람처럼 아주 망령됨.
43) 깨지. 일이나 상태 따위를 중간에서 어그러뜨리지.
44) 마음을 씀. 신경을 씀. *잘못이나 실수가 없도록 말이나 행동에 마음을 씀.
45) 마음과 힘을 모아 오직 한 곳에만 씀.
46) 수년이 되지 않아. 두서너 해가 되기 전에.

풍위(風儀)[47)]와 지죄(才操ㅣ) 샹권(上眷)[48)]을 바다 오래디 아
니ᄒᆞ여 관셔(關西)[49)] 암ᄒᆡᆼ어ᄉᆞ(暗行御史) 명(命)을 바다 미복(微
服)[50)]으로ᄡᅥ 그 기싱(妓生)의 집의 바로 니ᄅᆞ니, 그 기싱(妓生)의
어미 나 마자[51)] 녯 안면(顔面)인 줄 슬펴 알고 우러 고(告)ᄒᆞ여
ᄀᆞᆯ오ᄃᆡ,

"ᄯᆞᆯ이 셔방(書房)님을 니별(離別)ᄒᆞᆫ 후(後)로브터 어미ᄅᆞᆯ ᄇᆞ리
고 집을 샤례(謝禮)[52)]ᄒᆞ야 도망(逃亡)ᄒᆞ여 간 곳을 모ᄅᆞ노라."
ᄒᆞ고, 옥계(玉溪ㅣ) 셔(西)ᄒᆞ로 ᄂᆞ려오매 졍신(精神)이 젼(全)혀
고인(故人) 만나기의 잇다가[53)] 망연(茫然)이 죵젹(蹤迹)이 업ᄉᆞ
니 놀라 ᄆᆞ음을 일흔 듯ᄒᆞ나 그러나 오히려 ᄌᆞ긔(自己)ᄅᆞᆯ 위(爲)
ᄒᆞ여 셰샹(世上)을 도망(逃亡)ᄒᆞ고 졀(節)을 딕흰 줄 헤아리고[54)]
다시 기싱(妓生)의 어미ᄃᆞ려 무러 ᄀᆞᆯ오ᄃᆡ,

"한미[55)] ᄯᆞᆯ 간 후(後)의 일졀(一切) 존문[몰](存沒)[56)]을 듯디

---

47) 풍채(風采). 드러나 보이는 사람의 겉모양.
48) 임금의 돌봄.
49) 평안도를 달리 이르던 말.
50) 지위가 높은 사람이 무엇을 몰래 살피러 다닐 때에 남의 눈을 피하려고 입
　　는 남루한 옷차림.
51) 그 기생의 어미가 나와 맞이하여.
52) 한문본에는 "집을 버리고(謝家)"라고 되어 있음.
53) 정신이 온통 옛 친구 만남에 있다가.
54) 절개를 지킨다는 것을 헤아리고.
55) 할미는.
56) 존망(存亡). 사생(死生). 살아있는지 죽었는지의 여부.

못ᄒ엿ᄂ다?”

한미 ᄃᆡ(對)ᄒ야 ᄀᆞᆯ오ᄃᆡ,

“근ᄂᆡ(近來)의 사ᄅᆞᆷ이 이셔 뎐(傳)ᄒ야 닐오ᄃᆡ, ‘ᄯᆞᆯ이 ᄇᆞ야흐로 셩쳔(成川)[57] ᄯᅡ 뫼졀의[58] 머므러 십분(十分) 자최를 감춘다.’ᄒ나 내 늙고 ᄌᆞ란 ᄌᆞ식이 업스니 가슬려[가셔] 차줄 길히 업고 다만 스스로 슬픔만 먹으물[59] ᄯᆞ름이로라.”

ᄒ거늘 옥계(玉溪ㅣ) 즉시(卽時) 셩쳔(成川)으로 가 왼 경ᄂᆡ(境內ᄂᆡ) 모든 졀로 츌몰(出沒)ᄒ여 죵젹(蹤迹)을 ᄀᆞ만이 ᄎᆞ자 ᄒᆞᆫ 곳 심산(深山)의 불암(佛庵)[60]이 잇거늘 니ᄅᆞ니 즁이 닐러 ᄀᆞᆯ오ᄃᆡ,

“ᄒᆞᆫ 녀ᄌᆡ(女子ㅣ) 이셔 나히 이십 셰(二十歲)나 되엿ᄂᆞᄃᆡ 은냥(銀兩)으로ᄡᅥ 밥을 녜불(禮佛)ᄒᄂᆞᆫ 즁의게 붓치고 인(因)ᄒ야 부쳐 안즌 탁ᄌᆞ(卓子) 아래 숨어 머리를 (흐)터ᄇᆞ리고[61] 놋치 ᄶᆡ를 벗디 아니ᄒ고[62] 구디 업듸여[63] 형상(形狀)을 뵈디 아니ᄒ고 다만 녜불(禮佛)ᄒᄂᆞᆫ 즁으로 ᄒ여곰 수일(數日) 만의 밥을 조금식 뎐(傳)ᄒᆫ 즉(則) 법당(法堂) 문(門)틈으로 바다 ᄡᅥ 주리믈 구

---

57) 평안남도에 있는 고을.
58) 산사(山寺)에.
59) 머금을.
60) 암자(庵子).
61) 머리를 흩어버리고. 산발(散髮)하고.
62) 낯의 때를 씻지 아니하고.
63) 굳이 엎드려.

(救)ㅎ고 오줌과 뒤 볼 째는 잠간(暫間) 나와 즉시(卽時) 드러가니, 절 즁이 혹(或) 녀불(女佛)인가 의심(疑心)ㅎ고 혹(或) 귀신(鬼神)인가 의심(疑心)ㅎ여 불러낼 길도 업고 쏘흔 감(敢)히 갓가이 갈 길도 업ㄴ니라.”

ㅎ거늘, 옥계(玉溪ㅣ) 이에 녜불(禮佛)ㅎㄴ 즁으로 ㅎ여곰 창(窓) 틈으로브터 탁즈(卓子) 밋틔 겨집의게 말을 닐러 골오되,

　“남원(南原) 노 도령쥐(盧都令主ㅣ) 와 서ㄹ 츠즈니 나와 보고져 아니ㅎㄴ냐?”

　그 겨집이 즁을 인(因)ㅎ야 회답(回答)ㅎ되 등과(登科)흔 여부(與否)를 뭇거늘, 옥계(玉溪ㅣ) 바로 어ㅅ(御史)의 길로써[64] 고(告)ㅎ니 그 겨집이 쏘 회보(回報)ㅎ여 골오되,

　“내 자최를 감초고 고힝(苦行)을 격그미 젼(全)혀 낭군(郎君)을 위(爲)ㅎ미러니, 허다년(許多年)의[65] 귀형(鬼形)이 뒤[되]여시니 결단(決斷)코 거연(遽然)이[66] 댱부(丈夫)를 보디 못홀 거시니 원(願)컨대 힝츠(行次)ㄴ 날을 위(爲)ㅎ야 순일(旬日)[67]만 이 가온대 머므ㄹ신 즉(則)내 맛당이 머리를 빗고 몸을 씨서 본 형상(本形狀)을 회복(回復)ㅎ여 새 의복(衣服)을 닙고 단장(丹粧)을 다ㅅ

---

64) 암행어사가 되어 내려오는 길이라고.
65) 여러 해 동안에.
66) 갑자기.
67) 열흘. 10일.

린 후(後)의 가(可)히 마자 절ᄒ리라.”

ᄒ거늘 옥계(玉溪ㅣ) 그 말과 ᄀ치 머므러 여러 날이 되니 과연(果然) 귀형(鬼形)을 뻐서 화용(花容)을 밧ᄶ고[68] 서ᄅ 보매 경도환열(傾倒歡悅)[69]ᄒ니, 졀 중이 비로소 그 고졀(苦節)[70]이 잇ᄂ 줄을 알고 놀라 탄식(歎息)디 아니 리 업더라.

옥계(玉溪ㅣ) 반갑고 즐겁기 마치 하늘을 조차 ᄂ려온 신션(神仙)을 만난 듯ᄒ여 션쳔(宣川)으로 싯고 도라와 모녀(母女)로 ᄒ여금 서ᄅ 만나게 ᄒ고 밋 나라 일을 마ᄎ매 경졔(京第)로 잇그러 도라와 ᄒ여금 건줄(巾櫛)을 밧들게 ᄒ고 죵신(終身)ᄐ록 긔이(奇愛)[71]ᄒ더라.

갑인(甲寅)[72] 계하(季夏)[73] 초삼(初三) 시작(始作)ᄒ야 초오(初五) 맛다[74].

---

68) 꽃 같이 아름다운 얼굴로 바꾸고.
69) 몹시 기뻐함.
70) 어떤 곤란한 일에도 굽히지 아니하는 굳은 절개.
71) 특별히 사랑함.
72) 1854년(철종5년).
73) 음력 6월.
74) 초사흘에 시작하여 초닷새에 마치다.

❧ 국역편 ❧

1. 납채선

봉래 양사언의 아버지는 조상 덕에 벼슬을 하여 전라도 영광 고을의 군수가 되었다.

말미를 받아 서울에 올라갔다가 임지로 돌아가는 길이었는데, 영광까지는 하루 정도의 거리가 남아 있었다. 식전에 관아 근처 마을에서 조반을 지어 먹을 예정이었다. 공방아전이 돗자리를 옆구리에 끼고 마을에 들어가 보니, 그때는 마침 농사철이라 농민들이 모두 들에 일을 하러 나가고 온 마을이 텅 비어 있었다.

다만 한 곳에 10여 세 된 여자 아이가 혼자 집에 남아 있었다. 그 아이가 공방아전에게 말하였다.

"군수님 행차가 저희 집에 들어오시게 되면, 제가 마땅히 조반을 지어 올리겠습니다."

"너처럼 어린아이가 어찌 능히 군수님이 자실 진지를 잘 지을 수 있겠느냐?"

"제가 잘 할 수 있으니 염려하지 마십시오."

마침내 군수 일행은 그 집으로 들었다. 그 아이가 큰 바가지를 들고 나오며 말하였다.

"군수님 진지는 마땅히 저희 집 쌀로 지을 테니, 아랫사람들 식량만 내놓으시면 좋겠습니다."

그 아이는 용모가 밝고 빼어났으며, 말하는 목소리가 낭랑하였다.

팥을 갈아 만든 음식이 재빨리 만들면서도 정갈하지 않은 것이 없었다. 일행들이 다 같이 민첩하다며 칭찬하였다.

군수가 물었다.

"네 나이가 몇인고?"

"올해 열두 살이옵니다."

"네 아비는 무슨 일을 하는고?"

"본관사또님을 수행하는데, 아까 제 어미와 함께 김매러 나갔습니다."

하고는 조반상을 차려 오는데, 밥과 나물 반찬이 아주 먹을 만하였다.

군수는 붉고 푸른 부채 각 한 자루를 그 아이에게 상으로 주려고 앞으로 오라고 하여 주면서 장난삼아 말하였다.

"내가 이것을 네게 납채로 주마."

납채는 납폐라고도 하는 것으로, 혼인할 때 신랑 집에서 신부 집으로 보내는 비단 등의 예물을 말하는 것이었다.

그 아이는 그 말을 듣더니 즉시 방으로 뛰어 들어가 자그마한 붉은 색 보자기를 가지고 나와서 말하였다.

“부채를 이 보자기에 놓아주셨으면 하옵니다.”

군수가 물었다.

“어째서 보자기에다 받으려고 하느냐?”

“납채란 중요한 예절인데 어찌 손으로 받잡겠습니까?”

그 말에 일행이 더욱 기특하다고 칭찬하였다.

군수 일행은 드디어 그 집을 떠나 임지로 돌아갔다.

그로부터 몇 년이 지난 뒤 어느 날 문지기가 들어와서 아뢰기를,

“한 사람이 아무 고을의 장교라며 사또나리 뵙기를 청합니다.”

하는 것이었다. 군수가 그를 불러 들여 물었다.

“자네는 누구며 무슨 일로 왔는고?”

그가 대답하였다.

“사또나리께서는 3, 4년 전 서울에서 부임지로 돌아가실 때 어느 촌가에 드셔서 조반을 지어 드신 일을 기억하시는지요?”

군수가 말하였다.

“내 어찌 잊으랴? 그 집 계집아이의 기이함이 지금까지도 눈에 삼삼하다네.”

하니 그는,

"그 계집아이는 곧 소인의 딸년이옵니다. 올해 나이가 열여섯이라 방금 사위를 골라 시집을 보내려고 하니, 그 아이 말이,

'납채로 부채를 영광 고을 원님께 받았으니 맹세코 다른 데로는 시집을 가지 않으리라.'

고 하옵니다. 온갖 말로 설득을 하였습니다만 끝내 고집을 부리며 말하기를,

'영광 원님께서 만일 데려가시지 않으면 저는 마땅히 처녀로 늙어 죽겠습니다.'

하옵니다. 소인에게는 아무래도 그 아이 뜻을 빼앗을 길이 없어서 감히 이렇게 와서 아뢰는 것이옵니다."

하였다. 군수가,

"자네 딸의 아름다운 뜻을 내 어찌 저버리겠는가. 자네가 돌아가 택일을 하여 오면 내 마땅히 가서 첩을 맞는 예로 데려오겠네."

하고 과연 길일에 첩을 삼아 관아로 데려왔다.

군수의 부인이 마침 세상을 떠나자 드디어 그 첩으로 하여금 안방에 거처하면서 집안일을 전담하게 하였다.

이윽고 군수의 벼슬이 바뀌어 서울로 돌아왔다.

그녀는 일가친척들과 비복들 사이에서 잘 처신하여 모두에게 환심을 사니, 다들 그녀를 우러러 공경하지 않는 사람이 없었다.

그녀가 아들을 하나 낳으니, 그가 곧 봉래 양사언이다. 양사언은 얼굴 모습과 재주가 다 세상에서 빼어나 더욱 그 어머니를 빛나게 해주었다.

그 후 양 군수가 죽자, 집안의 친척들이 상복을 입는 날 모두 모였다. 양사언의 어머니가 여러 친척들 앞에 나가 인사를 하고 말하였다.

"제가 상주와 시집의 여러분들께 부탁을 올릴 일이 있습니다. 허락을 하실는지요?"

하니 모두들,

"말씀만 하십시오. 누가 어기겠습니까?"

하자, 그녀가 말하였다.

"제게 한 점 혈육이 있어 그다지 어리석지는 않습니다만, 우리나라에서 천한 출신을 장차 어디에 쓰겠습니까? 적자로 태어나신 도령님이나 일가 여러분께서 차별을 두지 않고 사랑을 베풀어 주시지만, 이 천한 몸이 나중에 죽게 되면 도령님께서는 서모의 복을 입게 되실 것이니, 적서의 간격이 분명히 드러날 것입니다. 그리 되면 제 아이가 세상에서 어떻게 서자의 흔적을 감추고 행세할 수 있겠습니까? 이런 까닭에 저는 반드시 나리 마님의 복을 입는 날 죽기로 하였습니다. 그리해서 그 복제가 나리 마님의 장례 중에 묻히도록 하여 제 아이가 서자라는 사실을 없앴으면 합니다. 여러분께서는 제가 죽는 뜻을 불쌍히 여기시어 제 아이를 잘 대해 주십시오.”

“말씀을 들었으니 반드시 그리 할 텐데, 어찌 돌아가실 결심까지 하십니까?”

하니, 그녀가 말하였다.

“여러분의 뜻이 비록 이러하시지만, 결국은 제가 지금 죽는 것만 같지 못합니다.”

하고는 드디어 양 군수의 관 앞에서 자결하니, 모든 사람이 크게 놀라고 슬퍼하며 말하였다.

“이 사람이 죽음으로써 그 뜻을 이루고자 하는데, 사람이 어긴다면 인정상 차마 그리할 수 있는 것은 아니다.”

하고 적자인 형은 아우인 양사언을 친동생이나 다름없이 대하였다.

양사언이 장성하자, 그의 명성이 세상에 자자하였다. 그가 역임한 벼슬이 모두 사대부들이 하는 벼슬자리였다.

이제까지 양사언을 서자라고 의심하는데, 거의 거짓말이 아니었다.

2. 완강

경상도 낙동강 서쪽에 종2품 방어사 벼슬을 지낸 최씨 성의 무변이 있었는데, 기운이 남들보다 셌다. 그는 항상 쇠몽둥이를 지니고 다녔다.

그가 경상도에서 벼슬을 하기 위해 상경할 때였다. 앞에 짐 실은 말 일곱 마리를 몰고 가다가 어느 큰 마을 앞에 이르자 비가 몹시 내리는데 주막은 멀었다. 그가 말을 몰아 마을에서 가장 큰 집으로 들어가니, 어떤 할미가 그 모습을 보고 혼자 중얼거렸다.

"저 양반이 또 욕을 무한히 보겠구면."

최 무변이 그 말을 괴이하게 여겼으나 그대로 달려 들어가 말에 실려 있던 짐을 행랑채 아래에 풀어놓았다. 여덟 마리의 말을 마구간에 매어 놓고 자신은 대청 위에 올라가 앉았다.

주인집에는 사내가 없고 다만 한 젊은 아낙네가 안채의 문을 열고 나와 맞으며 말하였다.

“나리의 겉옷이 다 젖었네요. 바로 벗어 주시면 불에 말려 드리지요.”

그녀는 나이가 19, 20세가량 되어 보였고, 용모와 행동거지가 밝게 빼어났고 단정하게 보였다. 최 무변의 겉옷을 들고 들어가서는 더운 방에서 잘 말리고 다림질하여 구겨진 것을 편 뒤에 가져다주며 말하였다.

“나리께서 비를 피해 길가의 집으로 들어오신 것은 진실로 마땅한 일입니다. 이 집 주인영감은 나이가 60여 세 되었는데, 제가 후처로 들어온 지 겨우 두어 해 되었답니다. 주인영감은 모질고 패악하기로 천하에 짝이 없는 사람이고, 아들 다섯이 울타리 밖에 줄 지어 살고 있는데 여섯 부자의 성질이 모두 범이나 이리처럼 흉악해서 이 고을 관아에서도 통제를 못하고 있지요. 지금까지 이곳을 지나가다가 들어온 나그네 치고 낭패를 보지 않은 사람이 없답니다. 지금 주인영감이 이웃집에 갔는데 곧 돌아오면 나리께선 필시 욕을 면치 못하실 텐데 미리 옮겨 가시는 게 좋을 듯하네요.”

최 무변이 말하기를,

“비가 이처럼 세차게 오는데 어디로 옮겨 가겠는가?”

하고는 말을 이었다.

“자네가 모진 영감을 가르칠 수는 없었는가?”

“제가 지극한 정성으로 권해 보지 않은 게 아니랍니다. 하지만 끝내 모진 성질을 감화시키지 못하였지요.”

이런 이야기를 나누고 있을 즈음에 생김새가 가증스럽게 생긴 한 늙은 사내가 푸른 비단으로 된 둥근 모자를 쓰고 이웃으로부터 와 눈을 부라리고 으르렁거리며 말하였다.

“어떤 놈의 나그네가 남의 안채에 들어온 게야?”

하더니 최 무변이 싣고 온 짐을 울타리 밖으로 던져버리는 것이었다. 최 무변의 일곱 종들이 각기 영감이 그러지 못하게 말리자, 그 영감은 다시 일곱 종들을 잡아서 울타리 밖으로 던져버렸다. 그런 뒤 말고삐를 끊고는 채찍질을 하여 여덟 마리의 말을 다 쫓아 버리는 것이었다.

최 무변이 말하였다.

“비가 개면 마땅히 떠날 텐데 하필 이렇게 해야겠소?”

“비가 오든 말든 핑계 대지 말아. 내 집엔 감히 나그네가 머물지 못해!”

하고는 성난 눈을 부릅뜨며 섬돌 위로 올라갔다.

마침 주인집의 큰 개 한 마리가 최 무변의 앞으로 지나갔다. 최 무변은 쇠몽둥이를 겉옷의 소매로 싸서 겉으로 드러나지 않게 하고는 개의 콧마루를 슬그머니 쳤다. 개는 한 마디 소리도 내지 못하고 그 자리에서 죽고 말았다.

영감은 그의 소매에 쇠몽둥이가 있다는 것을 헤아리지 못하고 다만 그의 주먹이 세다고만 생각하였다. 드디어 주먹의 힘이 누가 더 강한가를 견주어 보려고 부엌 문 앞에 서서 다른 개를 불러 주먹으로 개를 쳤다. 개는 달아났을 뿐 죽지 않았다. 영감은 생각하기를,

'무변의 힘이 나보다 세구나.'

하며 자못 두려워하는 기색이 보였다.

비가 잠시 그치자 최 무변은 그 마을의 다른 집으로 옮겨 갔다. 사람과 말은 모두 굶게 되었다.

날이 어두워지자 최 무변은 종들이 쓰는 벙거지로 갈아 쓴 뒤, 겉옷을 벗고 다만 좁은 소매의 옷으로 몸을 가볍게 한 채 쇠몽둥이를 잡고 꼿꼿하게 앉아 있었다. 바야흐로 밤이 깊어지기를 기다려 그 영감을 때려죽인 뒤 그의 후처를 겁탈하고 밤을 틈타 달아나려는 것이었다.

마음속으로 그러한 궁리를 하고 있을 즈음 영감의 후처가 여덟 그릇의 밥과 여덟 필의 말이 먹을 여물과 죽을 차려 두어 사람으로 하여금 가지고 오게 하였다. 최 무변이,

"우리가 여기 머무는 것을 어떻게 알고 왔는가?"

하자 그녀가 말하였다.

"제가 생각해보니 나리께선 틀림없이 다른 마을로 가시지 못했을 것 같았어요. 나리와 하인들의 식사를 거르게 할 수 없어서 이렇게 차려 왔습니다. 그런데 나리께서 벙거지를 쓰시고 겉옷을 벗은 채 꼿꼿이 앉아 계신 것을 뵈니 그 뜻을 헤아릴

수 있을 듯합니다. 저의 영감의 패악함을 혈기가 있는 사람이라면 누군들 때려죽이고 싶지 않겠어요? 그렇지만 비록 영감 한 사람을 없앤다고 할지라도 또 다섯 아들이 있으니 한꺼번에 여섯 사람을 죽이는 것이 어찌 더욱 어렵지 않겠어요? 하물며 이밖에 다른 생각을 품고 계신다면, 이는 더욱 이루어질 수 없는 일이지요. 어찌 그런 망상을 하실 수 있겠어요? 나리를 위해 계책을 생각해보면, 여기 차려온 저녁을 드시고 저 말들을 먹이신 뒤 여기서 편안히 주무시고 날이 밝기를 기다려 떠나시면 어찌 후덕한 어르신의 안전한 계교가 아니겠어요?"

최 무변은 그녀의 말을 듣고 나서 벙거지를 벗고 소매 속의 쇠몽둥이를 던져버린 뒤 껄껄 웃으며 말하였다.

"자네 말이 참으로 옳네. 내 어찌 어길 수 있겠는가?"

하고는 하룻밤을 묵은 뒤 곧장 서울로 향하였다.

그런지 얼마 지나지 않아 최 무변은 경상도 수군절도사 벼슬을 제수 받았다. 하직을 아뢸 때 임금의 돌보심이 융숭하므로 최 수사가 우러러 말씀을 올렸다.

"아무 고을에 성상의 교화를 받지 못한 모진 백성이 있어 공사 간에 해 되는 바가 크옵니다. 비록 신의 소관 하는 곳은 아니오나 편의에 따라 일을 처리하게 해주옵소서."

임금이 허락하자, 최 수사는 공문서를 보낼 때 미리 여섯 부자를 잡아 가두고 기다리게 하였다. 영감과 그의 아들들이 완강히 항거하자, 그 고을에서는 그들을 체포하려고 군졸을 출동시켜 그 마을을 포위하고 결박하여 끌어내서는 큰칼을 씌우고 단단히 가두었다.

최 수사는 그 고을 객사에 이르러 형구를 대단하게 차리고 죄인을 잡아 올리게 하였다. 그때 영감의 후처가 머리를 산발하고 맨발로 마당에 뛰어들어 처량하고 간곡한 말로 무수히 애걸하였다.

"쇤네가 비록 처지를 바꾸더라도 또한 죽이고 싶은 마음이 생길 것입니다. 또한 그 지아비가 모질게 굴다가 여기에 이르렀으나 영감이 형벌로 죽으면 쇤네는 마땅히 스스로 목숨을 끊어 따를 수밖에 없습니다. 지난번에 쇤네는 나리께 그다지 큰 죄를 짓지 않았는데 유독 쇤네의 낯을 봐주시지 않으시네요."

그때 영감과 그의 아들들이 칼을 쓴 채 함께 들어왔다. 영감은 또 다시 모진 말을 해댔다.

"사람을 어찌 다 뜻대로 죽일 수 있소?"

그리고는 고개를 쳐들어 최 수사를 흘끗 보며 말하였다.

"지난번에 지나다가 우리 집에 들렀던 양반이 아니오? 사람을 다 죽이지는 못할 것이오."

하고는 한참 뒤에 눈물을 주르르 흘리는 것이었다. 그 까닭을 묻자 영감은,

"지난번 나리께서 다녀가신 뒤 제 안사람이 매번 제게 '조만

간에 그 양반 손에 죽게 될 겁니다.' 했는데, 과연 그 말대로 되었구려. 그래서 슬퍼하는 것이오."

최 수사가 말하였다.

"내가 이미 너를 죽여 민간의 해독을 제거하기로 뜻을 두었다. 성상께도 재가를 얻었지. 너는 아직도 죽음을 피할 수 있겠느냐?"

잠시 후 영감이 다시 눈물을 흘리며 말하였다.

"제가 이렇게 우는 것은 죽음이 두려워서가 아닙니다. 지금까지는 함부로 패악을 부리는 것이 그릇된 것인 줄을 전연 몰랐고, 할 수 있는 일이라고 굳게 믿고 있었습니다. 오늘 이 자리에서 비로소 사람 된 도리가 이래서는 안 된다는 것을 깨달았습니다. 지나간 60 평생은 고집스럽고 사리에 어두운 가운데 허송하여 남들의 하루의 삶만 못했습니다. 이제 비록 스스로 새 출발을 하여 전의 죄를 갚고자 해도 한 번 죽고 나면 그럴 수가 없겠지요. 어찌 슬프지 않겠습니까! 다만 엎드려 바라옵건대 제 말을 목전의 죽음을 면하려는 계책으로 보지 마시고 잠시 용서하시고 살펴보신 뒤에 그래도 고쳐지지 않으면 그때 때려죽이셔도 안 될 것은 없을 겁니다. 저의 자손들이 이곳에 뿌리를 박고 있어, 일조일석에 온 가족이 달아날 수도 없습니다. 나리께서 다시 이곳에 오셨을 때에 저희 부자를 살펴서서 설사 개를 꾸짖는 데에 큰소리를 쳤다고 죽이셔도 달게 받지요. 지금 남은 목숨을 살려주셔서 스스로 새 사람이 될 길을 열어 주신다면 그 큰 은혜를 마땅히 어떻게든 갚겠습니다.”

최 수사가 영감의 기색을 살펴보니 진심에서 나온 말인 듯하였다.

“너는 비록 잘못을 뉘우치려고 한다지만, 네 자식들은 어찌다 그럴 수 있겠느냐?”

그러자 다섯 놈이 일제히 말하였다.

“아버지가 이미 이러시는데 자식이 그렇지 않다면 하늘이 틀림없이 죽이실 것이오.”

영감이 말하였다.

“이제 다시 살 수 있는 은혜를 베푸시면 비단 죽다가 살아나는 것만이 아니고 곧 짐승만도 못한 것이 사람이 되는 것입니다. 이제 저희 전 가족이 노비가 되어 무슨 일이든 그 은덕에 보답할 것입니다. 앞으로는 나리께서 서울에 올라가실 때 주막에 들지 마시고 곧장 저희 집으로 오셔서 종의 집으로 여겨 주십시오.”

이에 최 수사는 그들을 한꺼번에 풀어주고 술을 따라주며 달래고 타이르니, 모두들 감격의 눈물을 흘리며 돌아갔다.

그 뒤, 다시 지나는 길에 그 집에 들르니, 영감 부자는 순박하고 진실하며 조심스럽고 온후한 사람이 되어 있었다. 말도 조심

하고 몸가짐도 매우 차분하여 조금도 예전의 버릇을 되풀이하
지 않았다. 온화하기가 으뜸가는 선량한 백성이었다. 종신토록
최 수사를 충직한 종들보다 더 잘 좇아서 섬겼다고 한다.

3. 김덕령

　김덕령 장군은 과부 집 딸에게 장가를 들었다. 장가 든 이튿날 장모에게 문안 인사를 올리고, 장인이 돌아가신 해를 물었다. 장모는 눈물을 줄줄 흘리고 크게 슬퍼하더니 말하였다.

　"우리 집 영감이 집에서 돌아가셨다면 오히려 예사로운 일이겠지. 하지만 어느 고을에 못된 종놈 일가가 한 떼거리 사는데, 우리 영감이 그곳엘 가서는 돌아오지 않았다네. 아들도 없고 형제도 없이 오직 한 점 혈육인 딸아이 뿐이었네. 내가 과부로 있으면서 밤낮으로 딸아이에게 축원하기를, '자라서 짝을 얻거든 네 신랑 손을 빌어 이 아픔을 덜어다오.' 하였다네. 자네가 용력이 뛰어나다는 말을 듣고 찾아서 사위를 삼은 것이 대강 이런 까닭이었네."

　그 말을 듣고 김덕령이 말하였다.

　"처가에 큰 원수가 있으니 제가 내일 신속히 그 일을 도모하겠습니다. 기다리십시오."

"어제 혼인한 새 신랑이 어찌 그리 서두는가. 서서히 하게나."

김덕령은 굳이 여섯 명의 종을 청하여 거느리고 떠나 못된 종들이 사는 곳으로 갔다. 종들은 그가 새 신랑이라는 것을 듣고 흔쾌히 나와 맞이하였다.

"상전댁 소식이 막히고 끊어져 우리 종놈들이 항상 간절히 그리워하였는데, 이제 다행히 좋은 바람이 불어 이곳에 새서방님께서 강림하시었소."

하더니, 자청해서 속량을 하겠다는 종도 있고 세를 바치겠다는 종도 있어, 약속 받은 것이 몇 천금에 이르렀다. 김덕령은 진실로 그 간사함을 의심하였으나 한결같이 저들이 하는 대로 따랐다.

돌아갈 때가 임박하자, 종들이 말하였다.

"먼 고을에 사는 종들이라 자주 상전을 모실 길이 없습니다. 이제 보내드릴 때가 되니 아랫사람의 생각에 서운함을 이기지 못하겠네요. 바닷가 뱃놀이가 장관이랍니다. 저희들이 관현악기를 빌리고 약간의 음식을 차려서 한때 즐겁게 해드리려 하는데, 서방님께서는 즐겨 따르실는지요?"

김덕령이 그들의 기색을 살펴보고는 거짓 그들의 술수에 넘어가는 것처럼 하고, 드디어 배에 올랐다. 데리고 온 여섯 종들이 뒤따라 오르려고 하자, 악당들 가운데 수십 명의 사내들이 해안가 모래 위에 여섯 종을 결박하여 두었다. 배가 중류로

떠가자, 사나운 사내들이 성난 목소리로 외쳤다.

"몸집이 장대한 너의 장인도 오히려 우리 손에 죽었거늘, 겨우 젖비린내를 면한 네 놈이 처가를 위해 추노를 하러 왔단 말이냐? 참으로 미쳤구나. 네가 제 발로 온 것을 죽여 보내는 것이 우리들로서는 통쾌한 일이다. 너는 더럽게 죽고 싶으냐, 깨끗하게 죽고 싶으냐?"

김덕령은 머리를 숙이고 몸을 움츠리며 거짓으로 두려워 벌벌 떠는 모습을 하고 말하였다.

"더럽다는 것은 뭐고, 깨끗하다는 것은 뭘 말하는 거요?"

악당이 말하였다.

"내 칼에 피 칠을 하는 것이 더러운 것이요, 네 스스로 물에 빠져 죽는 것이 깨끗한 것이지."

"죽은 넋도 더러운 것은 싫어할 테니 깨끗하게 죽고 싶으이. 그러나 풍성한 음식이 앞에 가득하니 조금만 늦추어 한 번 배불리 먹고 죽으려네."

악당들 가운데 하나가 말하였다.

"독 안에 든 쥐 신세니 제가 어디로 가리오. 네가 비는 걸 허락하마."

김덕령이 음식을 먹느라고 한참이 걸리자, 악당들이 빨리 빠지라고 독촉을 하였다. 김덕령이 이에 몸을 떨치고 기력을 모아 발로 뱃바닥을 박차니 홀연 허공으로 두어 길이나 솟구치고, 배는 뒤집혔다가 다시 뒤집어졌다. 김덕령은 곧 그곳에 내려섰고, 배에 타고 있던 악당들이 모두 물에 빠져 죽었다. 김덕령은 혼자서 배를 저어 해안을 향해 갔다.

건너편 해변에 있던 늙은 사내들이 그것을 보고 있다가 뛰어 달아났다. 김덕령은 뭍에 내려서 묶여 있는 여섯 종들을 풀어주고, 늙은 사내들을 쫓아가는데 그 기세가 질풍과 같았다. 그 사내들은 모두 김덕령의 발길질에 걷어 채여 죽었다. 다시 마을로 달려가니, 남녀노소가 김덕령의 한 주먹에 맞아 그 자리에서 죽지 않은 사람이 없었다. 쌓인 시체가 산 같았다. 악당들의 재물을 찾아내 보니, 그 수가 만금이 넘었다.

처가로 돌아와 장모에게 그 사실을 알리니, 장모는 뜰에 내려와 울면서 사례를 하였다고 한다.

4. 고담

    경상도 안동에 권씨 성의 양반이 있었는데, 가세는 넉넉하였으나 성격이 엄하여 위엄으로 집안을 다스리니 아내와 자식들뿐만 아니라 노복들까지도 벌벌 떨었다.

    자식은 외아들뿐이고 며느리가 사나웠으나 그녀 또한 시아버지 앞에서는 감히 큰소리를 내지 못하였다.

    권 노인에게 노할 만한 일이 생기면 곧장 대청에 자리를 마련하라고 명하여 앉아서는 이따금 종에게 곤장을 쳐서 죽이기도 하였다.

    그의 아들 권생의 처가는 40리 떨어진 곳에 있었다. 권생이 장인과 장모를 뵙고 돌아오다가 갑자기 비를 만나 주막으로 피해 들어갔다. 그곳에는 어떤 젊은 선비가 먼저 들어와 앉아 있었다. 마구간에는 살찐 말 대여섯 마리가 매여 있었고, 또 건장한 종 10여 명이 대령하고 있었다. 젊은이의 앞에는 좋은 술과 안주가 차려져 있었다.

그는 권생을 맞아 자리를 내주며 통성명을 한 후 함께 술을 마셨다. 술은 몹시 독하고, 안주는 매우 기름진 것이었다. 두 사람이 잔을 주고받다가 취할 무렵 권생이 먼저 취하여 쓰러지고 말았다.

밤이 깊어진 뒤 권생이 비로소 술이 깨어 눈을 뜨고 보니 아까 함께 술을 마시던 젊은이는 이미 간 곳을 알 수 없었다. 자신은 주막의 안방에 누워 있고, 곁에는 소복을 입은 18, 9세가량의 한 여자가 있었다. 용모나 태도가 매우 조용하고 품위가 있으며 단정한 것으로 보아 서울 재상가 부녀자임이 틀림없었다. 권생이 놀라며 물었다.

"그대는 뉘시오? 바깥 주막에 있던 내가 어떻게 이곳에 와 누워 있지?"

여러 번 괴롭게 물어도 종시 대답이 없더니 그녀는 한참만에야 입을 열었다.

"밤에 저의 집 종이 업어서 옮겨 눕혔지요. 저는 서울의 이름 있는 집안의 여자랍니다. 16세에 혼인하여 17세에 홀로 되고 말았습니다. 선친은 세상을 떠나신 지 오래 되어 오라버니가 집안일을 주관하고 있지요. 오라버니는 성벽이 남달라서 결코 과부가 된 누이를 나라의 풍속에 따라 늙게 하고 싶지 않답니다. 사방으로 개가시켜 보낼 곳을 찾으니, 온 문중 사람들이 쓴 소리로 못하게 말리기를,

'어찌 자네 손으로 갑자기 우리 문호를 더럽히려 하는가?' 하였지요. 여러 사람들의 의논이 이렇듯 삼엄하게 금하니, 오라버니는 어쩔 수 없어 저를 싣고 길을 나선 지 벌써 4, 5년이 되었답니다. 그 뜻은 대개 아무 남자라도 마음에 드는 사람을 겁박하여 맡기고 달아나서 저의 종적을 문중 사람들의 이목에 띄지 않게 하려는 계책이지요. 지금 댁이 제 곁에 계시니 오라버니는 아마도 벌써 갔을 겁니다."

하고는 앞에 있는 짐 하나를 가리키며 말하였다.

"이건 은자 4백 냥인데 제 생계에 쓰라고 여기 남겨둔 것이에요."

권생이 주막 바깥채로 나가 보니 그 젊은이와 하인, 말들이 흔적도 없이 다 떠나 버리고 다만 계집종 둘만 남아 있었다.

젊은 남녀가 깊은 밤에 같은 방에 있다 보니 어찌 아무 일도 없었겠는가? 그녀와 정을 맺은 뒤, 권생은 마음속으로 생각하였다.

'엄격한 아버지를 모시고 있는 처지에 제멋대로 첩을 얻었으니 필시 큰 변이 생길 것이요, 또한 아내의 투기를 제어할 계책도 없으니…'

우연히 만나게 된 좋은 일이 갑자기 큰 짐이 되어 어찌할 바를 알 수 없었다.

권생은 그녀를 아직은 주막에 머물러 있게 하고, 두 계집종에게 지키라고 하였다.

권생은 돌아오는 길에 평소 친구 가운데 지모가 있는 사람을 찾아가 자신이 당한 일을 낱낱이 말하고, 또 엄한 아버님을 모시는 처지에 극히 난처한 사정을 말한 뒤 계교를 청하였다. 그 친구는 이렇게 말하였다.

"내가 며칠 뒤 술자리를 마련할 테니 자네는 꼭 참석하게. 그리고 자네가 답례로 다시 술자리를 마련하면 술자리가 무르익은 뒤 우리들이 그 틈을 타서 좋은 말로 자네 어른의 엄격하신 마음을 돌이키시게 할 것이니 반드시 내 말대로 하게!"

권생이 부친에게 다녀왔다는 인사를 한 며칠 뒤에 친구들이 술자리에 청하였다는 것을 부친에게 알리고 참석하였다. 그 뒤, 권생도 친구들의 초청에 보답하는 술자리를 베풀고 친구들을 청하여 함께 즐길 뜻을 부친에게 말한 뒤 그 친구들을 청하였다. 지모가 있어 계책을 알려준 친구가 다른 벗들과 언약하여 함께 이르러 먼저 권 노인에게 인사를 하자, 권 노인이 말하였다.

"젊은이들이 자주 술자리를 하면서 나 같은 늙은이는 청하지 않으니 진실로 서운하네."

권생의 친구들이 말하기를,

"아버님처럼 엄정한 어르신께서 자리에 계시면 술자리가 삭막해질까봐 감히 우러러 청하지 못했습니다."

하자 권 노인이 말하였다.

"오늘은 내 마땅히 자네들의 술자리에 참석할 테니 어른 아이를 따지는 예법에 얽매지 말게나. 자네들은 눕든지 걸터앉든지 단란하게 담소를 나누면서 마음대로 함께 즐기면 좋겠어."

권생의 친구들이 다 같이 대답하였다.

권 노인과 권생의 친구들이 뒤섞여 앉아 술이 취하고 주흥이 무르익자 권 노인이 말하였다.

"오늘은 노는 게 즐겁긴 하네만, 젊은이들이 어찌 옛날이야기를 이 늙은이의 귀에 들려주어 마음을 기쁘게 하지 않는가?"

이에 그 지모 있던 친구가 주막에서 권생이 뜻밖에 여인을 만나게 된 기특한 사연을 마치 옛날이야기처럼 꾸며 한바탕 늘어놓으니, 권 노인은 흔연히 즐겨 듣는 것이었다.

이야기를 끝낸 뒤 그 친구가 권 노인에게 물었다.

"만일 아버님께서 이런 경우를 당하셨다면 그녀와 동침을 하셨을까요?"

권 노인이,

"내가 비록 평소에 굳게 지키는 바가 있으나 이런 경우를 당하면 어찌 가까이 하지 않겠는가?"

그 친구가 또 한바탕 분위기를 돋우어 말하기를,

"저희들은 생각하기를 아버님 같이 엄정하신 어르신께서는 비록 그 여자를 만났어도 틀림없이 가까이 하지 않으셨을 걸로

압니다만."

하니 권 노인이 말하였다.

"그렇지 않지. 당초에 그 젊은이가 취하여 그 방에 들어가게 된 것은 남에게 속은 것이요 일부러 그런 것은 아니잖는가. 그녀 또한 사대부 집안의 딸인데 아무런 연고가 없는 나에게 의탁하고 갈 곳이 없으니, 만약 그 소원을 거스른다면 젊은 여자가 장차 어떤 천한 사람에게 몸을 망치게 될지 모르니, 이런 처사는 진실로 적선이 아니요, 인정도 아닐세. 사대부 집안의 군자가 어찌 차마 이처럼 야박한 일을 행하겠는가? 나로 하여금 이러한 일을 당하게 하여도 즉시 마땅히 동침하였을 것이요, 두 번 생각을 기다리지 않을 걸세."

하자 그 친구는 다시 다짐을 받았다.

"사리가 진실로 그러합니까?"

권 노인이 말하였다.

"그럼, 그렇고말고!"

그러자 그 친구가 웃으며 말하였다.

"아까 여쭌 말씀은 옛날이야기가 아니라 바로 권생의 눈앞에 닥친 일이지요. 아버님께서는 이미 사리가 그러하여야 마땅하다는 것으로 다짐하여 말씀하시기를 두세 번이나 하셨습니다. 이제 비록 이런 일이 생겼지만 아버님께서는 필시 죄책을 하지 않으시겠지요?"

그러자 권 노인은 즉시 눈을 부릅뜨고 소매를 걷어붙이며 말하였다.

"자네들은 한꺼번에 다 물러가게! 내 마땅히 처치할 일이 있네."

권생의 친구들을 쫓아 보낸 권 노인은 하인의 우두머리에게 명을 내렸다.

"자리를 대청에 깔아라!"

대청 가운데 앉아 하인의 우두머리에게 명을 내렸다.

"작두를 들이라!"

엄격한 말소리가 온 집안을 진동시켰다. 본디 성품이 엄한 상전의 호령이 떨어졌는데, 어느 하인이 감히 태만하거나 소홀하게 거행하겠는가. 즉시 작두를 갈아 가지고 들어오니, 또 큰 소리로 고함을 질렀다.

"바삐 서방님을 잡아내어 작두 아래 엎드리게 하고 속히 머리를 잘라라!"

우두머리 하인이 급히 작은 상전인 서방님을 이끌어내어 작두 아래 엎드리게 하였다. 권 노인은 아들의 죄를 따져 물었다.

"너는 나이 어린놈이 부모에게 고하지도 않고 감히 네 멋대로 첩을 두었단 말이냐? 이런 행실이 반드시 우리 집안을 망칠 것이다. 내가 살아 있을 때 마땅히 직접 네 놈의 머리를 베어 나중의 폐단을 끊으리라."

하고 호령하는 소리가 우레와 같았다. 권 노인의 아내와 며느리가 다 마당에 내려와 애걸하였다.

"하나밖에 없는 외아들을 어찌 차마 스스로 목을 잘라 죽이시려오?"

권 노인은 또 다시 고함을 질렀다.

"이 아이를 바삐 죽이라!"

권 노인의 아내는 놀라 넋을 잃고 달아나고, 며느리는 머리를 풀어헤친 채 기둥에 머리를 부딪치고 울며 죽을 각오로 따졌다.

"젊은 나이에 비록 행실이 방자한 죄를 범하였으나 아버님 집안의 피붙이라곤 이 사람 하나뿐입니다. 아버님께서는 어찌 차마 이리도 잔혹한 일을 벌이시어 스스로 후사를 끊을 지경이 되게 하십니까? 청하옵건대, 이 며느리의 몸으로 대신 죽여주실 것을 천만 바라옵니다."

권 노인이 말하기를,

"집안에 패륜아가 있어 그 집안을 망하게 하므로, 난 차라리 내 생전에 죽여 없애는 것이 나을 게다. 우리 집 제사 모시는 것이야 양자를 들이는 방법이 있지 않겠느냐?"

하면서 더욱 성내어 호령하며 빨리 목을 베라고 재촉을 하며 고함을 질렀다.

하인들은 그저 대답만 할 뿐 차마 발을 디디지 못하였다. 권 노인은 더욱 베기를 재촉하였고, 그 소리는 점점 엄하여졌다.

며느리는 머리를 무수히 기둥에 찧어 흐르는 피가 얼굴에 덮였다. 애간장이 다 타 천 번 만 번 애걸하고 손을 비비며 애타도록 괴로이 빌기를 마지않았다. 그 모습을 보던 권 노인이 말하였다.

"내 비록 참작하여 용서하고 싶어도 너의 투기 때문에 반드시 우리 집을 망하게 하지 않을 리가 만무하니 바삐 죽이는 것만 같지 못할 게다."

그러자 며느리는,

"만일 한 푼어치라도 사람의 마음을 가졌다면 이미 이런 지경을 겪고 감히 투기할 마음을 털끝만큼이라도 내겠습니까?"
하였다. 권 노인은,

"네가 비록 눈앞에 닥친 일이 다급해서 투기하지 않는다고 하지만 이후에 마음이 차차 진정되면 반드시 소란을 부릴 게야. 내 어찌 네 성품을 모르겠느냐? 내 결단코 목을 잘라 화근을 끊어버리기로 결정하였으니, 너는 감히 다시 말하지 말거라."
하고 목을 자르라고 재촉하니, 며느리가 말하였다.

"비록 개새끼나 소 새끼나 말 새끼라도 한 번 이런 놀랍고 두려운 일을 겪으면 틀림없이 마음을 고쳐먹을 것입니다. 제가 비록 어리석고 완고하고 미련하지만 그래도 사람의 자식인데,

청천백일 아래 이처럼 다짐하여 말씀드린 것을 어찌 바꿀 리가 있겠어요?"

권 노인이 말하기를,

"내가 살아 있을 동안에야 네가 혹 참고 지나가겠지만, 내가 죽은 뒤에는 필시 야단을 낼 게야. 그때는 누가 너를 말릴 것이며, 내 죽은 넋이 일어나 나와 금할 길이 없을 것이다."

하자 며느리는,

"아버님께서 돌아가신 후에 제가 만일 마음을 바꾸는 일이 있다면 시댁 조상님들의 하늘에 계신 혼령들께서 필시 큰 벌을 내리실 겁니다. 제가 만일 새사람을 흘겨본다면 그 마음은 마땅히 제 친부모를 산 채로 잡아먹을 마음일 것입니다. 이토록 맹세를 하는데도 아버님께서 오히려 믿지 않으시니 사정과 형세가 궁박하므로 스스로 자결하여 제 뜻을 밝히고자 합니다."

하였다. 권 노인은,

"네 말이 과연 진실 된 것이라면 네 뜻을 분명한 글로 써서 주는 것이 좋으리라."

하니, 며느리는 즉시 한 장의 종이를 가져와 손수 맹세하는 글을 썼는데, 이 세상의 맹세의 말이란 말은 모두 갖추어 썼다. 끝에 아무 해 아무 달 아무 날짜와 이름을 갖추어 써서 꿇어앉아 받들어 드렸다.

권 노인은 그 맹세의 글을 본 뒤에야 아들을 풀어서 내보내고 우두머리 하인에게 말하였다.

"남녀 종 각각 다섯을 데리고 곧장 아무 주막에 가서 서방님의 소실을 실어 오너라!"

남녀 하인들이 즉시 그녀를 데려오자, 시부모 및 권생의 아내를 뵙게 하였다. 권생의 아내는 종신토록 감히 조금도 환심을 잃지 않고 그 소실을 아우처럼 아껴주었다고 한다.

5. 우상중

병마절도사를 지낸 우상중은 충청도 공주 동자산 사람인데, 기운이 남들보다 빼어났다.

그의 처가는 산 너머에 있었다. 장가든 뒤에는 항상 저녁밥을 먹은 뒤 고개를 넘어 처가에 가서 자고 이튿날 돌아오곤 하였다.

하루는 해가 저문 뒤에 고개를 넘는데, 크고 사나운 호랑이가 길을 막고 서서 물려고 하였다. 우상중이 한 발로 냅다 걷어차니 호랑이는 즉시 죽고 말았다.

우상중은 죽은 호랑이를 떠메고 아내가 자는 방문 앞에 이르러 호랑이를 쭈그려 앉히고 앞의 큰 나뭇가지로 버티게 하여 살아 있는 모양처럼 해두었다.

이튿날 아침에 처가 사람들이 문을 열고 보다가 크게 놀라,

"사나운 호랑이가 방 앞에 와 앉았다!"

하고 기절하였다가 다시 보니 죽은 것이었다.

갑자년(1624) 이괄의 난이 일어났을 때 우상중은 선전관이 되어 임금이 탄 가마를 모시고 뒤따라 장차 공주로 향하려 하였다. 한강 가에 이르니 사공들이 이미 역적인 이괄에게 매수되어 배를 건너편인 남쪽 언덕에 대놓고 끝내 배를 대지 않는 것이었다.

이때 날씨가 처음으로 추워져서 강물에 살얼음이 끼어 있었다. 우상중이 물에 뛰어들어 한 손으로 얼음을 두드리며 다른 한 손으로 헤엄을 쳐서 남쪽 언덕을 향해 갔다. 사공이 상앗대로 우상중의 머리를 냅다 치자, 우상중은 물속으로 자맥질하여 언덕에 기어오른 뒤 주먹으로 다 쳐 죽이고 배를 손수 저어 와서 임금의 행차를 받들어 모셨다. 이 일로 조정의 총애를 받아 중용되었으나 그 사람됨은 극히 영리하지 못하였다.

우산중이 처음으로 벼슬을 하였을 때에 한 사람의 종을 데리고 한 마리의 말을 타고 길을 가다가 좁은 곳에서 한 장사꾼의 말과 마주치게 되었다. 우상중의 종이 언덕 아래 구덩이로 밀어 떨어뜨리려 하였다. 장사꾼은 뒤에 떨어져 있다가 나중에 와서 손으로 우상중이 디디고 있던 등자를 우그러뜨리니, 등자쇠 사이에 우상중의 발이 끼게 되었다. 그러자 장사꾼은 말을 몰고 표연히 가버렸다.

우상중은 힘이 비록 셌으나 발을 빼낼 계책이 없어서 죽기를 참아 괴롭게 않다가 힘을 다하여 오래 되어서야 겨우 빼내었다.

그 후, 우상중이 수군절도사가 되어 부임하러 갈 때 길가 언덕에서 어떤 사람이 불러 묻는 것이었다.

"그 전에 등자에 끼었던 발을 그대는 어떻게 빼냈는가?"

우상중이 놀라는 한편 기뻐하며 손짓으로 불러 가까이 오라고 하여 보니 전에 만났던 장사꾼이었다. 우상중이 물었다.

"날세. 겨우 발을 빼냈었지. 그대가 힘센 장사여서 다시 만나기를 원했는데, 오늘 이렇게 만나다니 실로 천행이로군. 바라건대, 그대는 장사꾼 노릇을 그만두고 나와 함께 임소로 가서 배불리 먹고 지내다가 돌아갈 때 마땅히 가득히 실어주려 하는데, 그대 뜻에 어떠한가?"

장사꾼은,

"내가 오늘 여기 온 것은 다만 등자에서 발을 어떻게 빼냈는지 알고자 해서요. 나는 임의로 다니기를 좋아하는데 어찌 남을 따라 다니겠소?"

하고는 작별을 하고 가버렸다.

우상중의 부인은 힘이 남편보다 갑절은 셌다. 우상중은 항상 그의 아내를 무서워하여 감히 바람을 피우지 못하였다.

경상우수사가 되었을 때 수군 조련을 장차 통영에 가서 할 계획이었다. 그 당시 삼도수군통제사는 이완 대장이었다.

우상중은 그의 아내가 멀리 있는 것을 다행히 여겨 이웃 고을 기생을 수군 조련하는 데 데려다가 곁에 두고 여러 날 가까이 하였다.

우상중의 종이 동자산으로 돌아가 그 연유를 안 상전에게 고하자, 우상중의 아내는 즉시 짚신을 발에다 동여매고 걸어 나왔다. 뒤에 한 사람의 종을 데리고 가기를 화살같이 하여 하루에 수백 리씩 행하였다.

이틀 만에 수군 조련하는 곳에 다다라 멀리 바라보니 여러 가지 깃발과 병장기들이 다락집을 올린 배 위에 삼엄하고, 장교와 관리들이 그 가운데 가득하였다.

우상중의 아내가 언덕 위에서부터 소리를 우레같이 지르기를,

"우상중아, 우상중아! 이놈아, 이놈아!"

라고 외치니 같은 배에 있던 장교와 군사들은 그녀가 사또의 부인인 것을 알고, 바람에 우박이 날리듯이 사방으로 흩어져 배에서 내려 피하는 것이 어지럽게 별이 흩어지는 양이었다.

우상중의 아내는 배 가운데 올라 우상중을 끌어다가 물리쳐서 엎어뜨리고, 큰 곤장으로 볼기 40대를 치고 또 말하기를,

"이놈의 호강한 죄는 다만 곤장만으로 벌하지 못할 것이니 마땅히 표적을 내서 뭇사람들의 눈에 띄게 하리라."

하고 날카로운 칼로 우상중의 긴 수염을 다 뭉쳐 하나도 남겨 두지 않고 잘라 버리니 하릴없이 노파의 모양이 되고 말았다.

우상중의 아내는 즉시 배에서 내려 동자산으로 돌아갔다. 우상중은 모습이 갑자기 별난 사람이 되어 머리를 내밀기가 어

렵게 되었다.

조련시키던 수군을 통영으로 돌려보낼 약속 날짜에 이미 다다랐으므로 군령을 어기기가 어려웠다. 마지못해 통영으로 가니 이완 공이 물었다.

"수사의 수염이 항상 좋더니 이제 무슨 연고로 갑자기 중놈이 되었는가?"

우상중이 처음에는 이리저리 둘러대다가 이완 공이 여러 번 캐묻자 마지못하여 사실대로 말하였다. 이완 공은,

"무장이라면 전적으로 위엄과 배포를 숭상하거늘 아내가 사납다고 제어치 못하다니, 이렇듯 나약해서 장차 어디에 쓰겠는가?"

하고 즉석에서 임금에게 보고하고 파면시켰다.

6. 관원희

연원부원군 이광정 공이 경기도 양주목사로 있을 때였다.

매사냥꾼이 있었는데, 날마다 사냥을 나갔다가 저녁때가 되면 돌아오곤 하였다.

하루는 밖에서 밤을 지새우고 돌아오지 않아 괴이하게 여겼다. 이튿날이 되어서야 돌아오는데 발을 절면서 들어오는 것이었다. 이 목사가 그 까닭을 물으니, 매사냥꾼은 웃으며 대답하였다.

"어제 매를 놓다가 잃고 날이 저물므로 매를 따라가 아무 고을에 있는 이 좌수 집 문 앞에 이르러 매를 받아 앉히고 돌아오려는데, 홀연 어두운 가운데 떠드는 소리가 들리는 것이었습니다. 살펴보니 다섯 명의 처녀가 급히 오고 있었습니다. 달려오는 형세가 세차고 씩씩하여 매우 무섭더군요. 소인이 놀라서 뛰어 시내를 넘어가다가 엎어져서 발을 상하고 말았습니다. 그래서 울타리 틈에 숨어 앉아 들으니, 다섯 처녀가 서

로 말하기를,

‘오늘도 또 원님놀이를 하는 게 어때?’

하니까 모두들,

‘좋아!’

하는 것이었습니다. 땅에 평상을 놓더니, 제일 큰 처녀가 올라 앉아 원님이 되고, 그 나머지 네 처녀는 좌수·별감·형방·사령으로 삼았습니다. 마음대로 배역을 정하자 큰 처녀가 호령하기를,

‘이 좌수를 잡아 들여라!’

하니 사령을 맡은 처녀가 길게 소리하여 대답하고 즉시 좌수를 맡은 처녀를 잡아들여 평상 아래 엎드리게 하고 소리를 높여,

‘잡아들였나이다!’

하고 외쳤습니다. 이에 큰 처녀가 좌수의 죄를 심문하였습니다. 넷째 처녀가 형방으로 큰 처녀의 말을 전하기를,

‘분부를 들으라!’

하니 그 분부에 이르기를,

‘혼인이 어떤 대사인데, 네 막내딸이 이미 혼기가 지났으니, 그 모든 언니들이 늦은 것은 더 말할 필요도 없다. 그런데 너는 우유부단하게도 결단을 내리지 않고 한결같이 인륜을 폐하고자 하느냐?’

하니, 좌수를 맡은 처녀가 대답하기를,

　‘하교하시는 말씀이 지당하오나, 집안 형세가 궁박하여 혼수를 마련할 수 없다 보니 자연 지연되어 이에 이르렀나이다.’
하자 원님을 맡은 처녀가 또 말하기를,
　‘혼례나 장례는 집안 형편에 따르는 것이니, 물 한 그릇을 떠놓고 혼례를 치러도 되는 것인데 어찌 이부자리를 비롯한 혼수를 다 갖추어 하기를 기다린단 말이냐?’
하니, 좌수를 맡은 처녀가 또 대답하기를,
　‘신랑감을 얻기가 어려워 자연 지연되었습니다.’
하니 원님을 맡은 처녀가 말하기를,
　‘진실로 널리 구하고자 한다면 어찌 사람이 없는 것을 근심하리오? 내 규중에서 들으니, 이 고을 송 좌수와 김 별감과 오 별감과 최 별감과 정 좌수의 집에 다 신랑감이 있어 다섯 사람의 수가 충분한지라. 이들이 모두 전에 향직을 맡았던 사람들이니 문벌이 서로 같은데 어찌 더불어 혼인을 하지 아니하느냐?’
하자 좌수를 맡은 처녀는,
　‘삼가 마땅히 중매를 통하여 혼담을 의논해 보겠습니다.’
하니 원님을 맡은 처녀가 말하기를,
　‘네 죄는 마땅히 벌이 있을 것이나 사정을 생각해 풀어 주노라. 만약 서둘러 혼례를 지내지 않으면 죄를 면하기 어려우리라.’

하며 끌어내치고는, 다섯 처녀가 일시에 웃으며 헤어졌습니다. 그 일이 매우 우스웠습니다."

이 목사는 그 이야기를 듣고 향직을 맡고 있는 사람을 불러 아무 고을에 이 좌수라는 사람이 있는가를 물으니 그가 대답하기를,

"있습니다."

하자 이 목사가 다시 물었다.

"좌수의 집안 형편은 어떻고 자녀는 몇이나 되는가?"

"집안 형편은 찢어지게 가난하고, 자녀는 몇인지 자세히 알지 못하오나 듣자오니 딸이 많다고 하더이다."

이 목사는 다음날 예방으로 하여금 글을 써 보내 이 좌수를 불러오게 하여 따뜻하게 대하며 말하였다.

"들으니 그대가 전에 향임을 맡았던 사람이라고 해서 고을에 관한 일을 의논하고 싶었는데 아직 틈을 얻지 못하였네."

하고는 묻기를,

"자녀가 몇이나 되는가?"

"팔자가 기박하여 아들은 하나도 없사옵고, 딸이 다섯 있습니다."

"몇이나 시집을 보냈는가?"

"하나도 혼인을 못하였습니다."

"모두 나이가 어려 그런가?"

"다섯째 딸이 이미 시집갈 나이가 지났습니다."

이 목사는 묻기를 원님을 맡았던 처녀가 하였던 말대로 하였다. 이 좌수가 하는 말도 하나같이 좌수를 맡았던 처녀가 하였던 말 그대로였다.

계속해서 이 좌수가 신랑감을 구하기가 어렵다는 말을 하자, 이 목사는 원님을 맡았던 처녀가 말한 다섯 집안의 도령들을 천거하였다. 그러자 이 좌수는,

"저들이 반드시 제가 가난한 것을 꺼려서 즐겨하지 않을 것입니다."

하였다. 이 목사는 드디어 이 좌수를 보내고 예방으로 하여금 다섯 신랑감을 둔 향직들을 불렀다. 다섯 사람이 이르자, 이 목사는 그들과 이야기를 나누다가 혼사 유무를 물었다. 모두들,

"자식이 있어 혼인할 나이가 되었습니다."

하고 대답하였다. 이 목사가,

"내 그대들을 위해 혼처를 말해줘도 되겠는가?"

하자, 모두들 대답하였다.

"천만다행입니다."

"아무 고을 이 좌수에게 딸 다섯이 있으니, 그대들이 각 한 딸씩 혼례를 치러주면 좋겠네."

다섯 사람이 주저하며 즉시 허락하지 않자, 이 목사가 성난 목소리로 말하였다.

"저 쪽도 향직이요, 그대들도 향직이니, 지체나 문벌이 같은데 그대들이 즐겨하지 않는 것은 다만 가난한 것이 싫어서일걸세. 가난한 처녀는 끝내 시집도 못 간단 말인가? 내 나이와 지위가 그대들보다 어떠하기에, 내 이미 말을 꺼낸 뒤에 무안하게 하는가? 그대들의 사리와 체면이 대단히 잘못되었네."

하고는 종이 다섯 장을 꺼내 다섯 사람 앞에 던져주며 말하였다.

"여러 말 말고 각각 아들의 사주를 써 내게."

다섯 사람이 황공하여 명을 받아 써 내었다.

이 목사는 즉시 손수 택일을 하고는 다섯 사람에게 말하였다.

"가난한 집에서 어떻게 누구는 먼저 시집보내고 누구는 나중에 시집보내고 하겠는가. 다섯 쌍 부부가 일시에 혼례를 치르면 보기 드물게 성대한 혼사가 될 걸세. 내 마땅히 먼저 그 집에 가서, 잔치 치를 모든 준비를 할 테니 그대들은 이리이리 하게."

하고는 술과 안주를 차려 먹이고 다섯 사람에게 각기 도포 지을 옷감 한 벌씩을 주었다. 이 좌수 집에 아전을 보내 혼례 날을 알려주고 또 당부하기를,

"다섯 처녀의 치장과 혼례 날 잔치에 쓸 물품은 관가에서 맡을 것이니 본가에서는 염려하지 말게."

하였다. 이 좌수의 온 집안이 감격함을 이기지 못하였다.

혼인날을 이틀 앞두고 이 목사는 이 좌수가 사는 마을에 나

가 머물렀다. 큰 소를 잡게 하고, 관가의 차일과 갖가지 자리를 가져다가 그 집에 성대하게 베풀었다. 다섯 탁자를 가운데 놓았는데, 다섯 사나이와 다섯 여편네가 일시에 맞절하는 그림자가 뜰 가운데 비치니 구경하는 사람들이 담장처럼 늘어서서 혀를 차며 칭찬하기를 마지않았다. 왕성한 화기가 가난한 집에 가득하였다.

이 일은 지금까지도 크게 적선을 한 의로운 일로 전해 오고 있다. 이광정의 후손들이 높은 벼슬자리에 오르고 가문이 번성하게 된 것은 실로 이에 비롯된 것이라고들 말하고 있다.

　남궁두는 함열 사람이다. 사람됨이 강직하고 사나워서 남들과 더불어 다투기를 좋아하므로, 사람들이 다 미워하고 피하였다.

　진사로 성균관의 재실에서 공부하면서 항시 천리마를 두고, 어두울 때면 타고 남쪽의 고향에 내려가 그의 사랑하는 첩을 보고 새벽이면 다시 서울로 올라오곤 하였다.

　하루는 첩의 집을 바라보고 오는데 휘장 안에 등불이 휘황하고 바깥문을 닫지 않은 것이었다. 마음속으로 괴이히 여겨 몰래 어두운 데서 엿보니, 첩이 화장을 짙게 하고 섬돌을 거닐며 사람을 기다리는 형상이었다.

　이윽고 밖에서 한 놈이 들어와 그 첩을 이끌고 방안에 들어가서는 별별 짓을 다하다가 잠자리에 드는 것이었다. 그 놈을 자세히 보니 자신의 생질이었다.

　남궁두는 드디어 창틈으로 활을 쏘아 죽이고는, 거적에 두

주검을 싸서 야트막한 구덩이에 넣은 뒤 돌아왔다.

생질 집에서 시신을 찾아내고는,

"본래 생질을 미워해서 무고히 죽이고 그 자취를 가리고자 하여 제 첩까지 죽였다."

하고 관가에 고소하자, 관가에서 남궁두를 성균관에 가서 잡아 왔다.

남궁두는 본디 부자였다. 그의 아내는 그가 잡혀온다는 말을 듣고, 술과 안주를 푸짐하게 차려가지고 도중에 맞아 음식을 먹였다. 그를 붙잡아 가는 나졸들도 몹시 취하자, 그의 아내는 그 틈을 타서 그의 결박을 풀어주고 달아나도록 하였다.

남궁두는 드디어 대둔산에 들어가 반 년을 숨어서 살았는데, 꿈에 한 사람이 나타나,

"관가에서 붙잡으러 보낸 사람들이 이제 이를 것이니 빨리 가라."

고 하였다. 꿈에서 깨자마자 또 달아나니, 붙잡으러 온 나졸들이 놓치고 말았다.

드디어 머리를 깎고 중이 되어 부석사를 향하여 갔다. 절에 다다르지 못하여 길에서 날이 저문 뒤 빈 절에 들어가 밤을 지내고 가려 하는데, 한 중을 만났다. 그 중이 그를 흘겨보며 말하였다.

"아깝도다! 좋은 사람이 중이 되었구나. 그러나 늦은 것이

한이로다.”

또 이르기를,

“올 때 두 사람을 죽였구먼.”

하는 것이었다. 남궁두는 그 말을 신기하게 여겨 절을 하며 말하였다.

“원컨대, 선사께서는 제게 신술을 가르쳐 주십시오.”

“내가 아는 것이 없는데 어찌 그대를 가르치랴?”

남궁두가 굳이 청하자, 중이 말하였다.

“나는 진실로 범상한 중이거니와 내 스승이 치상산에 계시는데, 나를 용렬한 재주라 하시고 다만 관상 보는 한 가지 재무만 가르치셨기에 다만 이것만 알 따름이라네. 자네가 신술을 배우고 싶거든 내 스승을 찾아뵙게나.”

남궁두가 치상산에 이르러 보니, 산은 깊거나 크지 않았다. 그러나 두루 찾기를 세 해를 지내어 돌과 나무를 다 세었으나 중이란 것은 없었다.

남궁두는 찾다가 못하여 그로 말미암아 생각하기를,

‘부석사의 중이 나를 속였구나.’

하고 장차 산을 나오려는데 홀연 보니 복숭아씨가 시냇물을 따라 흘러오는 것이었다. 누군가가 방금 먹고 버린 것이었다. 그는 놀라면서도 기뻐서 중얼거렸다.

‘이 복숭아씨는 필연 먹은 사람이 있을 것이다.’

하고 시냇물을 따라 근원을 찾으니, 작은 숲이 있었다. 수풀을 헤치고 들어가니, 골짜기가 훤하게 열려 있었다. 풀로 지붕을 덮은 암자가 있는데, 한 중이 무릎을 세우고 앉아 남궁두를 본 체도 하지 않았다.

남궁두가 무수히 절하고,

"신통한 술법을 배우고 싶습니다."

하였으나, 또 들은 체 아니 하고 여러 번 그가

"배우고 싶습니다."

하니 그 중이,

"아무 것도 모르노라."

하다가 또 꾸짖기를,

"깊은 산속에 있는 사람이 무엇을 알겠는가? 오신 손님이 이토록 괴롭게 보채니, 이런 맹랑한 일이 어디 있으리오?"

이렇게 사흘을 지내자, 비로소 중이 말하였다.

"그대 뜻이 매우 간절하구만. 비록 가르칠 만하지만 그대의 재주가 용렬하여 깨닫게 할 길이 없으니 다만 죽지 않을 재주를 가르쳐 주겠네. 밥 먹기를 끊어야 할 것인데 능히 끊을까 싶은가?"

"무엇이 어려우리이까?"

그러나 남궁두는 본디 많이 먹어 갑자기 곡기를 끊기가 어려웠다. 그 중이 가르쳐서 첫 날은 아침과 저녁에 각각 5홉을 먹게 하고, 2, 3일 뒤에는 점심만 막게 하고, 또 두어 날 뒤에는 죽으로 대신하고, 또 두어 날 뒤에는 아주 끊어도 배가 고프지 아니하였다.

"잠을 자지 않은 후에 할 수 있는 것인데 자지 않을 수 있겠는가?"

"그리하겠습니다."

즉시 꼿꼿이 앉아 자지 않았다. 사나흘이 지나자 몸이 기울어지고 머리가 무거워 견디기가 어려웠다. 며칠이 지나자 비로소 졸음이 오지 않았다.

그 중이 조금 기뻐하며 말하였다.

"자네의 정신력이 이와 같으니 족히 상좌가 되겠네."
하고는 황정경(黃庭經)을 꺼내주며,

"만 번을 읽으라."
하였다. 만 번을 읽으니, 그 중이 호흡법과 단약 만드는 비결을 주어, 그로 하여금 힘써 공부하게 하였다.

이렇게 두어 달이 지나자, 모든 잡념이 없어지고 몸과 뼈가 가벼워졌다. 또 열 달 만에 홀연히 입 안 윗잇몸에서 조그만 구슬 하나가 떨어져 나왔다. 가져다가 그 중에게 보여주며 말하였다.

"이건 무슨 상서로운 일입니까?"

"참동계(參同契)에서 말하는 '큰 기장쌀과 같다'는 것이다.

이 구슬이 생기면 아홉 번 굴림[구전(九轉)]이 멀지 않으니라. 다만 천천히 길러 때를 기다리고, 삼가 조급한 생각을 내지 말라.”

한 달 남짓하여 남궁두는 홀연 이런 생각이 들었다.

‘이미 신선이 되는 것은 판가름이 났으나 어느 때나 신선이 되어 하늘에 오르게 될까? 극히 답답하다.’

하더니 홀연 몸에 있는 아홉 구멍에서 불이 급히 피어올라 귀와 눈과 입과 코에서 붉은 피가 흐르며 정신을 잃고 땅에 거꾸러졌다.

그 중이 놀라서 말하였다.

“나의 일을 그르쳤구나!”

하고 급히 단약을 입에 부어주니 깨어났다. 한 보름이 지나서야 능히 말을 할 수 있었다.

그 중이 말하였다.

“내가 가르쳐 주기를 물과 불이 고르게 된 뒤에 능히 도에 이른다고 하였거늘. 그래서 조급한 마음을 먹지 말라고 하였는데, 자네는 내 말을 듣지 않았도다. 무릇 조급하면 불이 움직이고, 물이 충돌하는지라. 이러므로 자네의 일념이 조급하게 움직이매 불이 나서 피를 흘리게 된 것이지. 그러나 자네 스스로 신선이 될 연분이 없어서 이렇게 된 것이니 진실로 한스러워 할 것은 없네. 다만 내 일을 크게 그르쳤도다.”

"제자의 일념이 어긋나서 선도를 얻지 못하였으니, 이는 진실로 제 탓입니다. 다만 스승님을 그르친 것이 무엇입니까?"

"내 평생의 전말을 자네가 도를 터득하기를 기다려 말해주려 했다네. 자네가 아제 스스로 그르쳤으니 여기에 머물러 유익함이 없을 걸세. 마땅히 내보낼 것이니, 차후로는 서로 보지 못할 게야. 그래서 자네에게 말해 두는 것이니, 삼가 세상에 전하지 말라. 나는 본디 경상도 안동 사람일세. 송나라 신종 희령 2년(1069)에 태어나, 열네 살 때 갑자기 온 몸에 종기가 생겨 죽기를 빌어도 죽지 못했네. 또 답답함을 견딜 수가 없어서 부모님께 간청하여 깊은 산 속에 버려달라고 하였다네. 비록 심히 아팠으나 또한 굶주림마저 심하였다네. 내가 누워 있는 곁에 이름을 알 수 없는 풀이 나 있었어. 그 줄기와 잎이 연하고 부드러워 손으로 당겨서 훑어 먹었더니 배고픔이 가시더군. 또 사나운 호랑이가 와서 상처 난 곳을 핥으니, 아픔이 골수에 사무치는 것 같더군. 내가 호랑이에게 이렇게 말하였다네.

'어찌하여 나를 빨리 먹지 않고, 이토록 아프게 하느냐?'

그러자 호랑이는 더욱 세차게 내 온 몸을 핥았다네. 헌 데를 보니 어느새 딱지가 다 떨어졌더군. 그리고는 완전히 아물어 열흘 뒤에는 몸과 살갗이 눈처럼 희어지더군.

또 날마다 곁의 풀을 뜯어 먹었더니 몸을 움직일 수 있게 되

고, 약간 오랜 뒤에는 몸놀림이 날래게 되어 잘 걸을 수 있게
되었다네. 더욱 오래 되니 팔다리의 뼈마디가 가벼워져서들리
려고 하므로 몸을 움직여 나는 형상을 지으니 자연히 날아가게
되었지. 드디어 날기를 익히니 점점 멀리 날아가게 되더군.

하루는 태백산 꼭대기에 내려서니, 중이 있다가 나를 보고
흔연히 맞아 집에 들어가 신선의 재주를 가르쳐 주었다네. 대
개 천지 사이에 두루 신선이 있는데, 홀로 우리 동방에만 없었
다네. 그러나 법에 마땅히 8백 명의 신선이 나게 되어 있지.
그런 까닭에 평소 장 도사가 옥인을 의상대사에게 주어 동방의
신선을 관리하게 하였다네. 드디어 의상대사가 동방을 맡아 몇
해를 지낸 뒤에 내가 만났던 태백산의 중을 얻어 그 옥인을 전
하여 동방을 관리하게 하고, 의장대사는 하늘에 올라갔다네.
태백산의 중이 또 내게 전하고 승천하셨지. 나는 연분이 더디
어 8백 년 내에 한 사람도 전할 사람을 얻지 못해서 세상에 머
물며 이때까지 승천하지 못하다가, 이제야 비로소 자네를 만나
니 정신력이 자못 좋은지라. 득도하기를 기다려 장차 전하고
가려 했는데 자네 또한 이렇게 되었으니, 알지 못하겠도다. 이
로부터 어느 때에 몇 해만에 능히 전할 사람을 얻게 될까? 이
것이 이른바 '내 일을 그르쳤다.'하고 말한 까닭이라네."

남궁두가 그 중의 배꼽 아래 항상 막은 솜이 있는 것을 보고
물었다.

"무슨 까닭으로 배꼽에 솜이 있습니까?"

"이것이 곧 내가 연단으로 수양하는 구멍이라네. 자네가 보고자 하면 마땅히 보여 줄 것이니 놀라지는 말게."

즉시 막은 솜을 빼내니 금빛이 솟아나 환하게 집에 가득하여 심히 무서웠다.

중이 다시 막으므로 남궁두가 또 물었다.

"스승님이 여기 계시면서 하는 일이 무슨 일입니까?"

"다른 일은 없고, 매년 정월 초하루에 모든 신선이 상제께 조회하고, 초이틀에는 동방의 신선들이 다 내게 와 조회한다네. 동방지역은 내가 맡은 땅인 까닭으로 모든 신선들이 자기 직분을 다하는 것이지. 나는 인간 세상이 더러워 조회를 받기가 어려운 까닭에 매번 하늘에 올라가 조회를 받고 돌아왔었지. 내년이 이제 머지 아니하고, 내 자네를 위해 여기서 조회를 받아 구경을 시켜줄 것이니 자네는 아직 더 머물러 있다가 보고 가게."

정월 초이튿날이 되어서는 한낮에 채색한 등불이 스스로 나무 끝에 걸리더니, 조금 뒤 연달아서 차례로 와 걸리는데 몇 천만 개인지 수를 알 수가 없었다. 공중으로부터 신선의 음악이 은은하게 울려 퍼지고, 금빛이 찬란하게 비쳤다. 상서로운 안개 천 겹이 골짜기 입구에 가득 찼다.

모든 신선이 난새와 봉황새에 멍에를 씌우고, 거북이나 용을 타고, 혹은 연꽃으로 장식한 수레도 타고 왔다. 신선들이 찬 패옥 소리가 맑게 울리고, 머리에 쓴 관이 휘황하여 하늘의 해가 눈부셨다. 나머지 신선들은 구름과 안개치마에 아홉 가지 수를 놓고 옥절(玉節) 부딪치는 소리를 내며 내려왔다. 그 나머지 팔부신장에 속한 천룡(天龍)이나 귀왕(龜王)들도 동방에 소속된 신들은 이르지 않는 자가 없었다. 천만 가지의 기괴한 모습을 한 신선들이 다 이르렀다.

중은 앉아서 절을 받고, 신선 중 지위가 높고 체통이 중한 자에게는 혹 손을 들거나 몸을 굽혔고, 지위가 가장 높은 신선은 자리에서 내려가 맞아 들였다. 나머지 신선들은 높고 낮음을 따지지 않고 몸을 일으켜 맞이하여 자리를 정하니 예법이 엄숙하여 예사 사람의 눈에는 놀라웠다. 그들이 주고받는 말은 다 알아들을 수가 없었다.

이윽고 등불 하나가 나무에서 공중으로 올라가더니 연달아 올라가 잠시 동안에 모두 올라갔다. 모든 신선들도 차례로 하직하고 올라가니 위의와 거동이 올 적과 한가지였다.

남궁두는 산을 나가면서 물었다.

"제자는 이제부터 마땅히 한 가지도 이루는 것이 없겠습니까?"

"자네가 세상에 이르러 내가 경계한 것을 힘써 행하면 8백 년을 살아 고향 동네의 신선이 될 것일세. 만일 공부를 그만두지 않는다면 후천적인 기운이 선천적인 기운을 이어 승천을 기약할 수 있을 것이네.”

이별에 임하여 남궁두에게 말하였다.

“자네 팔자가 마땅히 자식 둘이 있을 것을, 내가 전도하기 위급하여 억지로 자네를 가르쳤으니 그것을 이루지 못함이 당연하지. 그러나 처음에 자네를 가르칠 때 먹였던 단약이 정액이 나오는 구멍을 막았으니, 만일 다시 열지 않으면 자식을 낳아 기를 수가 없다네.”

하고 드디어 단약을 꺼내 남궁두에게 먹으라고 하고는 말을 이었다.

“이 약을 먹으면 정혈(精血)이 열리게 될 걸세.”

남궁두가 돌아가 자기의 집을 찾으니, 아내는 죽은 지가 오래되었고 중간에 왜란을 겪어 집과 전답이 흔적도 없이 사라졌다.

이에 양민의 딸에게 장가들어 과연 두 딸을 낳았다.

사람들이 간혹 묻기를,

“일찍이 신선술을 닦으셨소?”

하면 남궁두는,

“다 잊었소이다.”

하고, 그가 자고 먹고 기거하는 일이나 좋아하고 욕심내는 것들은 예사 사람들과 다름이 없었다. 그러나 나이가 백세에 가까운데도 오히려 어린아이 얼굴 같았다.

8. 성삼문

승지 성삼문에게는 시집갈 때가 된 누이동생이 있었으나, 집안이 가난하여 혼례를 치를 길이 없었다.

그의 아버지인 성승이 황해도에 가서 추노하여 혼수를 차리려고 하자, 성삼문이 아뢰었다.

"추노하는 것은 사대부가 할 바가 아닙니다."

"이 길이 아니면 손을 벌릴 곳이 없으니, 내 길을 막지 못하리라."

성삼문은 아버지 대신 자기가 가겠다고 청하였다. 종 하나를 데리고 말에 올라 길을 떠났다.

며칠을 가다가 하루는 날이 저물어 가는데 주막이 보이지 않아 걱정을 하고 있었다. 홀연 한 사내가 뒤따라오며 말하였다.

"만일 산길을 따라 가시면 30리 길은 줄여서 주막에 다다르기가 쉽습니다. 소인이 앞장서 인도하겠습니다."

성삼문이 기꺼이 따라 부지런히 산을 넘어 점점 깊은 곳으로 들어가니, 큰 길로 가는 것은 이미 멀리 떨어지게 되었다.

성삼문은 속으로,

'도적의 무리가 유인하여 끌고 들어온 것인가?'

하고 생각하였으나 어쩔 수 없는 형편이라 따라갔다. 고개 하나를 넘으니 넓게 탁 터진 곳에 마을이 있고, 그 가운데 큰 기와집이 있었다.

그 사내는 성삼문을 문 앞에 세워두고 들어가 주인에게 고한 뒤 즉시 부르는 것이었다. 들어가니 80여 세 된 노인이 있다가 의자에서 내려와 맞이하는데, 예모가 자못 거만하여 성삼문을 후배로 대접하는 듯하였다. 처음에 성삼문은 그 노인의 얼굴 생김새가 씩씩하고 훌륭한 데 놀랐다.

그 노인과 마주 대하여 이야기를 나누어 보니, 유·불·선 3교에 대해 널리 통하고 온갖 이치를 깊이 아는 것이었다.

성삼문은 눈이 휘둥그레져 자신이 그에게 미치지 못함을 탄식하고 있는데, 주인 노인이 말하였다.

"그대는 이번 길에 무슨 일 때문에 어디로 가는가?"

성삼문이 사실대로 아뢰니, 주인 노인이 말하였다.

"글공부하는 젊은이가 이런 일을 하는 것은 마땅치 않네."

"그걸 모르는 것은 아닙니다만, 형편상 어쩔 수가 없습니다."

"필요한 혼수는 이 늙은이 집에서 차려 줄 것이니 모름지기 이 길로 바로 돌아가게나."

성삼문은 그 말을 듣고, 더욱 도적이 금전이 많고 의기가 있는 놈인가 의심하여 사양하니 주인 노인이 말하였다.

"그러면 받지 않아도 해롭지 않겠지만, 종들이 있는 곳에 가는 것은 결단코 안 될 일이니 바로 동쪽으로 돌아감이 마땅하네. 이것이 이 늙은이의 서로 사랑하는 뜻이라네."

"공경하여 가르치심을 받들겠습니다."

저녁을 먹은 뒤에 불을 켜고 사물의 이치에 대하여 이야기를 나누는데, 끊임없이 이어져 무궁무진하였다. 성삼문은 점점 의심을 풀고 도를 터득한 어른인가 하여 물었다.

"노인장께서는 그런 국량과 식견을 가지고 어째서 이런 궁벽한 산 속에서 늙어 가십니까?"

"이 늙은이는 지체가 매우 미천한데 어찌 세상에 쓰이기를 바라겠는가."

하고는, 이어 말하였다.

"밤이 이미 깊었으니, 아랫방에 가서 자고 잘 돌아가게나. 새벽에 떠날 제는 다시 보지 못할 것이네."

드디어 그 노인과 작별하고 나왔다.

이튿날 새벽에 노인의 말대로 동쪽으로 돌아가며 말 위에서 스스로 생각하기를,

'노인이 나를 인도한 것이 사리에 맞는 점이 있으니, 내가 지레 돌아가는 것은 해롭지 않지만 혼수는 장차 어떻게 마련한

단 말인가?'

하였다. 마음속으로 걱정하다가 집에 이르니, 남녀노소 할 것 없이 바야흐로 혼수를 성대하게 갖추고 꽤나 즐거운 기색이었다. 그가 괴이하게 여겨 물으니, 그의 아버지가 한 통의 편지를 보여주며 말하였다.

"이것이 네 편지다. 편지 내용에,

'처음 몸값으로 받은 세가 5백 냥이 되므로 먼저 보내 혼수를 차리게 하고 마땅히 뒷일을 수습하여 천천히 돌아가겠습니다.'

하였더구나. 그 돈으로 지금 본 것처럼 혼수를 장만하고 있구나."

성삼문이 그 편지를 자세히 살펴보니, 필적과 자획이 완연히 제 손으로 쓴 것 같아서 조금도 다름이 없었다. 성삼문은 이에 크게 놀라 비로소 그 노인이 신인(神人)임을 알게 되었다.

다섯 신하들과 더불어 상왕인 단종의 복위를 꾀할 때, 성삼문이 그의 아버지에게 아뢰었다.

"이 일의 옳은 도리는 반드시 그곳 노인이게 물어본 뒤에 결정하는 것이 좋겠습니다. 그때 갔던 종은 그 길을 찾아갈 수 있을 것입니다."

하고 즉시 종을 불러 편지 전하려는 뜻을 말하자, 종이 말하였다.

"그 길이 눈 가운데 있으니 편지 전하는 것이 무엇이 어렵겠습니까."

하므로 즉시 편지를 써서 단단히 봉하여 종의 옷깃 속에 넣어 보냈다.

종이 드디어 전에 갔던 마을에 다다라 보니, 쑥이 무성한 곳에 기와집은 흔적이 없었다. 다만 보니 노인이 살던 옛 터에 새로 세운 비석이 있었다. 그 종은 약간 한자를 아는 까닭에 비 앞에 나아가 쓴 것을 보니, 붉은 글자로 크게 다음과 같이 쓰여 있었다.

名留萬古　　만고에 이름이 남기고,
血食千秋　　천추에 나라에서 제사를 지내주네.
事之成否　　일의 성사 여부야
何問於我　　내게 물어 무엇 하리오.

종이 그 16자를 베껴 가지고 돌아와 성삼문에게 아뢰었다. 성삼문이 아버지에게 말하였다.

"신인께서 이미 제 일을 허락하셨으니 다시 무엇을 주저하겠습니까?"

하고는, 드디어 이에 의논을 정하였다.

9. 장 도령

옛날 서울에 장 도령이라는 거지가 있었다. 조상의 덕으로 벼슬을 한 어느 관리가 그를 불쌍히 여겨 밥을 후하게 주었다. 거지는 그로 인해 자주 다녔다.

그때 전우치는 윤세평과 장 도령을 가장 무서워하였다. 장 도령을 길에서 만나면 어쩔 줄 몰라 하며 절을 하였다. 장 도령이 예사 거지가 아님을 알 수 있다.

하루는 장 도령에게 밥을 주던 관리가 동대문 밖으로 나갔는데, 어떤 사람이 굶어 죽은 시체를 끌어내어 가는 것이었다. 그 시체의 얼굴을 보니 곧 장 도령이었다. 그 관리는 측은한 마음에 오래도록 탄식을 하다가 떠나갔다.

그 후, 그 관리가 경상도로 가면서 지리산 골짜기 입구를 지나다가 길에서 한 젊은이를 만났는데, 그는 청노새를 타고 달려 지나며 말 위에서 관리에게 인사를 하며 말하였다.

"산이 깊고 날이 저물었으니 저의 집에 가서 주무시는 게 어

떻겠어요? 저의 집은 골짜기 가운데 있는데 여기서 10여 리가
량 되는 곳입니다."

그 관리가 따라 들어가니 대나무로 울타리를 친 초가집이
맑고 깨끗하여 한 점의 티끌도 없었다.

주인과 손님이 자리를 잡고 앉자, 주인이 말하였다.

"오래 이별하였다가 서로 만나니 기쁨을 이기지 못하겠네요."

그러자 그 관리가 말하기를,

"우리가 언제 친분이 있었소?"

하니 주인은,

"청컨대 제 얼굴을 자세히 보십시오."

하는 것이었다. 관리는 그래도 잘 알아보지를 못하였다. 주인이,

"제가 곧 옛적 댁에서 밥을 빌어먹던 장 도령입니다."

하자, 그 관리가 말하였다.

"내가 일찍이 동대문 밖에서 장 도령이 굶주려 죽어 끌어내
어 오는 것을 내 눈으로 보았는데, 주인께서 스스로 장 도령이
라니 이치에 맞지 않는 듯하오."

주인이 말하였다.

"제가 그때 시체가 된 것은 곧 시해를 하여 신선이 된 것이
라오. 어르신이 말을 세우고 탄식하시는 소리를 저는 비록 죽
어 누워 있었으나 오히려 듣고 알 수 있었지요. 지금까지도 감
격하고 있답니다. 시해한 후로부터 팔도에 두루 노닐며 천하의

모든 신선들을 따라 놀다가 이 이름난 산을 사랑하여 집을 지어 살고 있소만, 구름을 타고 바람을 몰아 어딘들 가지 못하는 곳이 없지요. 마침 어르신께서 이 산을 지나시므로 청하여 옛정을 펴는 것입니다."

하룻밤을 자고 이별하는데 아침저녁으로 닭과 기장으로 만든 음식이 정갈하여 먹을 만하였고, 속세의 음식이 이와 다름이 없었다.

10. 낙동강변 박성촌

박팽년 공이 화를 당한 뒤에 그 자손들은 대구 땅에 흘러 들어가 사는데 가난이 극심하였다. 집은 낙동강 가에 있었다.

가을에 마을 사람을 모아 들 마당에서 벼 타작을 하고 있었다. 홀연 노루 한 마리가 뛰어와 어지럽게 쌓인 짚더미 속에 숨는 것이었다. 이윽고 한 사냥꾼이 총을 메고 타작마당에 와서 말하였다.

"내가 아까부터 노루를 쫓아오고 있는데, 그 노루가 이리로 들어갔다오. 혹시 보셨소?"

박생이 대답하였다.

"노루가 만일 이리로 왔다면, 양반이 어찌 남이 쫓아오는 노루를 이득이라 여겨 감추겠소?"

사냥꾼은 두세 번 탄식을 하며 중얼거리기를,

"노루가 이리로 온 것을 확실히 보았는데 이제 없으니 괴이하네."

하고 이윽고 돌아갔다.

사냥꾼이 간 뒤에도 오히려 노루를 감추고 꺼내지 않으니, 타작하던 사람들이 생각하기를,

'박생이 반드시 노루를 가져가려고 하는가?.'
하고 의심하였다.

저녁 때에 박생이 막대로 짚더미를 헤치면서 노루에게 말하였다.

"이제 달아날 수 있을 게다."

노루는 여러 번 돌아다보며 사례하는 형상처럼 하고 드디어 뛰어갔다.

그날 밤에 박생이 꿈을 꾸니 한 노인이 와서 말하였다.

"나는 곧 그대가 살려낸 노루입니다. 덕을 갚고자 하는데, 낙동강 하류 40리 되는 곳까지를 문서로 만들어 놓으면 가히 만석꾼이 될 것입니다."

박생이 잠에서 깨니 그 말은 또렷하였으나 허황하게 여겨 마음에 두지 않고, 다시 잠이 들었다. 노인이 또 와서 말하였다.

"내가 그대의 큰 은덕을 갚으려는 것인데, 어찌 그대에게 허황한 일을 일러 드릴 리가 있겠습니까? 내일 아침에 반드시 관가에 들어가 문서를 만들어 달라고 청하십시오."

박생이 잠을 깨어 또 오히려 믿지 않고 잠을 또 들자, 꿈에 하는 말이 처음과 같아서 더욱 간절하였다.

박생이 드디어 그 이튿날, 박생이 관정에 들어가 문서를 만들어 달라고 청하니, 태수가 크게 웃으며 말하였다.

"자네 병이 나서 이상해진 게 아닌가? 큰 강을 문서로 만들어 달라는 말은 전에 듣지 못하던 괴이한 말이로군."

"저도 또한 맹랑하다는 것을 압니다만, 이상한 징조가 있어 남들의 웃음을 피하지 않고 청합니다."

태수는 웃으며 허락해주었다.

어느 곳으로부터 어느 곳에 이르기까지 40리 땅이었다. 문서를 만들어 가지고 돌아왔는데, 열흘이 채 되지 않아 낙동강 물이 홀연 옛 물길을 버리고 옆으로 큰 둔덕을 밀어 다른 데로 흘러가고, 강 하류 문서로 만든 곳은 물이 변하여 들판이 되었다.

박생이 이에 좋은 논과 좋은 밭을 예전에 강이었던 터에 개간하였다. 땅 전체는 3백년이 걸려도 오히려 다 개간할 수 없을 정도였다. 그 변두리 땅의 곡식을 갈기에는 마땅치 않은 곳은 밤을 심었다.

매년 거두어들이는 곡식이 몇 천 섬인지 모를 지경이었다. 땅을 빌려 심은 밤도 또한 천 섬이나 되어, 밤 창고를 지키는 창고지기를 매년 갈아치우는데, 1년을 치다꺼리하고 나면 창고지기도 수백 냥을 얻어먹었다. 대개 박생의 부요함이 경상도의 으뜸이 되어, 이상한 일로 전하여졌다.

옛날에 두 선비가 별시가 열리게 되자 북한사라는 절에 가서 함께 글공부를 하였다.

그 중 한 사람은 몹시 가난해 보였으나, 오히려 의복과 음식이 월등하여 자못 세력 있고 부귀한 집을 능가할 정도였다.

다른 한 사람이 괴이하게 여겨 물었으나 여러 번을 물은 뒤에야 대답하기를,

"내 아내의 재주가 출중해서 맨손으로 집안을 꾸려 가는데도 못할 노릇이 없고, 길쌈이나 음식 조리하는 것이 조선에서는 둘도 없을 걸세. 그래서 지아비인 내게 이렇게 해다 준다네."

하는 것이었다.

그 사람은 먼 산을 바라보며 잠자코 말을 하지 않았다. 오래지 않아 그는 먼저 글공부를 그만두고 집으로 돌아갔다.

아내 자랑을 한 사람이 천천히 글공부를 마치고 집으로 돌아가서 물어보니, 그 친구는 온 가족을 데리고 멀리 떠났는데,

어디로 갔는지 모른다는 것이었다.

그로부터 10년 가까이 소식이 완전히 끊어졌다.

아내 자랑을 하였던 사람은 즉시 과거에 급제하여 벼슬이 높아져서 평안감사 벼슬을 제수 받게 되었다. 그는 안식구를 거느리고 부임하게 되었는데, 미처 평안도 지경에 이르기 전에 한낮이 되었다. 역참에 들어가서 점심을 먹으려 하는데, 길에서 한 사람을 만났다.

그가 탄 말은 하늘을 날 듯한 용마였고, 따르는 무리가 구름처럼 많았다. 상하의 복식이 휘황찬란한 데다 기세가 호기롭고 씩씩하였다.

가까이 다가가 살펴보니 그는 옛날 북한사에서 함께 글공부를 하던 선비였다. 함께 역참에 들어가서 반갑게 안부를 주고받았다. 그런 뒤 감사가 물었다.

"옛날 북한사에서 무슨 일로 지레 글공부를 그만두고 아무도 모르게 떠났는가?"

그가 대답하기를,

"그때 그대 스스로 이르기를, 그대 아내의 재주와 지혜가 우리나라에서 으뜸이라고 말했었지. 내가 그때 듣고 갑자기 흑심이 생겨 마음속으로 맹세하기를,

'내가 이 사람의 아내를 빼앗을 수가 없다면 세상에 살아서 무엇 하리오?'

하고 그날부터 계교를 정하여 집을 버리고 시골로 내려갔지. 도적의 무리를 모아 부락이 온 나라에 널리 가득하고, 건장한 졸개가 무수하다네. 이제 나를 따라온 군사들은 곰 같고 이리 같아서 한 사람이 그대 감영의 하인들 백 명을 감당치 못할 사람이 없을 걸세. 오늘 길은 전적으로 길을 질러 그대 아내를 빼앗으려는 것이지. 그대 아내가 비록 하늘에 오르고 땅 속으로 들어가는 재주가 있어도 면하여 피하지 못할 걸세. 감사인 그대의 형세라도 한 마리 버마제비가 팔을 휘두르며 수레 앞에서 항거하는 것에 불과하니, 바로 말없이 받들어 바치게나."
하는 것이었다.

감사가 그 말을 듣고 낙담하여 어찌할 바를 모르다가 겨우 한 마디 하였다.

"들어가서 아내에게 알리겠네."
하고는 안으로 들어갔다. 그의 기색이 비참하므로, 부인이 괴이하게 여기며 연고를 물었다. 감사는 목이 메어 사나운 손님이 찾아와 협박하는 형상을 말하였다. 부인은 웃으며 말하였다.

"영감께서 비록 좋은 방백은 되셨으나 마침내 졸장부를 면치 못하셨구려. 이제 들으니 그 사람은 곧 대단한 영웅이구려. 여자로 태어나 영웅의 아내가 되는 것이 어찌 유쾌하지 않겠어요?. 진정 제 소원과 부합하는데 어찌 족히 놀라겠어요? 청컨대, 점심 후에 서로 갈라서기로 하지요."

감사가 울면서 말하였다.

"그대는 어찌하여 이런 말을 하는 게요?"

부인이 한 편으로 행장을 나누어다가 도적을 따라갈 물건을 바삐 챙겼다. 감사는 밖으로 나와 도적의 괴수에게 말하였다.

"내 아내가 그대를 따라가기를 원하네."

도적의 괴수는,

"그대 아내가 분명히 피하지 못할 줄 아는 것도 대개 또한 일을 아는 까닭이지."

하며 부하를 불러 말하였다.

"부인이 행차할 가마가 이미 와 대령하였느냐?"

이미 대령하였다고 대답하자, 도적의 괴수가 다시 말하였다.

"안채에 들어가 부인을 모시고 나오너라!"

도적의 몸종과 가마꾼들이 부인을 청하여 가마에 들이고, 도적의 괴수 또한 감사와 더불어 손을 들어 이별하고,

"이랴!"

한 소리에 나는 듯이 사라졌다. 다만 그들이 사라지며 일으킨 먼지만이 하늘을 온통 뒤덮고 있을 뿐이었다.

감사가 부인을 도적에게 빼앗기고 비록 도임하고자 하나 아전들을 대할 낯이 없었다. 이미 조정에 하직 인사를 한 마당에 또한 도중에서 지레 돌아갈 수도 없는 일이었다. 진퇴양난의 망극한 형편에 눈물만이 비 오듯 흘러내렸다.

두어 식경이 지난 뒤에 감사는 부인이 아까 앉아 있던 곳을 보며 그녀의 모습을 상상이라도 하면서 마음을 달래려고 안채로 들어갔더니만, 부인이 아무 일도 없었다는 듯이 그곳에 오뚝이 앉아 있는 것이었다. 감사가 놀라 물었다.

"아까 부인이 도적의 가마를 타고 가는 모습을 이 눈으로 보았는데, 홀연 여기 있다니 귀신이오, 사람이오?"

부인은,

"제가 어찌 도적의 핍박을 받았다고 가겠어요? 당초 영감께서 말씀을 하실 때 만일 제 대답이 즐겨 아니하는 뜻이 있었더라면, 도적의 귀가 담에 닿아 즉각 뜻밖의 변고가 반드시 생겼을 것입니다. 그 때문에 거짓 대답하여 도적으로 하여금 믿어 의심치 않게 한 것이었답니다. 그리고는 즉시 한 가지 계교를 생각하여 가만히 아무개라는 종을 달래어 말하였습니다.

'네 자색이 이처럼 빼어난데 평생 남의 집 종노릇이나 하기에는 진실로 곤욕스럽겠구나. 저 도적의 장수는 큰 호걸이니, 네가 그의 아내가 된다면 한 평생 입고 먹는 것이 높은 벼슬아치의 부인과 다름없게 될 것이야. 네가 만일 내 대신 가서 굳게 네 본색을 숨기면, 얻기 어려운 좋은 기회가 아니겠느냐?' 하였더니 그 아이가 흔쾌히 따르더군요. 곱게 화장과 성장을 하게 해서 도적의 가마에 오르게 하였지요. 저는 병풍 뒤에 숨었다가 도적들이 멀리 가기를 기다렸다가 이제야 비로소 나온 것입니다. 이같이 임기응변할 방책을 생각해내지 못할 것 같으면 어떻게 용렬한 계집을 면하겠어요?"

하였다.

감사는 얼마 되지 않는 시간 동안에 급히 슬프고 놀랍던 것을 잊고 뛸 듯이 기뻐하며 함께 부임하였다.

12. 정효준

해풍군 정효준은 43세에 세 번째 아내를 잃었으나, 다만 딸만 셋이 있었을 뿐 아들은 하나도 두지 못하였다.

평생 가난한 선비로 진사가 되었으나 집은 찢어지게 가난하였다. 문종의 사위인 영양위 정종이 5대조인 까닭으로 본가의 제사를 모시는 일 외에도 단종대왕과 그 모후인 현덕왕후 권씨, 단종대왕의 비인 정순왕후 송씨의 제사를 모두 받들어 모셔야 하는 까닭으로 일일이 챙기기가 버거웠다. 매번 제사 때가 되면 온갖 고생을 다하여도 한 잔 술을 마련하기가 어려웠다.

집에서는 위로를 받을 길이 없어서 날마다 이웃인 이진경의 집에 가서 장기를 두며 소일하였다. 이진경은 벼슬이 병마절도사에 이른 사람으로 판서를 지낸 이준민의 손자였다.

그 당시 이진경은 아직 정3품 당상관에 이르지 못한 당하의 무관이었다. 오직 정효준만이 이진경과 더불어 장기를 두곤 하였는데, 갑자기 생각하지도 않았던 말이 누가 시키듯이 공연히 입으로 나와 이진경의 자를 부르며 말하였다.

"내게 한 가지 말할 것이 있는데 그대가 듣겠는가?"

이진경이,

"그대와 나 사이에 못 들을 말이 있겠는가? 말하게나."

하자 정효준이 말하였다.

"내가 우리 집 제사뿐만이 아니라 겸하여 나라 제사를 모시는데 50세가 다 된 지금 아내가 없으니 아들인들 어디서 낳겠는가? 틀림없이 제사도 모시지 못할 것 같으니 어찌 불쌍하지 않겠는가? 그대가 아니면 말을 할 곳도 없는데, 그대가 나를 불쌍히 여기거든 나를 사위로 삼는 게 어떻겠는가?"

이진경은 버럭 성을 내어 얼굴빛이 달라지며 말하였다.

"그대 말이 정말인가 희롱인가? 그대의 나이가 40세가 넘고 내 딸의 나이는 겨우 16세인데, 얼마나 당치 않은 말인가? 나는 그대가 이런 못된 말을 할 줄은 생각지 못했네."

무안해서 물러나온 정효준은 이때부터 장기를 두러 다니지 않았다.

그 후, 이진경이 사랑채에서 자는데 꿈에 나라님이 어가를 타고 강림하시니 시위들의 소리가 우렁찼다. 이진경이 허둥지둥 땅에 내려 엎드리자, 젊은 임금이 대청에 올라앉아 하교하기를,

"네가 이웃집 정효준을 아느냐?"

하였다. 이진경이 대답하였다.

"그러하옵니다."

"너는 정효준을 사위로 삼으라."

"성상의 하교를 어찌 어기겠습니까마는 다만 정효준의 나이가 소신의 딸과 맞지 않아 절박하옵니다."

"나이가 많고 적음은 조금도 방해될 것이 없으니 반드시 그리 하라."

하고 즉시 어가를 돌렸다. 이진경이 잠을 깨니 꿈속의 일이 역력히 분명하였다. 마음속으로 당황하고 의혹이 일어 안채로 들어가니, 그의 부인도 잠이 깨어 말하였다.

"밤이 깊은데 어쩐 일로 들어오셨소?"

"괴이한 꿈을 꿨는데 잊히지를 않아서 들어왔소."

"저도 괴이한 꿈을 꿨답니다."

하고 서로 꿈 이야기를 해보니 털끝만큼도 다름이 없었다. 이진경이 말하였다.

"일이 우연치 않으니 실로 민망하구려."

"꿈은 본디 허황한 것인데, 어찌 이 혼인을 하겠어요?"

그런 지 10여 일이 되었을 때 이진경은 전과 같은 꿈을 꾸게 되었다. 임금은 자못 즐겁지 않은 안색으로 하교하였다.

"전에 분부한 일이 있거늘 어찌 시행치 않느냐?"

"마땅히 헤아려서 정하겠사옵니다."

이 날 밤 이들 내외의 꿈이 또 같았으므로, 이진경이 말하였다.

"한 번도 괴이한데 두 번씩이나 이렇구려. 이것이 하늘의 뜻인 듯한데 만일 따르지 않으면 큰 화가 있을까 싶소."

"꿈은 실로 이상하거니와 일인 즉 매우 중요하고도 어려운 일이오."

하며 서로 결단을 내리지 못하였다.

이때부터 이진경은 의구심이 자주 일어나서 자고 먹는 일이 불안하였다.

오래지 않아서 또 꿈에 임금이 찾아와 말하였다.

"내가 네게 복이 있고 해로움이 없는 일을 권했는데, 네가 종시 내 명을 따르지 않으니, 내가 장차 네 집에 화를 내릴 것이다."

하고 기색이 엄정하므로 이진경은 황공하여 대답하였다.

"마땅히 성상의 하교대로 하겠사옵니다."

"오늘은 꼭 안방에 들어갈 필요가 없으니 주인의 처를 바로 이리 잡아내라!"

하여 형판 위에 엎드리게 하고 말하였다.

"네 지아비가 내 말에 따라 결정을 했는데, 너만 내 명을 따르지 않은 것은 무엇 때문이냐?"

그래도 이진경의 부인은 몹시 난처한 빛이 있으므로, 드디어 두어 차례 형벌을 가하니 부인이 겁이 나서 말하였다.

“성상의 하교대로 하리이다.”

어가가 돌아가자 꿈에서 깨어난 이진경은 놀라서 흘린 땀으로 온몸이 젖어 있었다. 급히 안채로 들어가 보니 부인이 무릎을 만지며 앓는 소리로 말하였다.

“만일 그 혼인을 정하지 않으면 반드시 큰 화가 있을 듯해요. 내일은 사주단자를 청하고 길일을 택하는 게 좋겠어요.”

이진경이 정효준을 청하자 즉시 왔다. 이진경이 물었다.

“어찌 그리 오래도록 오지 않았는가?”

“지난번에 망발을 하여 부끄러워 못 왔네.”

“내가 요사이 거듭 충분히 생각해보니 내가 아니면 그대의 궁함을 불쌍히 여길 사람이 없더구먼. 내 비록 딸의 평생을 그르치는 것이지만 그대와 짝을 지어 주기로 결단하였네.”
하고 사주를 받고 길일을 택하여 기다렸다.

이 날, 이진경 딸의 꿈에 정 진사가 용으로 변해 담 틈으로 처녀를 향해 자신의 새끼를 받으라고 하므로 치마폭으로 용의 새끼를 받았는데, 그 새끼가 다섯이었다. 꿈틀거리다가 그 중 하나가 목이 부러져 죽으므로 실로 괴이한 일이라고 하니, 그녀의 부모가 듣고 마음속으로 기이하게 여겼다.

그녀가 혼인하여 정씨 가문에 들어가더니 차례로 다섯 아들을 낳았다. 맏아들은 정익이고, 둘째아들은 정석, 셋째는 정박, 넷째는 정적이다. 장성한 뒤 과거에 급제까지 하여 정익은 판서가 되었고, 정박은 대사간이 되었다. 나머지 아들 가운데 어떤 이는 홍문관의 벼슬을 하였고, 어떤 이는 사간원의 벼슬도 하였다. 장손인 정중휘는 조부모 생시에 등과하였고, 사위인 오빈도 등제하여 참의 벼슬에 이르렀다.

정효준은 90여 세가 되도록 살았다. 다섯 아들의 등과와 겸하여 공신의 봉작을 이어받아 해풍군에 봉해졌고, 친손자와 외손자를 이루 헤아릴 수가 없었다.

다섯째 아들이 서장관으로 중국의 연경에 갔다가 객사하여 부모 생전에 참혹함을 끼쳤으니, 과연 용의 새끼가 목이 부러져 죽은 것에 응하였다.

부인은 정효준과 더불어 40년을 함께 지내다가 남편보다 3, 4년 앞서 먼저 이승을 떠났다. 이진경이 꿈에 본 주상은 곧 단종대왕의 신령이었다. 그 사당이 정효준의 집에 있었는데, 그 신령의 남몰래 도우심이 이렇듯 밝고 또렷하였다.

정효준이 가난하게 살고 있을 때 그 친구의 집에 갔더니 충청도에서 온 술사가 있었다. 그 술사의 재주가 신통하여 사주를 보려는 사람들이 대청이 좁도록 모여, 술사가 미처 다 봐주지 못하고 있었다. 주인이 정효준에게 물었다.

"그대는 어째서 신수를 보지 않는가?"

"나의 궁한 신수가 이미 결판이 났는데 다시 물어 무엇 하겠는가?"

술사가 얼마 동안 정효준의 얼굴을 보고는 사주를 보라고 하자, 정효준이 말하였다.

"내 궁한 팔자가 이러하여 세상이 다 버렸는데 남에게 물어 번거롭게 하겠소?"

술사가 사주를 굳이 청하여 보고는 한동안 생각한 뒤에 말하였다.

"흉하고도 흉하다! 내가 태어나서 이런 사주는 처음 보는구려!"

정효준이 물었다.

"흉하다는 것이 흉악하다는 말이오?"

"좋다는 말이오. 지금은 비록 상처를 했으나 오래지 않아 장가들어 몇 십 년을 해로할 것이오. 지금은 비록 아들이 없으나 재상 벼슬을 할 이름난 선비들이 슬하에 가득하여 그 많은 것을 이루 세지 못할 것이오. 지금은 비록 빈궁하나 벼슬이 종2품에 이르고, 나이는 백세를 바라볼 것이니, 여기 가득 찬 손님들 가운데 어찌 이 분의 복력에 비슷한 이나 있겠소?"

하더니, 그 후의 일이 하나하나 그 말과 같이 되었다.

정효준이 처음 장가갈 때의 꿈에 혼례 자리에 들어가니 신부 집에 배치한 것이 분명한데 이른바 신부는 그림자도 없었다. 꿈에서 깨어 몹시 괴이하다고 여겼다. 두 번째 장가갈 때 꿈에 또 첫 장가갈 때 꿈꾸었던 집에 이르니 이른바 신부가 겨우 두어 살 먹은 어린아이였다. 세 번째로 장가갈 때 또 첫 장가갈 때 꿈꾸었던 집에 이르니 이른바 신부의 나이가 10여 세쯤 되어 보였다. 이씨 부인을 아내로 맞을 때의 신부 집은 과연 세 번이나 꿈꾸었던 집이었다. 신부의 얼굴이 과연 꿈속의 아이와 같으니, 앞길이 과연 어긋나지 않은 것이었다.

안평대군은 글씨가 천하에 으뜸이었다.

하루는 청지기가 들어와 아뢰기를,

"동네 사람인 최가가 뵙기를 청하옵니다."

하므로 대군이 즉시 불러들이니, 활기차지 못하고 낡은 옷을 걸친 가난한 서생이었다. 대군이 물었다.

"자네는 무슨 일로 와서 나를 찾는가?"

"대감의 글씨가 세상에 이름났기로 한 번 보기를 원하여 감히 청하옵니다."

대군이 시자로 하여금 편지꽂이에 꽂혀 있는 각체의 글씨를 가져와 보여주게 하였다.

"대감의 글씨를 자세히 구경하였습니다. 하오나 오늘 와서 청하는 것은 외람되나마 손수 붓으로 쓰시는 것을 보고자 하옵니다."

대군이 먹을 갈고 종이를 펼쳐 두어 장을 썼다.

"과연 보배롭게 구경하였나이다."

"자네가 와서 내가 글씨 쓰는 것을 보자고 하였으니, 반드시 글씨를 아는 사람일 걸세. 시험 삼아 나를 위해 글씨를 써보게."

최생이 명을 받아 두어 장을 써 드렸다. 대군이 보고 나더니 놀라 스스로를 잃은 듯 말하였다.

"자네의 글씨가 높아 나보다 몇 등급 위일세. 세상에 이런 신필(神筆)이 있는데 지금껏 이름을 듣지 못하다니 진실로 괴이한 일이로군."

"소생은 17세에 비로소 글자를 익혀서 이미 높은 경지에 들었으나 스스로 생각하기를,

'안평대군은 왕실의 공자로서 글씨가 천하에 이름이 나 있는데, 내 글씨가 한 번 세상에 알려지면 반드시 대군의 이름을 가릴 것이다. 내 이미 천한 사람으로서 어찌 감히 이를 하리오.'

하고 드디어 마음속으로 맹세하여 붓을 손에 잡지 않았사옵니다. 이제 대감의 하교를 받아 파계를 하고 썼나이다."

"자네가 쓴 글씨를 간직하여 집안에 전할 보배로 삼고자 하니, 모름지기 두고 가게나."

"소생은 평소 고집이 있사오니, 결단코 제가 손수 쓴 글씨를 남의 눈에 띄게 하지 아니하려 하옵니다."

하고 드디어 글씨를 찢으니, 대군이 말하였다.

"모름지기 자네는 이제부터 자주 찾아오게나."

최생은 하직을 고하고 간 뒤로 여러 해가 되도록 소식이 없었다.

그때 평양부에 이름난 기생이 있었는데, 재주와 얼굴이 빼어나게 아름다웠다. 나이는 바야흐로 17세로되, 눈에 드는 사람이 없어 아직까지 다른 사람을 겪지 못하였다. 평안감사가 형세와 위엄으로써 여러 모로 달래고 꼬드겼으나 한결같이 멀리하니 어쩔 도리가 없었다.

대군이 그 소문을 듣고 속으로 생각하기를,

'나의 풍채와 재주와 지위가 거의 이 기생의 마음을 움직일 수 있을 것이다.'

하고는 임금에게 품의를 올렸다.

"평안도 지방의 누대와 경치가 한번 볼 만하다고들 하옵니다. 신이 바라옵건대, 조정과 민간이 태평한 이때에 성상의 은혜로 말미를 얻어 장차 가보고자 하여 감히 고하나이다."

하자, 임금은,

"좋다."

하고 평안감사에게 분부하였다.

"예의에 구속되지 말고 필요한 물품이나 음식을 대접하라."

대군은 출발할 날짜를 점쳐 이틀 뒤에 떠나기로 정하였다. 그때 최생이 홀연 찾아와 뵈므로 대군이 말하였다.

"어찌 그리 적연히 오래 오지 아니하였는가?"

"미천한 사람인지라 귀인 댁에 감히 자주 발걸음을 할 수 없었습니다. 이번에 듣자오니 대감께서 장차 평안도로 행차를 하신다기에, 소생도 연광정이나 한 번 보았으면 해서 감히 뒤따라 갈 것을 청하옵니다."

대군이 크게 기뻐하며 말하였다.

"자네가 타고 갈 말이나 노잣돈은 내가 책임지고 맡을테니, 자네는 모름지기 빈 몸으로 오기만 하면 되네."

"저같이 미천한 사람들은 평생 걸어 다니는 데 익숙해져 있습니다. 귀인의 행차에 어찌 감히 폐를 끼칠 수 있겠습니까? 떠나시는 날 다만 뒤를 따라 가다가 저녁에 쉬실 때 한 번씩 뵙겠습니다."

최생은 대동강 가에 이르러 주막에 여장을 풀었다.

이 때, 평안감사는 대군을 평안도 경계까지 나와서 맞아 모셨다. 평안 감영의 모든 기구들을 다 동원하고, 위의를 다하여 연광정에서 큰 잔치를 베풀었다. 각 고을의 수령들이 구름처럼 모이고, 군사들이 앞길을 인도하였다. 화려한 장식을 한 병풍과 휘장이 둘려 쳐졌고, 생황과 통소 소리가 하늘에 울려 퍼졌다. 술과 안주의 풍성함을 일일이 기록할 틈이 없을 정도였다.

최생도 또한 잔치에 나아가 말석에 참석하였다.

그 기생은 거문고를 안고 가운데 자리에 앉아 있었다. 어여쁜 자질과 기이한 태도가 무르녹고 고와 사람들의 이목을 집중

시켰다. 그녀는 머리를 숙이고 눈썹을 거두어 다만 자리 앞만 보고 있었다.

대군은 주빈석에 앉아 수염을 쓰다듬어 가며 담소를 하였다. 신선같이 빛나는 풍채를 뽐내며 그 기생을 주시하였다. 그러나 기생은 한 번도 눈을 들어 거들떠보지도 않으니 잔치 자리에 아무런 흥도 나지 않았다.

최생이 통인을 불러 그 기생이 안은 거문고를 가져오게 하여 무릎 위에 놓고 손으로 문무현을 누르고 미처 소리를 내기도 전에, 그 기생이 잠깐 눈길을 굴려 옥 같은 이를 드러내고 미소를 짓더니 몸을 일으키고 걸음을 옮겨 최생의 곁으로 나아가 앉아 말하였다.

"원컨대, 서방님께서 한 곡조를 타시면, 쇤네가 마땅히 노래로 하답하리다."

최생이 그녀의 말을 따르니, 거문고 소리와 노래의 곡조가 다 절조였다. 그녀가 다시 최생에게 말하였다.

"이번에는 쇤네가 거문고를 탈 테니, 서방님께서는 거기에 맞춰 노래로 화답하시지요."

최생은 또 그녀의 말을 따라 하였다. 청아한 거문고 소리와 빼어난 노래 솜씨에 여기저기서 감동하는 빛이 있었다.

그 기생은 좌상에 있는 사람을 살피지 아니하고 다만 두 눈으로 최생만을 바라보며 기쁨을 이기지 못하였다. 대군의 무색

함이 극에 달하고, 아무도 말을 하는 사람이 없었다.

최생은 좌중의 광경을 살피고 병을 핑계로 먼저 일어났으나, 대군은 기꺼이 말리지 않았다.

최생이 다락을 내려가자마자, 그 기생은 대군과 감사에게 청하였다.

"쇤네를 이 성대한 잔치에 불러 주셨는데, 먼저 돌아갈 것을 청하는 것은 만 번 죽을죄이옵니다. 하오나 쇤네는 본디 급한 흉복통이 있사온대 실로 참아 견디기 어렵사와 감히 물러갈 것을 청하옵니다."

대군과 감사는 갈수록 더욱 흥이 달아나, 그녀를 머물게 하여도 유익함이 없으리라 생각되어 즉시 허락하였다. 그리고는 하인으로 하여금,

"그 기생이 간 곳을 살펴 알아놓아라."
하였다.

그녀는 곧바로 주막 문을 돌아 최생이 머무는 곳을 찾아 들어가는 것이었다. 최생이 놀라서 말하였다.

"자네는 어째서 잔치가 파하기를 기다리지 않고 지레 물러 나왔는가?"

"쇤네가 어찌 서방님을 따르지 않겠습니까? 쇤네는 이 세상에 태어나 17년을 살아오면서, 다만 빼어난 재주를 가진 분을 한 사람 만나 저를 알아주는 배필로 삼는 것이 지극한 소원이

었습니다. 그런 까닭에 지위가 높은 분은 본디 마음에 두지 않았습니다. 서방님의 재주가 이와 같으니, 원컨대 오늘 밤부터 서방님께 몸을 맡기고 쇤네의 한 평생을 마치고자 합니다.”

“나도 명색이 사낸데 자네 같은 절색을 보고 어찌 마음이 없겠는가? 자네도 대군께서 이곳에 내려오신 본뜻을 알 것이네. 그런데 이제 대군을 업신여기면 귀공자의 무색함이 마땅히 어떠하겠는가? 내가 미천한 사람으로 자네를 가까이 하면, 그 죄를 피할 수가 없네. 자네는 어서 빨리 돌아가게. 내가 애초에는 이 주막에서 머물려고 하였는데, 자네 때문에 어쩔 수 없이 오늘 떠나야겠네.”

하고 말을 마치자 바로 대동강의 배에 올라서 중화 땅에 다다라 묵었다. 그 후로는 최생의 종적이 다시 세상에 들리지 않았다.

14. 유기장 사위

　연산군 때에 한 이름난 선비가 홍문관 교리로서 망명하여 지향 없이 다니다가 전라도 보성 땅에 이르렀다.

　한 마을 앞을 지날 때 목이 몹시 말랐는데, 한 계집아이가 물을 긷고 있었다. 선비가 우물가에 이르러 물 먹기를 청하였다. 그녀는 바가지에 물을 떠서 버들잎을 훑어 물에 띄워 주는 것이었다. 선비가,

　"내가 갈증이 심해 먹기가 급한데 어찌 잎을 띄워 주는가?" 하니 그녀가 말하였다.

　"먼 길을 가다가 목이 마를 때 급히 물을 마시면 체하기가 쉽습니다. 제가 잎을 띄운 까닭은 잎을 불며 먹는 사이 조금 더디게 하여 체하는 걸 면하게 하려는 것이지요."

　선비는 그녀의 슬기로움과 식견을 기특하게 여기면서 그녀를 따라 그 집에 들어가 보니 버들그릇 만드는 고리장이 집이었다.

남녀가 서로 좋아하여 드디어 그 집의 사위가 되었다. 서울의 뼈대 있는 집안의 귀한 양반이 갑작스레 버들고리를 만들 길이 없어서 다만 게으른 잠만 자니, 고리장이 내외는 몹시 미워하며,

"저 사위는 밥 잘 먹고 잠만 자니 장차 어디에 쓸꼬?"

하고는 밥을 많이 담아 주지 않았다. 그의 아내가 불쌍히 여겨 매번 누룽지를 몰래 더 담아 주어 두 사람 사이의 정은 매우 두터워졌다.

여러 해가 지났을 때 조정이 맑아져서 어진 사람들이 모여들었다. 그 선비에게도 다시 교리 벼슬을 제수하고 전국 팔도에 공문을 보내니, 각 고을마다 방을 붙여 수소문하였다.

그 선비는 저잣거리에 갔다가 그 방을 보고 마음속으로 기뻐하며 돌아왔다. 그때는 마침 음력 초하룻날이라 고리장이 집에서 버들고리를 관가에 바치는 날이었다. 선비가 장인에게,

"내일은 내가 마땅히 버들고리를 가져다가 관가에 바치겠소."

하고 청하자 장인은,

"매번 내가 직접 가도 잘 바치기 쉽지 않은데, 자네같이 미련한 것이 어찌 가서 바칠까보냐?"

하였으나 선비가 굳이 청하자 장모가 나섰다.

"한번 시험해보는 것도 해롭지 않지요."

하자 이에 허락해주었다.

선비는 패랭이를 쓰고 버들고리를 등에 지고는 관가에 들어

갔다. 때마침 본관사또는 선비의 문하에 있던 무변이었다.

선비가 섬돌 앞으로 다가서며 큰 소리로 외쳤다.

"아무 고을의 고리장이가 초하룻날 버들고리를 납품하러 왔소이다!"

본관사또가 눈을 들어 내려다보니 곧 조정에서 찾고 있던 아무 교리로, 자신이 지난날 섬기던 이름난 선비였다. 허둥지둥 섬돌을 내려와 그를 동헌으로 맞아 오르게 하며 말하였다.

"어디에 몸을 숨기고 계셨기에 이런 모양새를 해가지고 와 계십니까? 조정에서는 지금 나리를 교리로 제수하시고 팔도에서 널리 찾으시니 청컨대 급히 상경하십시오."

"죄를 짓고 구차하게 살아서 고리장이 집에 몸을 감추고, 그 집 딸에게 몸을 맡겨 지냈는데 오늘 같은 날이 있을 줄은 생각도 못했지."

본관사또는 그 이름난 선비가 자신의 고을에 있다는 것을 전라감영에 보고하고 나서,

"행장을 차려 이곳에서 바로 상경하십시오.

하고 청하자 선비는,

"여러 해 주인과 객으로 정이 들었고, 또 조강지처의 의리를 겸하였으니 아마도 그 집에 돌아가 작별을 고하지 않을 수 없네. 내 지금은 갈 것이니 자네는 내일 나와 작별함이 좋을 듯하이."

하고는 드디어 본관사또가 내준 새 의복을 입지 않고 도로 그

모양으로 나와 고리장이에게 말하였다.

"그릇은 무사히 바쳤소."

하니 고리장이가 말하였다.

"솔개도 천 년을 살면 꿩 한 마리는 잡는다더니, 우리 사위가 버들고리를 잘 바친 일이 진실로 이상한 일이로다. 오늘 저녁은 밥을 잘 담아 먹이라."

이튿날 아침에 선비가 일찍 일어나 뜰을 쓸고 있는데 고리장이가 또 말하였다.

"어리석고 게을러빠진 우리 사위가 어제는 버들고리를 잘 바치고, 오늘은 또 일찍 뜰을 쓰니 내일은 해가 서쪽에서 돋겠구나."

선비가 멍석을 뜰 가운데 멍석을 펼쳐 놓자 고리장이가 물었다.

"이는 웬일인가?"

"본관사또께서 마땅히 행차하시겠다고 해서 기다리는 것이오."

"본관사또께서 고리장이 집에 나오실 리가 있는가? 자네 진실로 병들고 미쳐서 이런 말을 하는 겐가? 어제 버들고리도 응당 미쳐서 중도에 버렸나 보다."

"내가 어찌 헛말을 하겠소?"

이윽고 관가에서 공방아전이 돗자리를 끼고 들이닥치니, 고리장이 부부가 놀라 도망하여 몸을 숨겼다.

본관사또가 들어와서는 선비와 돗자리에 나누어 앉더니 청

하기를,

"원컨대 형수님 뵙기를 청합니다."

하였다. 선비가 고리장이 딸에게 나오라고 하자, 그녀는 싸리나무로 만든 비녀를 꽂고 베치마 차림으로 얼굴을 가다듬고 나와 본관사또에게 인사를 하였다. 안색은 수줍어하거나 부끄러워하는 기색이 없었고, 행동거지가 서먹하지도 않았다.

본관사또가,

"이 분은 이름난 선비로 형수님 댁에 자취를 의탁하여 형수님의 지극정성 돌보심에 힘을 입어 오늘이 있게 되었습니다. 이 분을 위해 감사함을 이기지 못하겠습니다."

하자 그녀가 말하였다.

"천하디 천한 이 몸이 분수에 넘치게 남편으로 모시면서 전연 이토록 귀하신 분이신지 살피지 못하여, 대접하고 주선함에 거만하고 무례함이 많았습니다. 다만 무한한 괴로움만을 끼쳐드려 그 죄가 많아 부끄러워할 겨를도 없는데, 어찌 치사하심을 감당하겠습니까? 하물며 이 천한 계집을 분수에 넘치게도 형수라고 일컬으시니 황송하여 복이 달아날까 싶습니다."

본관사또는 고리장이 부부를 찾아 술과 고기를 먹이고 노고를 위로하였다.

이윽하여, 이웃 고을의 수령들이 일산을 나부끼며 오고, 감영에서는 비장을 보내 안부를 물었다. 각 역의 말들이 일시에 대령하고, 선물로 보낸 짐바리가 줄을 이어 집안에 가득하였다.

선비가 본관사또에게 말하였다.

"저 안사람이 비록 천인이나 이미 아내라는 이름으로 여러 해 서로 의지하였고, 내게 정성을 극진히 하였는데 이제 와서 떨어뜨려 두고 갈 수는 없네. 원컨대 자네는 가마 한 채를 갖추어 내 아내로 하여금 나를 따라 서울로 올라가게 해주게나."

본관사또가 그녀의 행장을 갖추어서 명사 부인의 예에 모자람이 없도록 해주었다.

날을 받아 길에 오르니, 앞뒤에서 호위하는 성한 위의가 궁벽한 시골에 빛났다.

선비가 상경하여 임금을 뵙고 인사를 올린 뒤 마주하니, 임금은 그 동안 어디 가서 어떻게 머물러 지냈는가를 물었다. 선비가 자초지종을 갖추어 아뢰자, 임금은 탄식하며 말하였다.

"그대의 아내가 그대에게 들인 정성이 이렇듯 하니, 그대는 아내를 천한 첩으로 대해서는 아니 될 것이다. 내 특별히 부인에 버금가는 차부인의 예로써 대할 것을 명하노라."

하시니 그녀는 종신토록 영화롭고 귀한 대접을 받았다고 한다.

15. 완승

　홍 부장은 전라도 고양 사람이다. 무과를 보러 가는 길에 보니 전라도의 고약한 중이 청엄 찰방 부인의 행차를 겁박하여 가마를 빼앗아 산골로 올라가는데, 역의 하인들은 중놈의 용력을 무서워하여 감히 앞으로 나서지 못하고 있었다.

　중놈이 올라가며 가마의 휘장을 들어 헤치고 디밀어 보며 말하였다.

　"얼굴이 어여쁘구나."

하니 부인이 우는 소리가 몹시 처절하였다.

　홍 부장이 통분한 마음을 이기지 못하여 장차 중놈과 더불어 싸우려 하자, 동행하여 과거를 보러 가던 사람들이 모두 말렸다.

　"부질없이 죽는 것은 유익함이 없네."

　"죽을지언정 이렇듯 업신여기는 꼴을 보고 어찌 모르는 체하겠소?"

이에 굵은 화살을 쥐고 저 중놈의 앞으로 나아가 큰 소리로 꾸짖었다.

"이 중놈아, 멀건 대낮에 어찌 이렇게 무례하게 구느냐?"

중놈이 흘겨보며 말하였다.

"이 아이는 네 집에서 젖이나 먹으면 족할 텐데 어째 쓸 데 없는 말을 재잘거리는 거냐?"

홍 부장이 꾸짖는 소리를 더욱 높이자, 중놈은 가마를 평지에 내려놓고 홍 부장을 향해 내려오며 말하였다.

"이 아이가 뼈 똥을 싸게 하리라."

하고 바위를 타고 내려오려 할 적에, 홍 부장이 바위 아래로부터 중의 이마를 차니, 중이 땅에 거꾸러지고 말았다. 홍 부장이 발로 중놈의 목을 디디고 굵은 화살로 힘을 다하여 중놈을 때리니, 중놈은 즉시 죽고 말았다.

이에 달아나 숨어 있던 청엄역의 관예들을 불러 그들로 하여금 가마를 모셔 가라 하니, 부인이 가마 안에서 울면서 수도 없이 절을 하며 입에 침이 마르도록 은혜에 고마움을 표시하였다.

홍 부장의 아들은 바로 모당 홍이상으로, 후손이 번창하고 대대로 재상이 배출되니, 사람들은 그것이 고약한 중을 죽이고 찰방 부인을 구해준 덕이라고들 하였다.

16. 서 약봉 기일

약봉 서성의 기일에 그의 아들이 꿈을 꾸었다. 약봉이 와서 신주를 놓는 교의에 앉아 아들에게 말하기를,

"밖에 내 벗 아무개 공이 와 계시니 네가 맞아들여라."

하므로 그 아들이 그대로 하자, 약봉이 또 아들에게 말하였다.

"아무개 판서가 또 문 밖에 왔으니 네가 나가 모셔 오너라."

하므로 그 아들이 또 그대로 하였는데, 가장 오랜 후에 약봉이 또 아들더러 이르기를,

"문 밖에 또 벗이 왔으니 청하여 오너라."

하여 그 아들이 문 밖에 나가 손님에게 들어가기를 청하니, 그 손님이 얼굴을 찌푸리며 말하였다.

"내 의복이 해지고 더러워서 들어가기가 부끄럽네."

하므로 그 아들이 손님의 말을 부친에게 아뢰자 약봉은,

"옷이 더러운 게 뭐 거리낄 게 있나?"

하고 간청하여 불렀다.

네 사람이 함께 교의 위에 앉아 제물을 낱낱이 먹고는 파하여 갔다.

그 후에 약봉의 아들이 그날 마지막으로 맞아 들였던 어른의 아들과 같은 관아의 동료가 되었다. 약봉의 아들이 그에게 묻기를,

"자네 선친께서 별세하실 때 염습에 쓴 의복이 무슨 옷인가?"

하니, 그 벗이 울며 말하였다.

"선친께서 평안도 선천에 귀양 가 계시다가 임진왜란 중에 돌아가셨다네. 귀양지에서 난리를 만났는지라 염습할 기구를 마련할 수 없어 평소 입고 계시던 해진 옷을 쓴 것이 종신토록 가슴 아픈 일이 되었네. 자네가 어찌하여 의복에 대해 묻는 겐가?"

약봉의 아들은,

"내가 이상한 꿈을 꾸었다네. 지난번 선친 제삿날 선친의 혼백이 평상시처럼 나타나셔서 생시에 친하게 지내시던 친구 세 분을 청하여 들이셨는데, 자네 아버님도 거기 참예하셨네. 처음에는 옷이 누추하다고 하시다가 나중에 억지로 청하여 들어오셔서 제물을 함께 잡숫고 가셨다네. 자네는 내 말이 허무맹랑하다 하지 말고, 새로 관복을 지어 선친 산소 앞에 가서 사르는 것이 좋겠네."

라고 하였다. 그 사람이 그대로 하였더니 수일 후 약봉의 아들
꿈에 그 동료의 아버지가 나타나 말하기를,
　"자네가 한 말로 인해 저승에서 더러운 옷을 갈아입게 되었
네. 다행스럽고 고마움을 이기지 못하겠네."
하고, 또 그 아들에게도 현몽하여 치사하였다.

옥계 노진은 어려서 아버지를 여의고 전라도 남원 땅에서 가난하게 살았다. 장성한 나이에 아직 장가를 가지 못했고, 그의 큰 누이도 혼기가 지났으나 시집을 가지 못하였다.

마침 무변인 그의 당숙이 평안도 선천의 부사로 있었다. 옥계의 어머니가 그에게,

"누이의 혼수를 선천 고을에 가서 빌려 보거라."

하므로 옥계는 간신히 내려가 선천 관아 밖에 다다르니, 나이 어린 기생 하나가 맞이하며 묻는 것이었다.

"도령께서는 어디서 오셨소?"

옥계가 자신은 본관사또의 당질이 된다고 말하자, 그녀가 말하였다.

"쇤네의 집이 관아 문 밖의 몇 번째에 있는 집입니다. 도령께서는 꼭 우리 집에 거처를 정하세요."

옥계가 허락하고 들어가 본관사또를 만나본 후 바깥에 정한

거처로 나오니, 그 기생이 스스로 잠자리를 모시겠다고 청하였는데 다정하게 하는 말이 친절하고 정성스러웠다.

기생이 온 연유를 물으므로 혼수를 얻으려 왔다고 대답하니 그녀는,

"쇤네가 사또의 수단이 몹시 옹졸하신 것을 알고 있습니다. 지극히 친한 친척 사이지만 반드시 넉넉히 급한 것을 구해 주시리라고 기약하기가 어렵습니다. 쇤네가 도령님의 골격과 관상을 뵈오니 마땅히 아주 귀하게 되실 것인데, 어찌 스스로 걸인의 행세를 하시겠습니까? 쇤네가 힘들여 모아둔 은자가 5백 냥 가량이 있습니다. 이를 가지고 돌아가시면 혼수를 넉넉히 차릴 것이고, 그 나머지로 또 마땅히 생계를 꾸려 나갈 수 있을 거예요. 귀가하시는 날짜를 관가에 고할 필요 없이 여기서 바로 돌아가세요."

하는 것이었다. 옥계가 말하였다.

"이렇게 훌쩍 사라지면 당숙께서 나를 꾸중하시지 않겠는가?"

"이 땅에 여러 날 머무시게 되면 남의 목구멍 아래 기운을 기다리며 남의 얼굴에 나타난 거절하는 얼굴빛만 살피는 것에 지나지 않고, 겨우 돌아가시는 행장에 수십 냥을 얻으실 뿐이지요. 골육 간에 이해관계를 따지는 것은 남들의 업신여김을 받는 것보다도 더 심할 테니, 오늘 새벽에 바로 돌아가시는 것

보다 못하지요.”

하고 즉시 일어나 밤새도록 행장을 챙겨 보내며,

“도령님의 발신은 10년이 지나야 되실 것이니, 쉰네는 마땅히 결백한 몸으로 지조를 지키며 도령님께서 평안도에 벼슬하여 오시기를 기다릴 것입니다. 다시 만나 뵐 기약은 오직 이 한 길뿐입니다.”

하고 이별에 임해서도 슬픈 기색을 짓지 않았다.

옥계는 그녀가 챙겨준 가벼운 보배를 싣고 서울로 돌아갔다.

이튿날 아침에 본관사또가 그를 불렀으나 이미 떠난 뒤라 따를 길이 없었다. 그의 행적이 미친 듯하고 도리에 어긋난 것을 꾸짖었으나, 속마음으로는 돈푼이나마 허비하지 않은 것을 남몰래 기뻐하였다.

옥계는 집에 돌아가 가져온 은으로 누이를 시집보내고 장가도 들었다. 뿐만 아니라 입고 먹을 걱정을 덜게 되어 과거 공부에 전념한 결과, 몇 해가 되지 않아 과거에 급제하였다.

풍채와 재주로 인해 임금으로부터 두터운 신임을 받아 오래지 않아 평안도 암행어사의 명을 받고, 허름한 옷차림으로 곧장 그 기생의 집으로 찾아갔다. 그녀의 어미가 맞으러 나와 그의 옛 모습을 알아보고는 울면서 말하였다.

“제 딸아이는 서방님을 이별한 후로부터 어미를 버리고 집도 버리고 도망하여 간 곳을 모른다오.”

옥계가 평안도로 내려오매 정신이 온통 그녀를 만나는데 있다가, 종적이 아득하게 사라지고 말았으니 놀랍고 어찌해야 좋을지 알 수 없었다. 그러나 그녀가 자신을 위해서 수절하기 위해 세상에서 자취를 감추었다는 데 생각이 미쳐 다시 그 어미에게 물었다.

"할멈, 자네 딸이 떠난 후로 생사 여부를 일절 듣지 못했단 말인가?"

"근래에 어떤 사람 말이 제 딸아이가 평안도 성천의 산사에 있는데 종적을 숨기고 있다고 하더군요. 저는 늙고 자란 자식이 없어서 찾을 길이 없고 다만 스스로 슬픔만 머금을 따름이라오."

옥계는 즉시 성천으로 가서 그 지역 안에 있는 모든 절을 두루 찾아가 샅샅이 뒤지며 다니다가, 한 곳 깊은 산에 있는 암자에 이르니 그곳의 중이 말하기를,

"20세가량 돼 보이는 한 여자가 약간의 은자를 공양 값으로 예불하는 중에게 내고는 불상을 모신 탁자 아래 숨었습니다. 머리를 산발한 채 낯의 때를 씻지 않고, 굳게 엎드려 모습을 드러내지 않았지요. 다만 예불하는 중으로 하여금 며칠 간격으로 밥을 조금씩 전하면 법당 문틈으로 받아먹으면서 그것으로 요기를 했답니다. 대소변을 볼 때나 잠깐 나왔다가는 즉시 들어가곤 했습니다. 절의 중들이 혹 여자 부처님인가 의심하고,

혹은 귀신인가 의심하면서도 불러낼 길도 없고 또한 감히 가까이 가지도 못했습니다.”

하였다. 옥계가 이에 예불하는 중으로 하여금 창틈으로 탁자 아래 있는 여인에게 말을 전하게 하였다.

“남원의 노 도령님이 와서 낭자를 찾는데, 나와 보지 않으시려오?”

그녀는 중을 통해 그의 등과 여부를 물어달라고 회답하였다. 옥계는 바로 암행어사가 되어 오는 길이라고 알리자, 그녀가 또 회답하였다.

“제가 이처럼 자취를 감추고 고행을 겪고 있는 것은 전부 낭군님을 위해서였습니다. 여러 해 동안에 귀신같은 모습이 되었으니 결단코 갑자기 낭군님을 뵐 수가 없습니다. 원컨대 낭군님은 저를 위해 10일만 이곳에 머물러 주십시오. 그러면 제가 마땅히 머리를 빗고 몸을 씻어 본 모습을 회복하여 새 의복을 입고 단장을 한 후에 맞아 인사를 올리겠습니다.”

옥계는 그녀의 말대로 그곳에 머물러 여러 날이 되니, 그녀는 과연 귀신의 모습을 씻어내고 꽃 같은 얼굴로 바뀌어 나타났다. 서로 만나매 그 기쁨에 쓰러질 지경이었다.

그 절의 중들이 비로소 어려운 지경에 빠져도 변하지 않고 끝까지 지켜온 그녀의 굳은 절개를 알고 놀라 감탄하지 않는 사람이 없었다.

옥계의 반갑고 즐거움은 마치 하늘에서 내려온 신선을 만난 듯하여, 선천으로 싣고 돌아와 모녀로 하여금 서로 만나게 하였다.

그는 나라 일을 마치자, 그녀를 서울 집으로 이끌고 돌아와서 아내로 삼고 평생토록 기특하게 여기며 사랑하였다.

갑인년(1854) 음력 6월 초사흗날 쓰기 시작하여 초닷샛날 마치다.

풀어 옮긴이 **김동욱**

성균관대학교 국어국문학과 졸업
한국정신문화연구원 한국학대학원 문학석사
성균관대학교 대학원 문학박사
현재 상명대학교 한국어문학과 교수

저서 : 《고려후기 사대부문학의 연구》, 《고려사대부 작가론》, 《따져가며 읽어보는
우리 옛이야기》, 《실용한자·한문》, 《대학생을 위한 한자·한문》, 《중세기
한·중 지식소통연구》

역서 : 《완역 천예록》(공역), 《국역 동패락송》(천리대본), 《국역 기문총화》(연
세대 4책본) 1~5, 《국역 수촌만록》, 《옛 문인들의 붓끝에 오르내린 고려
시》 1·2, 《국역 청야담수》 1~3, 《국역 현호쇄담》, 《국역 동상기찬》,
《국역 학산한언》 1·2, 《국토산하의 시정》, 《새벽 강가에 해오라기 우는
소리》 상·중·하, 《교역 태평광기언해》(멱남본) 1~5, 《국역 실사총담》
1·2, 《교역 오백년기담》(장서각본), 《국역 동패락송》 1·2(동양문고본)

교역언해본 동패락송 東稗洛誦

2013년 3월 29일 초판1쇄 펴냄

역　자　김동욱
발행인　김흥국
발행처　도서출판 보고사

책임편집　오은아
표지디자인　윤인희

등록　1990년 12월 13일 제6-0429호
주소　서울특별시 성북구 보문동7가 11번지 2층
전화　922-5120~1(편집), 922-2246(영업)
팩스　922-6990
메일　kanapub3@chol.com
http://www.bogosabooks.co.kr

ISBN　978-89-8433-889-0　93810

ⓒ 김동욱, 2013
정가　16,000원